伊藤计划
三部曲

屍者の帝国
III

故去者之国

（日）**伊藤计划** 著
×
（日）**圆城塔** 著

丁丁虫 译

人民文学出版社
PEOPLE'S LITERATURE PUBLISHING HOUSE

著作权合同登记：图字 01-2016-9835 号

图书在版编目(CIP)数据

尸者之国/(日)伊藤计划,(日)圆城塔著;丁
丁虫译. —北京:人民文学出版社,2016
　(伊藤计划三部曲)
　ISBN 978-7-02-012060-4

　Ⅰ.①尸… Ⅱ.①伊… ②圆… ③丁… Ⅲ.①科学幻
想小说-日本-现代　Ⅳ.①I313.45

中国版本图书馆 CIP 数据核字(2016)第 234823 号

责任编辑：甘　慧　王皎娇
装帧设计：汪佳诗

出版发行　人民文学出版社
社　　址　北京市朝内大街 166 号
邮政编码　100705
网　　址　http://www.rw-cn.com
印　　制　山东德州新华印务有限责任公司
经　　销　全国新华书店等
字　　数　200 千字
开　　本　890×1240 毫米　1/32
印　　张　11.5
版　　次　2017 年 4 月北京第 1 版
印　　次　2017 年 4 月第 1 次印刷
书　　号　978-7-02-012060-4
定　　价　48.00 元

目 录

好样的华生！任凭时代变幻，你却屹立不动。东风终究还是会吹来，尽管英格兰从未吹过东风，那将是刺骨和痛苦的。华生，我们许多人在那之前就将枯萎，但是这是上帝吹来的风，当风暴平息后，在阳光中沐浴的将是一个更纯净、更美好、更强大的国家。让它吹吧！华生，现在是时候让我们启程了！

序章

I

首先需要解释我的工作。

无论如何，尸体必不可少。

一进入昏暗的教室，就闻到一丝异臭，我不禁从马甲口袋里掏出手帕，捂住鼻子。异臭的来源并不难找。那不是教室里的臭味，而是典型的尸臭，尸体的臭味。八角形的讲堂中心是一座解剖台，解剖台旁边是教授和瓦斯灯，还有一张桌子，上面放着形状怪异的机器。我和我的朋友韦克菲尔德一起走进教室，在围着教授和解剖台的八角形座位当中找了一个坐下来，等待听课的学生到齐。

"就是那个吧？"

韦克菲尔德指着横在解剖台上的东西向我耳语。那东西从头到脚都盖着白布，肯定就是尸体。今天会在授课中用到尸体，这让教室里的所有学生都兴味盎然。教授等大家都到齐之后，取出年代久远的黄磷火柴，在解剖台的一角轻轻擦燃，点起旁边瓦斯灯里的石炭瓦斯。教室里弥漫着的一丝尸臭中混上了黄磷与瓦斯的气味。教授清了清嗓子，开始上课。

"首先需要强调的是，今天我们用的是全新的尸体。我想各位也听说了剑桥发生的丑闻，在我们伦敦大学医学部，绝不会发生那样的事情。请各位满怀自豪勤勉学习。"

"是哦。"

韦克菲尔德刚刚偷笑了一声，就被教授瞪了一眼，像兔子一样缩回去了。这家伙真是麻烦，搞得我心情很不好。苏华德教授很看好我，我不想给他留下不好的印象。"混蛋，给我安分一点。"我捅了捅神经大条的朋友。韦克菲尔德耸耸肩。

话说回来，听说了剑桥的事情就一定要讲个清楚，教授这种刻板的性格也挺让人别扭的。所谓剑桥丑闻就是一起盗尸案，上至《泰晤士报》这种上流社会的报纸，下至《每日电讯报》这种只要一便士的平民报纸，全都做了报道。据说是剑桥的某位教授从盗尸贼手里买了尸体做研究。在如今这种尸体严重短缺的时代，大概有不少教授、博士对此都抱有同情吧。自由经济的发展可以说是由尸体支撑的，然而可用的死人数量终究有限，牧师的工作也不单单是出具《尸体再处理证明》。说简单点，死亡人数毕竟不是能随自由主义经济的需求可增可减的。

"昨天的《每日电讯报》登了个新闻。"

韦克菲尔德毫不吸取教训，又和我耳语。

"怎么说?"我问。

"有个寡妇经过皮卡迪利广场的时候，惊讶地发现自己过世不久的丈夫在驾驶公共马车。她本来还以为丈夫正在坟墓下面长眠呢。"

"没有得到死者生前的同意，擅自将之改造为弗兰肯，是这意思吗?"

"没错。伦敦市长说，如今不列颠的逝者完全得不到安息了。"

"这么严重?"

"根据伦敦警察局的统计，因为盗窃尸体而入狱的罪犯人数已经达到了去年的 1.6 倍。"

我叹了一口气。对死者的需求不断增长，盗尸贼的数量也跟着增长。死者的产量无法提升，不可能像增加耕地面积来提升收成，或者增加奶牛数量来提升黄油产量那样。只要没有大规模的疾病流行，英格兰的民众、女王陛下的臣民，能够"生产"的死者数量就不会有大的变化。

"据说现在已经有了二十四小时全天守卫的墓地，"韦克菲尔德夸张地颤抖起来，"通宵监视墓地——哎呀，太可怕了。"

"你怕鬼吗?"我问。韦克菲尔德摇摇头。

"灵素属于科学范畴。我害怕的是吸血鬼和狼人之类的东西。"

"你也挺有趣的嘛。"

"韦克菲尔德!"

教授大喊了一声，把我和韦克菲尔德都吓呆了。教授生气地用手杖轮流指着我和韦克菲尔德。

"有什么要说的就到这里来对大家说，我好像听到你们在说灵素。"

"没、没有。对不起。"

"那就好好上课！"

苏华德教授掀开台上的白色帆布。果真如教授所言，下面躺着一具毫无伤痕的全裸尸体，年纪大约三十多岁，没有明显的外伤，大概是病死的吧。

生命的灯火——灵素消亡的肉体上，存在着某种残酷之美。生则为人，死则为物——虽然不能如此简单地区分，不过在这般没有什么伤痕的遗体上，那种美异常醒目——活着的时候被生命掩盖的、功能性的构造之美，骨骼与肌腱整合而成的精致机械呈现出的"物"之美。

"生者与死者的区别是什么，华生？"教授问。

我冷静地回答："区别在于有没有灵素。"

"对，有没有灵素，也就是俗话说的灵魂。实验发现，与生前相比，人类死亡时的体重差不多会减少 0.75 盎司，21 克。通常认为这就是所谓'灵素的重量'。"

教授用手杖指向尸体的头部。头上的毛发剃得干干净净，裸露的皮肤上满是骨相学的大脑功能分区图，头部的各分区上都插着针，针上连着线，线被捆成一束，与虚拟灵素写入机——向死者"写入"虚假之魂的邪恶机器——和为它提供动力的勒克朗谢电池连在一起。

"今天有幸从阿姆斯特丹大学请来了研究灵素的第一人，也是我杰克·苏华德的恩师。他的授课必定会激发各位的智慧，给你们带来有用的知识——有请教授。"

"谢谢，杰克。"

声音从教室外面传来。一位身材匀称的绅士走进教室。他的年纪大约六十多岁，脸上带着笑容，唯有眼睛闪烁着异样的光芒，全无笑意。他戴着礼帽，提着手杖，走到苏华德教授身边。

"首先应该做个自我介绍吧，"他把礼帽摘下来递给苏华德教授，"我是亚伯拉罕·范海辛教授。"

"他不是吸血鬼专家吗？竟然是苏华德教授的老师，真厉害。"

喜欢打听八卦的韦克菲尔德对我耳语。我厌烦地摇摇头。

"范海辛博士只是系统地研究过有关吸血鬼的民间传说而已。别跟八卦小报似的说他是什么吸血鬼专家。"

"《每日电讯报》上白纸黑字写着教授是吸血鬼猎人哟。"

"低俗小报的消息不要当真好不好？"

苏华德教授低咳了一声，瞪了交头接耳的我和韦克菲尔德一眼。我愤恨地用力捅了捅韦克菲尔德。

"我有幸在阿姆斯特丹大学就任名誉教授。有些人认为我是吸血鬼等奇怪门类的专家——"听到这儿，学生们都很有礼貌地笑了起来，"我的专业其实是精神医学，灵素也包含在这一领域中，吸血鬼传说的论文只是余兴。那么——"

范海辛教授敲了敲死者画满各种标记的头。

"这个头盖骨里面的脑灰质——大脑皮层，现在是空空如也。就是说，没有灵素。死的时候，0.75盎司的灵魂从人体消失了。

那么，是谁最早发现是灵素使得生命成为生命的？"

大约是刚才被苏华德教授训斥的时候留下了印象吧，范海辛教授的手杖指向了韦克菲尔德。突然被点名，韦克菲尔德吓了一跳，情不自禁地缩了缩头。看到他冥思苦想的样子，我有点幸灾乐祸。

"啊，那个，是弗兰肯斯坦吧。"

"这是一般人的回答。身为伦敦大学医学部的学生，这样的回答不能算合格。"

范海辛教授很严格。韦克菲尔德面红耳赤，缩着头无地自容。我暗想他是自作自受，不过多少还是产生了一些同情心，举起手问范海辛教授能不能由我代为回答。

"唔，那么旁边这位——你叫什么名字？你来回答。"

华生，约翰·H.华生。我沉着地报上自己的名字。

"'灵素'的思想根源可以追溯到上个世纪弗朗兹·安东·麦斯麦医生提出的'动物磁气说'。在弗兰肯斯坦先生制造出最早的'创造物'之前，这个理论由德国医学家麦斯麦先生提出。"

"说的很好。苏华德，看来华生很优秀。"

得到范海辛的夸赞，我有点得意。虽然感觉不该利用朋友满足自己的虚荣心，不过也不想让教授认为伦敦大学的学生全都和韦克菲尔德一个德行。

"自古以来，用科学解释'灵魂'的尝试持续不断。虽然这一问题最终以'灵素说'得以解决，但在发展过程中，也出现过动物磁气的假说。实际上，仔细查阅因戈尔施塔特大学保存的弗兰肯斯坦文献，可以看出弗兰肯斯坦对于麦斯麦的动物磁气理论相当熟悉。目前科学界的一致看法是，弗兰肯斯坦的灵素理论正是由麦斯麦的动物磁气说发展而来的。"

学生们开始记笔记。我和韦克菲尔德也从包里取出笔记本，奋力记录范海辛教授的话。

"为了表示对麦斯麦先生的敬意，动物磁气又被称作麦斯麦素。按照麦斯麦的理解，动物磁气是在动物体内成千上万的孔道中奔流不息的生命之流。现代科学的最新观点认为，激活人类大脑的主要是灵素，它会让大脑产生出'相性''模式''现象'。虽然与动物磁气说略有些区别，不过无论如何，弗兰肯斯坦在因戈尔施塔特大学的研究室中发展了动物磁气说，创立了灵素说，并最终产生出向失去'灵素'的大脑中写入'虚拟灵素'的想法。"

"动物磁气说曾经遭到过否定吧？"

我这样一问，范海辛教授点点头。

"你知道得不少嘛，看来苏华德教授有个好学生。"

范海辛教授一点头，苏华德教授也随之点头。他对我的评价很高。

"1784年，路易十六世为了验证动物磁气而召集的科学院的学者们，最终否定了动物磁气的存在。那是弗兰肯斯坦制造出第一个'创造物'之前几年的事情。这也情有可原。尽管今天麦斯麦的动物磁气说被重新评价为灵素思想的引路学说，但在当时，临床上的证据太少了——那么，我们来尝试写入虚拟灵素吧。"

苏华德将一连串穿孔卡片插入写入机的读卡槽。穿孔卡片的内容是剑桥大学灵素分析研究所制定的最新标准模型，是根据分析机中反复模拟灵素运行情况的结果而开发的版本。目前普遍认为这一模型是让死者运行得最稳定的版本。卡片设置完毕后，范海辛教授拉下写入机侧面的拉杆，写入机读取穿孔卡片上记载的灵素模型，通过勒克朗谢电池的电流刺激，由刺入头骨中的金属针写入脑组织。

"勒克朗谢电池的发明，终于提供了稳定的电流，"电流向死者写入伪灵魂的期间，范海辛颇为感慨地说，"我年轻的时候，为了获取电流，不得不费尽力气。对了华生，你知道这种电池的结构吗？"

"正极是二氧化锰与碳的混合物，负极是锌，电解质是氯化铵溶液。"

我流利地回答，范海辛点点头，显得颇为满意。

"唔，化学也很不错啊。弗兰肯斯坦的年代，电池这个东西才刚刚发明。伽伐尼制造出第一个电池是在1791年，差不多一百年前。要用那样微弱而又不稳定的电流向死者写入虚拟灵素，真是令人同情——苏华德，差不多了吧？"

"时间刚好，教授。"

很好，范海辛说着，在死者耳边打了个响指。学生们屏息静气观察着这一场景。包括我和韦克菲尔德在内的所有学生都是第一次见到死者弗兰肯化的瞬间。教室里连吞咽口水的声音都清晰可闻，真担心有人会窒息。

突然，死者的眼睛睁开了。

"哇！"

韦克菲尔德吓得往后一跳。死者看上去对于自己的复活也有点惊讶。那双眼睛直勾勾地望着前方，眼神空洞。前方并非是它应该身处的天堂或地狱。

我们亲眼目睹了死者的复活。

死者带着一脸淡然的表情，仿佛在说这才是自然的真理。

它并没有重新获得生命，只是顺从被写入的虚拟灵素而行动的尸体而已。即使如此，亲眼目睹了刚刚还了无生气的东西突然开始运动起来，还是禁不住令人有种脊椎中刺入一把冰刀的恐惧，仿佛发生了某种禁忌之事一般。

直到一百年前的十八世纪末为止，人类的肉体一旦死亡，不到"最终审判日"是不会复活的。但是现在不同了，死者死后也有各种忙碌。

"写入的控制系统是非常标准的通用剑桥引擎。不过，社会上使用弗兰肯的时候，会在这个引擎的基础上根据各种情况写入插件。比如车夫插件、管家插件等等，特别是关于工厂劳动，每个职业都有相应的插件——站起来。"

范海辛一下令，死者便从解剖台上下来，以笔直的姿势站立不动。

"随着骨相学，特别是头盖骨测定法的发展，大脑的功能地图达到了相当的精度。头盖骨测定的最新成果进一步促进了高分解能的虚拟灵素建模，带来了更为'自然的'弗兰肯动作控制。不过，要想让死者和生者的眼神和动作达到与生者类似的水准，大概还需要一个世纪以上的时间吧——向前走。"

听到命令，死者向前走了一步，然而步伐中完全没有我们生者走路时的自然感觉。笨拙、僵硬，看起来就像是在水里走路一样。范海辛教授脸上浮现出讽刺般的笑容。

"马上距离弗兰肯斯坦制造出第一个弗兰肯就要一百年了——我们却只能做到这一步。尽管军事用和工业用的弗兰肯已经从英国本土普及到加拿大、印度等殖民地，但制造出与生者行动高度相似的死者，现在还是个遥不可及的梦想。"

"我听哥本哈根的同事说，"苏华德教授像是把学生的存在忘得一干二净，对范海辛教授说，"有一套名叫'整体协同'的四肢控制系统比较有希望。"

"非线性控制，我听说了。据说相当恐怖。动作无限近似于生者，但还是具有某种决定性的差异——同事说，就是那种差异带来的恐怖感觉。"

"是'恐怖谷'吧。"

这时候响起了下课铃声，两个人回过神来。范海辛教授在我们这些沉默的学生面前露出抱歉的表情。

"对不起，完全沉浸到我们的世界里了。刚才我们说的是十分高深的灵素建模话题，下一次由苏华德给你们介绍吧。能给各位上课，我十分荣幸。"

说完，教授施了一礼，学生们也礼貌地鼓掌回应。

"死人是那样复活的啊。"

跟着其他学生往教室外走的时候，韦克菲尔德兴奋异常，简直恨不得重新看一次。我把笔记本收进包里，整理衣服，打算离开教室的时候，有人从背后喊住了我。

"华生。"

那是苏华德教授的声音。我回过头，只见苏华德和范海辛两位教授在看我。

"放学以后有点事情要和你说，范海辛教授也在。稍后请到研究室来一趟。"

II

我和两位教授一起坐上四人马车，在伦敦的灰色天空下，肃穆地前往摄政公园。路上与出租马车、两轮马车、公共马车、厢型马车等等形状各异的马车擦身而过，大半车夫都是死人。如今伦敦的劳动力市场上已经全是死人了。不知算是幸运还是不幸，我们的车夫是生者。

"要去哪里？"

我问苏华德教授。教授沉默了片刻，像是在斟酌词句。

"华生，你认为自己是爱国者吗？"

我感到用问题来回答问题实在不合情理，不过还是应了一声"嗯"。

"我是女王陛下的臣民。"

"非常好。对了，我听说你今年从医学部毕业之后会去军队？"

"是的。毕业之后我会去内特利进修，为了做一名军医。"

"那样的话，之后恐怕会去印度或者阿富汗。你做好思想准备了吧？"

"当然。"

虽然嘴上这样回答，实际上我对阿富汗只有模糊的印象。那好像是个亚洲的国家。大英帝国和它开战的时候我也曾经考虑过参军，不过那就意味着自己学习的一切都会付诸东流。我想，既然自己有志于医学之路，去做军医应该是最为合理的选择。

苏华德教授点点头。

"在我的学生中，你是最热心，也是最优秀的。如果毕业之后想去哪家大医院，我非常乐意给你写推荐信。不过你出于爱国主义精神，选择了在军队做军医的道路。既然如此，我有份工作想要交给你。那是只有你这样优秀的爱国人士才能胜任的工作。"

"什么工作？"

"我与那份工作也有关系，"范海辛教授向我挤了挤眼睛，"那是相当刺激的任务，你一定能办成的。"

马车经过马里列本火车站，在摄政公园旁一座古朴萧条的建筑前面停下。灰色的建筑比周围高出一头，沉重的大门旁镶嵌着一块并不起眼的铜牌，上面写着"环球贸易"几个字。

"环球贸易……是贸易公司吗？"

"这是公开身份。好了，快进去。"

苏华德教授打开门，催促我进去。我跟在范海辛后面走进大楼，一进门就是前台接待。走过大理石地板，苏华德教授向前台小姐通报了自己的名字，说与 M 先生有约，并把名片递过去。前台小姐接过名片，放进小小的树脂圆筒里，紧紧盖上，将圆筒放入前台背后墙上的气送管，合上气密盖，拉下拉杆，嗖的一声，响起压缩空气释放的声音。

"请稍等。"

又是嗖的一声，前台小姐打开气送管的盖子，从里面取出圆筒，取下盖子，拿出一张便笺般的纸片。

"M正在等待各位，请坐升降机上八楼。"

苏华德与范海辛两位教授不等带路就径直走向大楼内部，似乎早已轻车熟路。前台小姐大约也认识他们两位，并没有显出要带路的模样。走廊不知为何十分错综复杂，而且一个人也没有，简直令人心生寒意。我完全搞不清自己在这座大楼的哪个位置。如果是第一次来访的人，恐怕一定会迷路吧。尽管如此复杂，走廊里却没有任何建筑地图一样的东西。真是迷宫一样的建筑啊，我说。范海辛教授回答说：

"是故意建成这样的。"

"为什么？"

"为了分辨闯入者。在这座大楼里，东张西望不知所措的人可是非常显眼的。整个建筑都不欢迎初次来访的人。"

我们终于走到了升降机前面，操作升降杆，上到八楼。随后苏华德与范海辛的脚步依旧没有丝毫犹豫，穿过错综复杂的走廊，来到一扇门前。到处都有死人身着鲜红的陆军军装，肩上扛着马提尼亨利步枪。那是大约十年前取代史奈德步枪成为陆军制式武器的步枪。苏华德敲了敲门，里面传来一声"请进"。苏华德和方才一样打开门，让我和范海辛教授进去。

从桌子后面起身出来迎接我们的是一位略显消瘦的绅士，年纪大约四十岁出头的样子。

"杰克，亚伯，好久不见。"

绅士说着，与两位教授握过手，又向我望来。

"这位青年是参加大棋局的新棋手吗？"

"这要看他本人的意愿了。"

苏华德说。除我之外，在场诸人似乎都明白当下的状况，我不禁感到有种被疏离的恼火。

"对不起，这里到底是什么地方？另外教授，这位又到底是谁？大棋局是什么？为什么让我来这儿？"

范海辛无视我的焦躁，问了一声"有火吗"，从西装马甲的口袋里掏出银质烟盒，取了一支叼在嘴上。绅士从口袋里取出红磷火柴，在火柴盒上擦过，点燃了范海辛的卷烟。

"凡事都有顺序，一下子没办法回答清楚。你先坐下来。"

范海辛让我坐到椅子上，我不情不愿地坐下去。绅士也坐到桌角上。

"首先我想问你——"

"名字。"

"——什么？"

"名字。"

我生硬地说。提问之前先报自己的名字，这是礼节。苏华德和范海辛看到我这副气鼓鼓的样子，都笑了起来，显得颇为愉快。我更生气了。绅士没有反应，我又说了一遍"名字"。绅士也露出了愉快的笑容。

"我是'M'。在这里大家都叫我'M'。"

"真名是什么?"

"这你还不用知道。要知道我的真名，需要相应的资格，你先忍一忍。你觉得这里是什么地方?"

"贸易公司。外面的牌子上写着呢。"

我依旧绷着脸，故意给了个错误的回答。M轻轻拍了拍我的肩膀。

"你已经发现事实并非如此，不是吗?"

"唔，算是吧。"

"我知道你对突如其来的状况很吃惊，对此我很抱歉。不过你也不是孩子了，总闹别扭也不是办法吧。"

我叹了一口气，环视了一圈范海辛、苏华德以及这位自称是M的绅士。

"军事侦探之类的吧，政府的谍报机关。"

"为什么这么想?"

"走廊建得那么复杂，故意要让初次闯入的人找不到方向，这样的设计显示出保密的重要性。而且还有陆军弗兰肯做警卫。贸易公司本来没必要设置陆军警卫，不用活人而用弗兰肯做警卫，也是为了不让内部的见闻情报泄露出去吧。死人才不会说话。"

"洞察力果然了不起。我很想让我弟弟见见你。"

"弟弟……"

“我弟弟是顾问侦探。不是我偏袒，他确实很有能力，只是没有业务，日子过得比较辛苦。他在蒙塔古街借了一间房子，每天等待业务上门，闲来就在大英图书馆打发时间。不说他了，”M跳下桌子，来到我身边，“我们是女王陛下的谍报机关，形式上是外交部的直属局，实际上直接对首相负责。我们部门的名字，即使在政府内部也很少有人知道。”

“沃尔辛厄姆局，”范海辛在我背后说，“来源于弗朗西斯·沃尔辛厄姆爵士的名字。你知道沃尔辛厄姆爵士吧。”

“伊丽莎白一世的间谍头目，”我望着M的脸说，“两次摧毁暗杀女王的阴谋，还向欧洲大陆派遣间谍。”

“对，我也是不列颠派驻欧洲的间谍之一，”范海辛取下嘴里的卷烟，来到我面前，“借助研究吸血鬼之类民间传说的名义，频繁访问欧洲大陆。我还以研究‘穿刺公’德古拉的名义去过罗马尼亚等地，对，就是俄国沙皇妄图扩大领土、虎视眈眈的东欧。我借研究的名义——其实也确实是在做研究——依靠大学的经费在欧洲大陆旅行，同时为不列颠绘制东欧的军用地图，探查俄国人的动向。”

M接着范海辛的话说下去。

“俄罗斯帝国的基本国策是扩大领土。核心有两点：向西侵占东欧，向南侵占中亚。西进的势头在克里米亚战争中遭受重挫，我们在战争结束之后，向东欧派遣范海辛教授这样优秀的人才建立谍报网，提防俄国人。沙皇的秘密警察遍布全世界，不能疏忽大意。至于说南进——阿富汗现在是什么状况，不用我多说了吧。”

第一部

——Rebooting the Standard Cambridge ENGINE.4.1.2...
check......OK.

——Rebooting the Extended Edinburgh Language ENGINE.0.1.5...
check.....OK.

I

拉贾拜钟楼的钟声在热带的空气中缓慢地扩散。我静静地睁开眼睛。

"约翰·H.华生。孟买。1878年9月15日。"

伴随着我的声音，铁制笔尖落在纸上发出沙沙声。

这是孟买城中一间毫无装饰的房间。一位小个子青年笔直地坐在朴素的桌子前，手中的钢笔流利地写出华丽的行书。几近印刷物的整洁文字与飞快的书写速度——不用说，这是唯有尸者才能做到的事。

"星期五。"

永远固定在青春岁月的青年创造物听到我的命令，停住了钢笔，顿了一顿，流畅地朝我转过头，动作细节十分完美，然而却缺乏整体的协调性。即便是在等待指令而停止工作的期间，创造物与生者的区别也是很明显的。就好像温暖的阳光中唯有这个角落的时间冻结了一般。

尸者与生者有明显的区别，但也不是单纯的尸体。奇异的是，连小孩子都能区分尸体与静止的尸者。

"恐怖谷。"

我低声自语，星期五将脸对着我，机械性地写下字句。它把我的话原封不动地写到笔记本上。流畅而又生硬的动作，宛如现代版的梅泽尔象棋傀儡。愈是与生者相似，尸者的举止愈发会给人带来恐惧感，这种广为人知的现象被称为恐怖谷。尸体仅仅是尸体，而经过修缮化妆的尸体不知为何更恐怖。如果尸体还能活动就更可怕了。生者与尸者之间横亘着黑暗深邃的山谷。

沃尔辛厄姆登记名称：Noble-Savage-007。个体识别名称：星期五。空虚的大脑中写入了运动控制通用剑桥引擎和扩展爱丁堡语言引擎，是最先进的双引擎实验体。它的任务是记录我的行动，为我提供翻译，同时也兼做实习的教材。此记录也是出自星期五之手。

星期五是我的随从，也是女王陛下的所有物。在正式文件中，星期五是沃尔辛厄姆的 Q 部门——研究开发部借给我的物品。写入了虚假灵魂的尸体，用空洞的双眼窥探我的世界，静静地等待我的命令。

在沉默无语的星期五的头脑中，我逐一装入自己在大英博物馆图书阅览室中搜集的字典、辞书、百科全书等等内容。塞满了文字资料的尸体服务于肉体军团，这是个文字游戏。虽然还远远没有达到实用阶段，不过勉强可以用于单词级别的翻译，算是名副其实的活动字典。

这是我在环球贸易公司的一个房间里，骤然被扭转命运以来的第三个月。在这期间，我往头脑中拼命填入尸者技术，同时还调试了星期五。星期五原本是语言部门的实验体，我费尽力气给他安装了翻译功能，并让它能够像这样记录口述内容和他人的话语。

这些工作差不多完成之后，我来到了孟买。优良的海港，孟买。尽管反复如此告诉自己，然而词句始终只是词句，带不来实际感受。

远处的爆炸声震天动地，我走到窗边。透过厚厚的石墙上挖出的方形窗户，我冷漠地看着孟买港的船坞升起一股黑烟。

南国丛林覆盖下的工业都市，孟买。镜子般的海面上，飘扬着各国通商旗的船只在假寐。拖船、渡轮、渔船、舢板缓缓前进。看到黑烟的人们，翻动色彩艳丽的衣裙，在摊位林立的埠头东奔西跑。提着篮子卖东西的孩子们争先恐后地往外跑，你推我搡，纷纷摔倒。在那片混乱中，上半身赤裸的强壮尸者们，依旧从容不迫地搬运着船上的货物。

我的视线落在停泊于黑烟对面的大型蒸汽船上。三十八颗星的美利坚合众国国旗，和一面用银线在黑底上绣出一只眼睛的旗帜上下排列。这一回恐怖袭击的目标似乎是这艘船，不过受害者基本集中在栈桥上。我注意到，在埠头碎裂的石板上，有一顶白色的阳伞不合时宜地绽放着。那把伞晃动起来，像是回应甲板上的呼唤似的，持伞的妇人若无其事地挥着手。

　　我本想推测袭击美国人的恐怖组织背后的关系，不过又觉得这是白费力气。孟买目前已经成为英属印度帝国于阿富汗派遣军的一大中继基地，各国势力错综复杂，爆炸骚乱并不罕见，我也早已习惯了这样的骚乱。

　　起点，伦敦维多利亚站。终点，孟买维多利亚站。我的行程平淡无趣。多佛尔海峡、比斯开湾、大西洋、直布罗陀、地中海、苏伊士运河、红海、阿拉伯海。异国风景犹如翻动绘本般匆匆闪过。整个旅程差不多只用了一个月便结束了。

　　越是临近本世纪末，地球越是小得可怕。

　　生性猎奇的富豪福格用他的巨额资产做赌注，用八十天时间环绕世界一周，是仅仅六年前的事。如今，只要把目的地告诉托马斯·库克的接待员，旅程自然就会安排妥当。无需探险用的装备，只要几个行李箱便足够了。大英帝国不断构筑的坚固统治系统，使之成为可能。

　　这个星球正在急速被网络覆盖。铁路网、航线网、通讯网，全都是网。作为世界首脑的不列颠群岛和印度次大陆上的铁路网正不断扩张。阻碍它们联系到一起、迫使两个维多利亚站之间只能坐船往来的，是沉睡在欧亚大陆上的另一个大国。

窗外，杂乱无章的手摇报警器与马车喇叭的声音，盖住了人们的呼叫声。奇异的是，满身鲜血的伤者躺在担架上被抬走的景象，在我眼中看来恍如西洋镜一般。

旅行的速度剥夺了旅行的情怀。头脑明明在动，然而被移动速度远远抛在后面的身体却怎么也追不上实际的感觉。虽然大脑明白，身体却认为自己还是那个伦敦的医学生约翰·华生。发生的这一切恍如做梦，我的身体还没能适应。城市里四处都在建造的哥特复兴式尖塔更强化了这样的感慨。其中夹杂着综合了中世纪英国样式、威尼斯风格与罗马风格，又施加了东洋风装饰的建筑，犹如噩梦中的景象一般。

白沙瓦野战军第三旅第八十一北部兰开夏郡连队第二炼金中队所属，驻孟买城军医。这个略有些不明所以的头衔，是我当前档案中的身份。第二次英阿战争即将打响，印度总督罗伯特·布尔沃·李顿手中掌握着三支野战军，总计三万五千人。三支野战军分别由开伯尔山口、古勒姆和博兰山口出击，以排山倒海之势直逼阿富汗首都喀布尔的勇猛计划，正在印度全境紧锣密鼓地准备着。

又一声震天动地的爆炸，我轻轻耸了耸肩。

在我回头看看星期五，掏出怀表的同时，外面传来了急促的敲门声。我刚说了一声请进，门就打开了，走进来两排红衣的陆军弗兰肯，后面跟着一个消瘦的男子。他的下半张脸全埋在胡子里，大踏步向我走过来，伸出戴满戒指的右手。我报上自己的名字。

"华生。约翰·华生。"

"我知道你。"

印度总督李顿淡淡地应了一声，握住我的手用力捏了几下，朝窗外瞥了一眼，看到黑烟，嘴唇和眉毛都微微皱了起来。

"是格兰特吧。"

李顿眯起眼睛，自言自语。

"平克顿也靠不住啊。"

后面这一句大约是因为和我一样认出了黑底独目的旗帜吧。平克顿是美利坚合众国新兴民间军事服务公司中的一个。它借南北战争结束的机会，雇佣遗留下来的私人武装做员工，又大量采购尸兵作为公司资产，势力急速扩张，如今以各国雇佣军的身份在世界范围发展，打出独眼标识与"永远警醒"的标语。

我回想起自己在《伦敦新闻画报》上看到的一则报道。

"你说的格兰特，是不是乌里塞斯·辛普森·格兰特?"

李顿露出讽刺的笑容。

"正是第十八任美利坚合众国大总统，乌里塞斯·辛普森·格兰特阁下。任期结束后，借口休假开始环球旅行，实际上是为了四处给平克顿做推销。真是够难为他的。不过身为南北战争的英雄，不得不为自己的将士考虑将来的前途吧，而且私人武装如果走投无路也有在国内暴乱的危险。这也算是防患于未然的办法。"

"一到孟买就成为恐怖袭击的目标了?"

李顿像是赶苍蝇似的挥了挥手。

"这块地方恐怖袭击是家常便饭，连我一个星期都能遇上三回。拜其所赐，他们硬给我塞了这些东西。"

他指指身后的陆军弗兰肯。

"因为事先已经有所预计，所以给合众国方面也发出过警告，不过他们回消息说不要我们的警备。大概认为这也是宣传平克顿实力的好机会吧，随他们，"李顿无视我请他上座的示意，"你觉得平克顿为什么坐视自爆尸兵靠近？"

这算是提供情报之前的口头考核吗？我心中有些反感。

"利用弗兰肯的自爆袭击虽然并不罕见，不过本地使用的是新型尸爆弹吧。不是背炸弹去炸，整个尸兵本身就是炸弹。除非触摸，否则很难分辨。"

"很好，看来你已经很了解当地情况了。"

克里米亚战争中向俄国提供过水雷的炸弹专家，在圣彼得堡长大的诺贝尔发明的硝化甘油炸药的原料硝化甘油，是从制皂的废液中提取的。那是类似脂肪块一样的东西。在这个时代，走路的脂肪并不少见，而且脂肪也不会抱怨。将尸者的脂肪替换成硝化甘油，在化学上并无困难，仅仅受阻于常识，很难想到这个办法而已。在这个科学的世纪，只要是有可能的事，必然会实现，区别只在于或迟或早而已。

"格兰特没事吧？"

"他要是那么容易死掉就好了。"

李顿哼笑了一声。我向他点点头，掸了掸袖子上并不存在的尘土，从上衣口袋中取出 M 的信件，整了整衣襟，返回了若不是被炸弹骚乱打断、本该在自我介绍之后继续下去的本题。

"环球贸易公司怀疑你在本次作战中隐瞒情报。为了顺利完成潜入阿富汗腹地的任务，我有权要求你提供一切……"

"跟我来。"

李顿冷冷地瞥了一眼书信，无视我的话，转身丢下怔住的我，走了出去。我看了一眼星期五，它正把桌上的笔和本子收到包里，我赶上几步来到李顿的斜后方，星期五舒缓而富有规律的脚步声跟在后面。我扫视两边忙乱摆动四肢的陆军弗兰肯，看出它们的运动控制大约是制式牛津引擎，不过因为学习时间太短，看不出年代版本。

"M还好吧。"

李顿似乎毫不介意护卫的迟钝，在走廊里匆匆向前，问话的音量犹如叫喊。他竟然直呼M其名，我不禁皱起眉，然而他并不等我回答，又连珠炮似的继续大声说。

"不，单个M的健康安全并不是问题。他要是有了什么意外，马上就会有下一个M接替他的工作。倒是你需要担心。我们等不了再派下一个间谍过来。你要注意身体，到处都缺尸者技术员。宿舍还行吗？城里房屋紧张，多少有点不自由，还请你多多包涵。吃得习惯吗？对当地的感想如何？唔，很热吧。我自从赴任以来，也是吃了不少苦头。不过很快就会习惯，不用担心。"

尽管是在要塞内部，但如此公然谈论机密事宜实属不妥吧。不过相比之下我还有更想问的事情。

"你说还要再等下一个间谍是什么意思？"

"就是说你的前任，被炸飞了，在抵达白沙瓦之前。真看不出他是个那么蠢的家伙。"

李顿像是说了个笑话似的嘿嘿一笑，让我不禁怀疑是不是他泄露间谍的情报。李顿突然停住脚，我一下子撞上了他的后背。

"你说说对于阿富汗的了解。"

我在心中暗自苦笑，实在跟不上这人的思路，他有点神经质的样子。不过在目前的状况下，像李顿这种地位的人，大概也是没办法的吧。李顿再次飞快地走起来。我在头脑中整理这几个月来获得的知识，在他背后说："首先是去年的俄土战争。俄国插手波斯尼亚和保加利亚的起义，与土耳其发生摩擦，很快发展成全面战争，俄罗斯甚至一度威胁到君士坦丁堡。战争缔结了《圣斯特法诺和约》，以俄国的胜利宣告结束，但欧洲各国都担心俄国的领土扩张，今年7月通过柏林会议粉碎了俄国染指巴尔干半岛的企图。由于西部战线的胶着，俄国沙皇强化了南下中亚的策略，增派军事顾问团前去喀布尔。阿富汗国王希尔·阿里汗拒绝了大英帝国派遣的外交使团，眼下你正计划使用军事力量撬开阿富汗紧闭的外壳。"

英属印度被喜马拉雅山脉、塔尔沙漠和印度洋环绕，主张应当坚守要害的威廉·尤尔特·格莱斯顿已经卸任，在动态平衡状态中寻找机会的扩张主义者本杰明·迪斯雷利成为首相，让更激进的李顿赴任印度总督。在这样的情势下，希尔·阿里汗的选择很难算是明智。一个部落社会的国王，正在两个大国之间走钢丝。

"大棋局。"

李顿夸张地挥舞手臂，兴奋地说。

"华生，俄土战争时，俄国为什么会在保加利亚的普列文要塞损失两万多名士兵，你说说看。"

"我听说是装有新型尸件的尸兵发挥了作用。"

我回想着范海辛教授一本正经的表情回答。在研究之余化身军事间谍，绘制未曾涉足之地的地图，搜集各国军力配置的传闻，调查军事设施的建设状况。这些都是军事间谍的通常任务，不过教授的工作涉及到更加积极的领域。我现在已经知道环球贸易公司不仅仅是沃尔辛厄姆局的隐身衣，向俄国的敌对势力提供尸者控制软件——尸件，在保存自己国家战斗力的同时削弱对手的力量。这类"贸易"，也是沃尔辛厄姆局的工作。

——大棋局。

活跃在欧亚大陆的大英帝国与俄罗斯帝国的攻防大战。尽可能避免直接冲突，在保全自身利益的同时牵制对手。棋局的棋子不是军队。设定缓冲地带，相互驱赶对方伸向甜美果实的手臂，有时煽动骚乱。相比于派遣军队，在其他国家引发内乱，是维护费用低廉的防御手段。操控谍报员的间谍头目们是棋手，而我现在也是一个棋子。在这一点上，像现在这样不得不出兵阿富汗，则表示棋局进展不顺。

"很好。"

李顿点着头，在墙面上蒸汽管道交错纵横的走廊里拐了个弯。

"那么，当俄国逼近东正教的中心君士坦丁堡的时候，为什么又退兵了？"

出乎意料的问题让我差点踩了个空，我临时编了个理由。

"战线拉得太长，而且欧洲各国的干涉也变得十分激烈。见机而退——"

"很好。"

李顿用和刚才一样的语调打住了我的话。

"我明白了，你没有访问鹦鹉螺级情报的权限。我们向地中海派遣的三只鹦鹉螺级舰船，即使是大俄罗斯沙皇也不能无视，哪怕看不到舰船的身影。M也是不对，派来你这种能耐的人物。那么关于'克里米亚亡灵'呢？"

我在思考鹦鹉螺级的问题意味着什么的同时，对于自己竟然没有向李顿生出怒火感到有些奇怪。也许是接二连三的缺乏条理的问题让我没有时间发怒吧，也可能是因为我感觉到这可能是李顿这种人物提供情报的独特做法。

"克里米亚……？"

"没错，克里米亚。你连这个都不知道，沃尔辛厄姆局到底让你来干什么的。还说我隐瞒情报，真是可笑。我很想说，不愿意吹嘘自己的功绩，乃是英国绅士的风度，但这样只是浪费我的时间。不可原谅！这件事情我要向本国提出严重抗议。"

李顿头也不回地在弯曲复杂的走廊里飞快穿梭，下了楼梯，穿过一扇又一扇古朴的拱门。他的脚步和动作越来越快。

"二十年前克里米亚战争结束的时候，从塞瓦斯托波尔要塞逃出来一群疯狂的尸者技术员，克里米亚亡灵指的就是他们。他们在那儿干了什么？"

李顿挥起右臂，在半空停住，握成拳头。

"——潜伏在黑海对岸的特兰西瓦尼亚，通过尸者建设自治区，'积极生产'尸者。阻止这一企图的是——"

"——范海辛和苏华德。"

"没错。沃尔辛厄姆的 Q 部门在那时候获取的大量尸者技术一直没有公开，不留公开记录也是好事。特兰西瓦尼亚一直都是未解决的状态，抓到的尸者技术员都是底层的。"

李顿在走廊尽头出现的巨大门扉前停下脚步。左右两扇门上分别雕刻着狮子和独角兽的厚重浮雕，泛出钝重的光芒。支撑钢铁质地门扉的犹如背包大小的铰链，横排在李顿的头部两侧。李顿从胸口取出金属制穿孔卡片，用食指和中指夹住，插入门旁的读卡器。卡片闪过一道光芒。墙里传来巨量蒸汽排放的声音。

沉重的门扉慢慢朝我们打开，露出足够一支中队并排通过的宽阔楼梯。楼梯尽头消失在地下的黑暗里，中间是光滑的石板组成的搬运带，两侧墙壁上朴素的栏杆替代扶手向前伸展。

"欢迎来到孟买城的心脏。"

李顿张开双臂，仿佛要将我引向地狱。

II

搬运带前方是无尽的黑暗。

瓦斯灯的火焰连绵点亮，向前延伸，仿佛在给我们做向导。直立的棺椁之森在摇曳的灯火中浮现出来。泛有金属光泽的银色棺椁，火焰在其表面妖艳舞动的模样像是涂漆，镶嵌在盖子中的金色弯月形金属板，犹如在夜晚的水波中化作碎片的映月。

孟买城地下的巨大坟墓，在我视野的尽头张开大口。放眼望去皆是坟墓。与通常的坟墓不同的是，竖立在地上的不是十字架或墓碑，而是棺材本身，而且棺材的盖子开着，露出长眠其中的尸者身影。"长眠"这个词大约并不贴切吧，因为尸者只是在死亡而已。尽管不可能再有呼吸，但那种死亡中却充满了马上就要活动起来的感觉。自从本世纪下半叶以来，"在死亡"这个词不再表示死亡的进展，而变成了表示持续状态的词。

如成年人手臂粗细的蒸汽管道与捆成束状的电缆线上面带有各种标记，仿佛纠缠的蛇一样从棺椁的背后溢出到石板上。管道上画的粉色与黄色的三角印记大约是提醒人们小心，有着与这里的氛围格格不入的明亮感。这记号是对物质的亵渎，就像是在墓碑上涂鸦一样。就连博物馆的剥制标本上附加的说明，也远比不上这种工业性的迟钝。

棺椁中的尸者，头部和身躯上都插满了无数的电极，还有显示尸者状态的测量设备。这也是混乱的语言。尸体上的生命征兆仅仅是显示物质的状态而已，用作记号的油漆在尸者毫无光泽的皮肤上胡乱写着工作的进展状况。

我伫立无语，耳边响起李顿歌唱般的朗诵声。

"你们就是我们的荐信，写在我们的心里，被众人所知道所念诵的。你们明显是基督的信，借着我们修成的。不使用墨写的，乃是用永生神的灵写的。不是写在石板上，乃是写在心版上。"

李顿在胸前夸张地画了一个十字。

等待召唤的尸者军团。空悬在大地与地狱之间的灵薄狱，也许有着出人意料的静谧，或者是炼狱吧，我不清楚两者的区别。天堂、地狱，穿过两扇大门的权利悬在空中，置身于永恒黄昏中的尸者军团，就这样排列着。

孟买城地下整训场，据说是为陆军弗兰肯的大规模整训而建造的。根据李顿的介绍，这里能同时容纳、休整两千名尸兵，让我不禁有些眩晕。即便如此，李顿说，数量依旧不足。

"相比于单个尸兵的精细维护，我们需要的是大规模运用尸兵的方法。其实尸者可以一直遵守命令行动，直到完全腐烂为止，做不做维护都没关系。但是规格不统一的木偶集团却不能用于军事。可惜一门心思提升单个尸者性能的学者们总是不理解，集团行动的效率取决于能力最低的个体。"

"连动控制的插件应该在不断更新……"

那是当然，李顿哼了一声。

"如今我大英帝国引以为傲的全球通讯网，三分之一的通讯量都被用于控制尸件的更新和各个分析机之间的交流。简直搞不懂为什么要在海洋底部铺设线缆，还派驻大量士兵守卫苏伊士的中继设施。全都是非人的对话，只有通讯量一个劲增长。"

连动控制可以说是军用弗兰肯的运用中不可欠缺的最重要课题。个体的战斗力再高，如果不能以集团为单位加以运用，便不可能用于军事。在数量面前，一切精工细作都毫无意义。极端来说，大量士兵只要能够排成队形整然前进，便可打倒一切敌人。即使不能断言说无法阻止大群尸兵的前进，但至少也是极其困难的。这和行军蚁是同一个道理。无论是被军刀挥斩，还是中了来复枪的子弹，只要被写入虚拟灵魂的石板没有被打碎，尸兵就不会停下脚步。直到记载于大脑中的真理（emeth）的首字母 e 被抹去，化成死亡（meth）为止，尸兵只会埋头执行命令。

即使是我，也明白"创造物的战斗能力是什么"这个问题远比看上去要复杂得多。只要还能活动就把周围一切人类全部杀死的命令虽然简单，但那样的东西绝不是士兵，连杀人狂都算不上，最多只能算是自然灾害吧。

让尸兵区分生者与尸兵并不是非常困难。因为对于动作的认识是刻画在人类身体里的本能，不需要再做什么加工。但是，区别己方和敌方却无比困难。因为，虽然生者很容易理解这两者的区别，然而对于尸者而言，敌我毫无意义。敌方与己方不是医学性质上的划分，而是源于生者特有的精细脉络和理论。

尸者并不具备识别敌我的功能。要判断谁是敌人、谁是战友，需要具体的指令，或者对尸件做出调整。尸者可以识别出单个的生者，一定程度上也能区分声音。如果是在街上驾驶马车之类的任务，这样也就差不多了。但在炮弹飞舞、爆炸声与叫喊声震天动地的战场上，必须另当别论。

也有通过暗号或颜色来识别敌我的手段，但并不完善。如果敌军模仿声音、模拟服装，尸者自然无法区分。生者也并非人人都擅长随机应变，尸者就更不用说了。

实际上，去年日本内乱时就发生过明治政府的尸兵军团坐视伪装成政府军的叛军从田原坂通过。据说是创造物误认了识别用的旗帜。

尸兵的名称里虽然有个"兵"字，但并不是士兵，他们只是兵器，需要依靠运用者的才能。正如枪没有自己的意志，落到敌人手里依旧可以当兵器使用。当然，有些部队也安装了危险的功能：一定时间没有接到指令就自爆。

既然是兵器，自然也会有进出口。以平克顿为代表的军事公司，昨日还是战友，今天就成为敌人的情况并不少见。各国军队也是一样。每当这类时候，就需要改写敌我识别装置。于是本来就为尸兵的维护叫苦不迭的各国政府愈发依赖军事公司。战争的确是巨大的产业。

连动控制，就是为了减轻这样的困难而开发的尸件。它尝试将单个尸者的细小动作作为识别信号来使用。手臂轻微的晃动、突然伸出手指，通过诸如此类的动作来让尸兵相互识别。细微动作的组合十分复杂，生者根本不可能记住，但对于安装了专用尸件的尸者却不成问题。配置了连动控制的尸者在战斗时，会像蚂蚁一样首先进行识别。当然，并非相互触碰触角，不过它们确实会做出生者无法识别的秘密动作，判断对方是否与自己同属一个群体。恰如对敌的骑士首先彼此致礼一般。

这也可以说是唯有尸者才能理解的、高度加密的动作语言。无法使用声音语言的尸者们，通过身体的特定颤动，产生出暂时的个性，虽说这种语言只是单方向的信号。配置了连动控制的尸兵，以同样的机制确定自己的指挥官。它们读取个体的身体属性，识别出该人是否为自己的指挥官。当然，这是理论上的情况，实际运用的时候会变得无比复杂。

虽然知道这些知识，但在这样的整备场中前进，我愈发觉得头晕目眩。分析机编写的尸件日复一日写到穿孔卡片上，通过海底线缆发送到世界各地。当前急速扩大的全球通讯网已经完成了大西洋的铺设，从孟买经过加尔各答、新加坡、澳大利亚、新西兰，正要横穿太平洋。线缆另一头，信号被复制到新的穿孔卡片上，写入数量庞大的尸者脑中。

"诀窍在于与其全面整备一个尸兵，不如同时整备一百个尸兵，能保证其中八十个的行动就行了。"

李顿朝棺椁之森伸出手。

"可惜，问题是没人能理解全局，"李顿的脸上掠过阴郁的神色，"尸者技术员极端匮乏。这个地方已经半自动化了，可以同时进行数千个创造物的生产和整备。但在整备员中，能理解原理和理论的还不到三个人。虽然能修理损坏的地方，但也仅此而已。线断了可以接上，然而灵魂的奥秘却不得而知。调整齿轮的位置，缝合伤口，修补损伤部位，废弃无法修复的尸兵——可是，医学到底是什么，华生博士？"

我知道这不是提问，所以并没有作答。没有办理毕业手续就来赴任的我，医学博士的头衔也是M伪造的经历之一，这一点我感觉没有特意坦白的必要。

我默默地跟随李顿在并立的棺椁间穿行，来到两个陆军弗兰肯守卫的墙壁前面。李顿动了动手指，让守卫退开，又一次搜寻胸口的口袋，把一枚穿孔卡片递给我。他以目光示意退到两旁的尸兵背后露出的插入口，自己走向墙壁另一边的另一个插入口。虽然有点像是骗孩子的玩意儿，不过至少说明这里是需要两枚卡片认证的区域吧。我等待李顿的信号，与他同时将卡片插了进去。

墙内发出沉重的低音，沿着石壁接缝显出一条线，砂土纷纷落下。一块方形平面稍微凸出一些，李顿在那右边轻轻一按，挥了挥手指，示意我过去。我又穿过一扇冥府之门。

尸臭直冲我的鼻腔。

尽管之前有那么多的尸者包围，但这里的臭气却更加强烈。我本以为这几个月与星期五朝夕相处，早已习惯了尸臭，然而这股臭气动摇了我的自信。我意识到是血腥气加深了尸臭。人类的知觉并非随强度变化，而是非线性的混合。与汤中的微量调料发挥作用是同一个道理。不知什么时候来到我背后的李顿，拨动墙壁的开关，瓦斯灯发出犹如叹息般的声音点亮。小小的房间——然而也是足够巨大的房间，在火光中摇曳。

纵深的尽头有一个人影。

对面墙上装了一个十字架，那个人被捆在十字架上，垂着头，脸被长发遮住。锁链死死捆住的手腕变成了黑紫色，固定在十字架上的器具一眼看去仿佛是铁钉，十几圈铁链紧紧地捆住身躯。

在他的左胸有个拳头大小的黑圆，从染黑的上衣可以看出是圆柱形的切面。木桩——那是沿体表切断后留下的木桩吧。

李顿在仿佛教堂般的房间里径直向前，在距离那个人稍远的地方站住，举起右手，竖起食指，在他面前左右摇摆。被捆住的人慢慢抬起头——钢铁制的牙齿朝李顿的手指方向咬了一口，咆哮起来。

创造物疯狂挣扎，披头散发，十字架咯吱作响。

"饱尝苦难，成为牺牲，十字架上，为众舍身，肋旁被刺，血水流淌。"

李顿用他粗犷的嗓音唱起了《圣体颂》的一节。

"怎么样？"

李顿唱完，扭回头，面无表情地问。

"——女性创造物。"

压抑着作呕的心情，我努力挤出几个字。李顿眼中浮现出奇异的光芒，不知是有趣还是同情，他观察着我的反应。

女性创造物——即便是承认尸者的存在、甚至会在启动之际进行洗礼的英国国教会和梵蒂冈，都绝不会承认——不可存在、不可制造之物，就在那里。女王陛下的整个维多利亚时代甚至都无法想象的悖德之物。李顿静静地问。

"吃惊吧？"

我用力咽了一口唾沫。李顿像是教育不成器的弟子一样，静静地告诉我。

"这可不是我期待的反应啊，华生。我以为你一眼就能看出的，可不是这种表面的肤浅差异。科学的仆人啊。"

李顿话语中的嘲笑显而易见，不过也带有畏惧，压抑的笑声含混不清。

"但是——"

与尸爆弹一样，这在医学上没有任何困难。作为尸者化的对象，女性大脑与男性大脑没有任何医学上的差异，随时都能批量生产。然而世上竟然存在染指这种勾当的人，完全超出了我的常识。我面对尸者不停划着十字，无法迈步。

女性创造物用钢铁的爪子和牙齿不断尝试切碎李顿，十字架上的身子不停扭动，束缚身体的锁链激烈撞击。总督的神色毫无变化。

"还没发现啊。"

利刃般的笑容浮现在李顿的嘴角。我喘了一口气。

"女性的——"

"够了。"

李顿的语气很不耐烦。我撑住发软的膝盖，用意志的力量继续说下去。

"创造物。"

"为什么你认为这是——"李顿瞥了女性一眼，我无法理解他话语的意思，"创造物啊。"

因为毫无疑问就是创造物。没有谁能在心脏被打入了木桩之后还有如此可怕的膂力。而且对于生者——不，即便是尸者，也很容易区分生者与尸者，这种问题不会弄错。生者之国与死者之国严格地区分开来，死亡周围环绕着高耸而坚固的墙壁，只有一扇单向通行的门。

创造物的肩膀动了。我注视着掩埋在女性形态下的肉体，凝神观察。

流畅。

那动作明显是尸者的动作，但很流畅，不是一个接一个的僵硬动作。有着连贯的、生命的流畅。就像是扭动肢体的蜘蛛，在异常凌乱的同时又有着连贯性。就像是我眼前的这位妇人正因恶魔附身而痛苦一般。它的举动超越了我所知的尸者，恐惧飞跃到了一个新的高度。

"运动控制——"

李顿用力点点头。

"对。根据专任官的分析，这个女人安装的是制式牛津引擎。"

"不止这一个吧。"

"眼力不错。"

虽说我希望你能更早一点发现，李顿讽刺地加了一句。

"俄罗斯帝国的最新引擎？"

对于我的问题，李顿耸了耸肩膀。

"写入的好像是东边的未知插件。顺便说一句，制式牛津引擎的版本，和俄土战争爆发前范海辛提供给保加利亚的年代型号一致。协作用的似乎是制式莫斯科插件，不过详细情况我们还不清楚。"

"你是说保加利亚军泄露了机密？"

"机密总会泄露的。提供尸件就是这么一回事。正因为如此，才需要不断更新尸件。"

李顿冷冷一笑，好像是说理所当然。归根到底尸件只是文字的排列而已，既然是文字，就可以作为实体书写，当作情报复制，通过线缆传送。"能够复制的东西迟早会泄露，问题是——"李顿又笑了，"泄露的是不是仅有制式牛津引擎。"

——敌我识别机能很强，动作流畅的新型尸者。

"克里米亚的亡灵——"

对于我的问题，李顿抬起黯淡的双眼，发出激烈的笑声。他一边擦拭眼角，一边问我："你终于明白了啊？范海辛教授他们没有销毁的尸者控制技术，至少是没有能够销毁的技术，沃尔辛厄姆藏匿了那种技术。"李顿说。

我的头脑中回想起在伦敦的时候范海辛与苏华德的对话。

——有一套名叫"整体协同"的四肢控制比较有希望。

——非线性控制吧。我听说了。

李顿转过身，背对狂暴的尸者。

"这个，"他并没有看我，径直朝出口走去，与我擦身而过的时候对我说，"你的目标是'尸者王国'的成员。"

在灯火熄灭的黑暗中，李顿的声音与创造物的锁链声纠缠在一起。

"你需要靠自己分辨出谁是真正的敌人。"

III

当然，这里需要介绍尸者的情况。

三年前，1875年冬。

在非洲战线享受日光浴的大英帝国陆军所属弗雷德里克·古斯塔夫·伯纳比上尉，忽然想用假期去周游冬季的俄罗斯。他是个身高两米，体重二百斤的壮汉，完全不适合精细复杂的间谍工作，但还是想去亲自看看传闻中的俄罗斯帝国。

他虽然没有大大咧咧直接跑去要求说"给我看看"，但也没有做任何隐蔽工作，光明正大地报上自己的名字，一头闯进了寒冬中的圣彼得堡。俄罗斯帝国不知该拿他怎么办，正头疼着，伯纳比旁若无人地驱动雪橇，成功完成了一直对英国人封锁的中亚探险之旅，打通了阻塞的通道。

他从伦敦出发到达圣彼得堡，经由莫斯科来到黑海，南下前往阿富汗，闯进与阿富汗北方国境接壤的希瓦汗国。对俄国而言幸运的是，伯纳比的休假到期了。他回国后将这一连串经历写成《希瓦骑行记》，不带一兵一卒横穿俄罗斯帝国的经历，让大英帝国的朝野上下沸腾。

读他的书固然有趣，然而他本人却让人不想多打交道。

"哎，别那么冷淡嘛，最坏情况就是变成尸体被运回来呗。现在这个时代，就算尸体也能为国效力，不用担心。"

这种话他都能不带半分恶意地说出来。

"和我的前任一样吗？"

唔，伯纳比上尉眨了眨眼睛。

"那是他运气不好。"

他淡淡地说。

"把我写得帅点。"

这句话是对我身边不停记录的星期五说的。星期五一丝不苟地在本子上写下："伯纳比上尉，自谓帅气"。

1878 年 11 月 1 日，印度河，卡拉奇北部。

我和星期五根据沃尔辛厄姆的安排，与这个麻烦的搭档一起上了船。伯纳比上尉毫不介意船员责备的目光，悠然占据了吊床的位置。在他旁边，星期五将画板靠在船舷栏杆上，默默记录着。

这一次旅程是和为第八十一北部兰开夏郡连队运送给养的输送队同行，然而这次可以说是代表我身份的穿孔卡片与伯纳比的腕力营造出的结果。对于伯纳比这个满脑子只会想着孤身一人闯入冬季的俄罗斯森林捡栗子的家伙来说，词典里根本不存在"事务性工作"这个词。

在这里的主要移动手段还是船。从伦敦到孟买需要一个月，而英属印度帝国军团移动到阿富汗边境，实际上需要花费三个月。尽管不能把个人旅行和大军的移动等而视之，总之没有铁路的陆路之旅很费时间，而河流的输送量又有限。

如果地球只有陆地，大英帝国大约不会有如今的繁荣吧。统治需要速度，将世界不断用线条连接在一起、置于统治之下的大英帝国，和迟钝地死守着土地、不断扩大面积的强权俄罗斯帝国，两者之间的胜负趋势可谓一目了然。

我们在点与点之间移动，无论哪条移动路线，身边总有尸者陪伴。混在牛群中老老实实挥舞锄头的尸者，锁在一起挑着行李默默行进的尸者。我回忆起在苏伊士看到过百人单位的尸者们组队拖曳大型船只的景象。

"要是牛马也能尽快尸者化就好了。"

这是伯纳比不经大脑的意见，人类的医学尚不能将人类之外的生物尸者化。

我们从孟买溯河前往卡拉奇，穿越拉杰普特进入旁遮普，再向北进入卡菲尔斯坦，直指兴都库什山脉。我的计划是在半路上的白沙瓦与俄方间谍接触，而这条路也是伯纳比不久前失去战友的路线。塞缪尔·布朗将军率领的白沙瓦野战军开战的开伯尔山口就在白沙瓦东边四十八千米的地方，作为补给地点很合适。

我对于驮马、骡子和尸者都已经很熟悉了，不过看到大象时多少有些吃惊，至于看到本以为是沙漠动物的骆驼沿着河边排列的景象，我更不由得低低惊呼了一声。

"因为这里就是沙漠。"

伯纳比教育我说。

"这一带越往北降水量越少，水源主要依靠常年积雪，是很贫瘠的土地。说到兴都库什你会想到什么？"

"雪山……吧。"

随着沿河向北，绿色逐渐丧失生机。放眼望去，原野上自然生长的繁茂树林也逐渐变成人工修整维护的种植林。支撑此地农业生产的是发达的灌溉设施。自然的恩惠少了，便只能依靠技术力量来弥补。发源于兴都库什山脉的印度河带来的泥沙固然能给河口送去养分，然而河毕竟只是平面上的线条而已，欧亚内陆的大部分都是荒地，伯纳比说。

"你只有隐约的印象也情有可原，因为那一带本来就没什么可以留下印象的地方。只有超越了人类思考的自然，具体来说就是砂土和岩石。"

"只要有地，就可以走。"

伯纳比突然间说出哲学家般的话语，我也随口应了他一句。

"地是有地，"伯纳比转向我，神色有些迷惑，吞吞吐吐地说，"奇妙的是……"他继续说下去。

"奇妙的是，在那种自然中，人所感觉到的自我，会变得十分强烈。只有感觉，语言等等全都被剥离了。能用语言描述的只有寒冷、疼痛，而那也只不过是人类的感觉。纯粹的事实变得十分醒目。在那样的地方，不可能存在任何东西。失去了语言，幻想与现实的区别也会消失。"

虚幻的土地，伯纳比说。

"在你头脑中，阿富汗只不过是世界上又一个动乱之地吧？可是，在那一带，万物的存在方式本身都是不同的。你以为你会看到国境线吧？"

"没有吗？"

我完全没想到国境线的有无也会成为讨论的话题。

"至少没有英国和俄国所想的那种国境。听起来像是笑话，那一带连军用地图都没有。你知道吗？在英国整理资料，打算和俄国划定势力范围的时候，才发现原本就不存在国境线这个东西。"

"那也应该有人住的吧。只要有人在那儿生活，土地就不是幻影。"

"当然有人住，因为那里自古以来就是东西交通的要冲，许多帝国兴起灭亡。中亚可以说是无数帝国的坟墓，但我们不是去那里生活，我们是路过，我们可以路过那里。路过的时候，土地是现实的。离开之后，便又回到了无法想象、无法理解，甚至都无法回忆的高地。存在不是个体的实感，只有共通的语言才是存在。那一带地方，对于缩在书房里的 M 来说，大概是绝对无法理解的吧。"

我不把伯纳比的哲学放在心上。

"那样的地方……"

"正因为是那样的地方。"

吊床上的伯纳比手里晃着一瓶不知从哪儿弄来的爱尔啤酒，像是有种发自心底的愉悦。

伯纳比在希瓦汗国无意中听到的传闻，成为我任务的开端。

——俄罗斯帝国军事顾问团的一支队伍离开了阿富汗首都喀布尔，在帕米尔方面活动。

所谓活动必然是军事行动，可是帕米尔与预想的英军前线相差十万八千里。俄军在冬季的帕米尔到底要和谁战斗？对于伯纳比的问题，翻译的回答出乎意料。

"和俄国人。"

"内讧了？"

伯纳比的朴素问题引来了机智的回答。

"你们西方人把尸者称为战友，所以算是内讧吧。"

"原来如此。是哪一方的尸者？"

"尸者没有哪一方的。一切尸者都是安拉的。最好别去管阿德人的末裔。"

有道理，伯纳比坦率地表示心悦诚服。他继续调查，发现事态重大，报告了沃尔辛厄姆。当然，这些内容没有写进《希瓦骑行记》中。这个时间点上，沃尔辛厄姆揪着伯纳比的衣领拽他回国，如今看来是个失策，不过作为我这样不得不与之同行的人看来，M 的心情也是可以理解的。阿富汗周边的形势太过微妙，不能让脱离轨道的石弹胡乱飞行。

伯纳比好比人形武器，他若是只身闯到大破阿古柏收复新疆的左宗棠军队附近，弄不好就能触发俄罗斯帝国、大清帝国和大英帝国的三雄争霸。

"真没礼貌！"

我无视伯纳比的愤慨。到出发之时为止，这家伙和平克顿之间的闹剧持续了好几个星期，浪费了我好多时间和精力去收拾。把本来以伯纳比自己为目标的尸爆弹塞给平克顿的要人也就罢了，还光明正大地报上自己的名字，这家伙的怪癖可见一斑。虽说最终还是多亏了伯纳比的手段才捡回一条命，可是如果没有这家伙在，争执根本就不会发生。要我感谢他，完全不合情理。

接到伯纳比的报告后，沃尔辛厄姆在调查中发现一个名字。

阿列克塞·费尧多罗维奇·卡拉马佐夫。

那是带领一群尸者离开军事顾问团，去阿富汗北方试图以尸者为臣民建立新王国的人的名字。被沃尔辛厄姆试探的俄国沙皇直属办公厅第三部，狼狈不堪地泄露出许多情报。简而言之，那个王国的建设，对于俄国人也是晴天霹雳。沃尔辛厄姆提议交换情报，第三部慌忙向喀布尔派出快马，狼狈地宣称，"和一部分情报人员有小冲突，不过事态已经得到了控制"。骑马看似悠闲，实际上在那个人迹罕至、电讯不通的荒野，情报的传达速度只能依靠马匹的脚力。

"俄罗斯帝国不欢迎新棋手参加大棋局。"这是第三部的回答。不过在"尸者王国"这件事情上，沃尔辛厄姆与第三部决定共同作战。

与第三部的工作人员在白沙瓦会合，前往卡拉马佐夫的王国——

总之，任命以机动力见长的伯纳比是否合适，我持保留意见。不过既然申诉书被驳回，我也只有遵从命令。不用指望这家伙能给我带路。我早就知道，伯纳比能在没有路的土地上赤手空拳开出一条路来。骏马需要骑手，然而伯纳比已经把骑手甩过一次了。

"新型尸爆弹啊，那东西很古怪。"

这是伯纳比的辩解。他去白沙瓦与俄国方面的情报人员会合，结果和我的前任在喀布尔河与印度河交汇的地方遭遇了奇袭阿塔克要塞的尸爆弹袭击。我的前任被炸飞了。伯纳比之所以获救，仅仅是因为他"够结实"。为了名誉补充一句，前任和尸爆弹之间其实隔着伯纳比，可以说是他的不幸——前任在石墙和伯纳比之间被挤死了。

"带炸弹的尸者我见过很多，那些完全不同，它们认识我们。"

"尸者当然认识生者。"

你没见过所以不知道，伯纳比似乎不想和我就此争论。我在孟买城地下看到的女性创造物，就是那时候伯纳比捕获的一只。因为担心自爆，所以往心脏敲入木桩，这样的事情他说得若无其事。不过这种手术太乱来了，而且在医学上毫无根据。

"尸者和吸血鬼是一样的吧。"伯纳比信口说出范海辛教授听到恐怕会晕倒的话。

那个尸者实际上确实设有时效性自爆程序，而对心脏的一击也确实中止了自爆程序。尽管如此，伯纳比只是纯粹运气好，误打误撞对了而已。他扛着脊椎折断的前任和胸口戳了木桩的尸者，急速返回了孟买。

要是一起炸飞就好了，我无数次叹息着想。

且不说细节，那次袭击本身就是疑点重重。先不管沃尔辛厄姆怎么想，至少从常理上说，如果阿富汗从俄国得到了技术支援，成功开发出新型尸者，岂不是应该将尸兵全部换成新型尸者？之所以没有更换，是因为设备不够，还是成本限制，抑或是有什么致命的缺陷吗？

——卡拉马佐夫带走了机密信息，生产不得不中止。

睡午觉的伯纳比在吊床上发出巨大的鼾声。我不去管他，从背包中取出一捆包裹在防水布里的文件摊开。那是从孟买的大脑、全球通讯网的中继室接收的报告书。维吉尼亚密码加密的通讯文，和记载了身体特征的贝蒂荣识别法，通过连接在星期五身上的简易读取机解密，再由星期五写在纸上。

我背靠着船舷的栏杆坐下，重读被视为尸者国度之王的人的记录。对他已经有些隐约的概念，但他的内心依旧无法捉摸。

阿列克塞·费尧多罗维奇·卡拉马佐夫。生于斯克特普瑞各尼艾威斯克。

他是地主费尧多尔·卡拉马佐夫的三子，据说当时三十三岁，比我年长，比伯纳比年轻。曾经被送去修道院，不过在十三年前因为信赖的佐西马长老辞世而还俗。据说被视为圣人的长老尸体上散发出的尸臭是他还俗的导火索，看来是个相当敏感的人物。

他有两个哥哥，德米特里和伊万。兄弟关系似乎还不错，不过随着父亲费尧多尔的离奇死亡，卡拉马佐夫家的命运发生了转变。在混乱中，佣人斯米尔加科夫死亡，次子伊万发疯，长子德米特里背负杀父罪名，被流放到西伯利亚，家庭破碎。

这些情况之所以会有详细记录，大约是因为地方报纸认为这些内容算是小小的新闻，而第三部也觉得没必要刻意隐瞒已经上了新闻的事情吧。

费尧多尔·卡拉马佐夫谋杀案之后，阿列克塞的行踪飘浮，难以把握。公开记录显示，他去莫斯科重新上了神学院校，又参加了反沙皇的地下组织活动，但这样的人物不可能作为军事顾问团成员被派往喀布尔吧。合理的解释是，他肯定是作为政府方面的密探参加地下组织的。

从神学院校毕业后，他照例被分配到西伯利亚的流放地，不知其间发生了什么，几年后当上了流放地的总督。是因为隐藏的身份暴露，索性公开了吗？后来他志愿报名参加在俄土战争筹备期间召集的军事顾问团先遣队，作为随军神甫前往喀布尔，又在喀布尔突然带了一队尸兵叛乱，被当场镇压，死亡。公开的经历就是这样。

死亡。沃尔辛厄姆在这个词上画了两道黑线。

被否定死亡的人。

西伯利亚流放地总督这个词，已经不知多少次吸引我的注意了。流放到西伯利亚的哥哥，德米特里。把这些记录放在一起看，我不禁想，难道阿列克塞是为了救他的哥哥？虽说这有点太像冒险小说的情节了，不过喀布尔的叛乱是受到了在西伯利亚某些见闻的影响，如此考虑也是情有可原的吧。一度怀疑上帝而还俗，转而为秘密警察服务，在目睹了西伯利亚的地狱之后，揭竿而起创立尸者王国的神甫。

阿列克塞是要建立全新的彼得堡，成为尸者们的神甫吗？

关于俄罗斯帝国控制的西伯利亚流放地，我听过许多传闻。恐怕那里更适合"尸者王国"的名号。

阿列克塞的贝蒂荣识别法传递的信息，仅有身高、体重、手臂和腿的长度比，头部的形状。头骨的形状显示阿列克塞是理智的男性，但对于消瘦的脸上有多少条皱纹，识别法毫无触及。因为这样的内容在分析机确定个人身份的时候毫无帮助。

选择盘踞荒野、生活在尸者之中的男性脸上，很难浮现出笑容吧。还是说，他常常会大笑？

我把记录扔到背包上。

尸者的王国，尸者的乐园。我听说有人认为曾经的地上乐园是在喜马拉雅。这是自称通神学者在美国走红的骗子布拉瓦茨基夫人之流极力宣扬的观点。伊甸园流出的四条河。"旁遮普"这个词似乎是指五条河。印度河与其支流，杰赫勒姆河、杰纳布河、拉维河、萨特莱杰河。我现在正在印度河上，这是通往伊甸园的道路吗？我凝视着平静的水面，心中徐徐升起疑问。科学与尸者的世纪，会将人类引向伊甸园吗？

伯纳比在希瓦听到的"阿德人"，似乎是遥远过去拒绝安拉的异端原住民。

尸者的王国，第二座伊甸园。

最初的生者，亚当。

最初的死者，也是亚当吧。这个疑问突然闯入我的头脑。

第二个亚当、耶稣基督。他的坟墓是在耶路撒冷的圣墓教堂。钉在十字架上，三天后复活。卡拉马佐夫的目标是做第三个亚当吗？

最初的复活者，耶稣基督。

然后是第二个复活者。弗兰肯斯坦的天才将启示录中记载的最终审判之日提前，撬开了地狱之门，让地狱吞噬了大地。这样的话，弗兰肯斯坦的创造物就是第二个耶稣？我终止在这个结论上，不再往下展开，停止了胡思乱想。

阿列克塞·卡拉马佐夫，三十三岁。

说起来，耶稣基督死在十字架上的时候也是三十三岁。

IV

身为国际红十字会统计处理部部长的统计学家弗洛伦斯·南丁格尔提出的三原则，不知为什么被冠上弗兰肯斯坦三原则的名字，并广为流传。

一、禁止制造无法与生者区分的尸者。

二、禁止制造超越生者能力的尸者。

三、禁止向生者写入灵素。

原则这个东西常常会显得僵化，让人感觉有些脱离现实，不过在医学部，这三条可以说是基础中的基础。二十年前，身为护士的南丁格尔目睹了克里米亚战争的悲剧，对于尸者技术的未来似乎抱有悲观的预期。她亲身经历的是相当早期的尸者技术，却能从欠缺连动控制的、犹如木偶一般的尸者们身上高度总结，预见到尸兵的出现，这一点可以说是相当有先见之明。然而在今天看来，也不禁令人有种杞人忧天的感觉。

针对今天的现状，我想她应该提倡的是这样的三原则：

一、尸者不得伤害生者，并不得坐视生者遭受伤害。

二、除非违背第一原则，否则尸者必须服从生者的命令。

三、除非违背第一及第二原则，否则尸者必须保护自身。

南丁格尔预见到尸者社会带来的冲击，思考如何操控和限制那种可能，这算是时代的局限吧。弗兰肯斯坦三原则也揭示了技术预测的难度。尸者依旧在恐怖谷的对岸徘徊，与人类无法区分的尸者还是技术人员遥不可及的梦想。即便机械性能可以超越生者，然而最多也只是与一般的工业机械无异。分析机的计算速度远远凌驾于人类，船只在水上远比人类适合，锄头大大提升耕田的效率，但是恐怕不会有人愿意往自己的头脑里写入尸件。生者的灵动思维接受不了固守成规的束缚。

不用说，南丁格尔的最大功绩当然就是在负伤者的救治中引入卫生观念，大幅减少了救护站的死亡率。她在这方面对于现代社会的贡献更大。有些讽刺的是，正是这方面的贡献，导致了尸者化的"素材"减少的结果。

她整理的统计处理方法，对于兵站设备和军事组织的运用，至今都有巨大的影响。

由于弗兰肯斯坦三原则的名字广为人知，所以世人很容易忽视国际红十字会的下属组织，弗兰肯斯坦部门。关于这个部门的设立，南丁格尔也发挥了重要作用。弗兰肯斯坦部门是监视各国尸兵数量、聚焦新技术开发的国际机构。虽说会受到各国想法的很大影响，但至少名义上是如此。而且如果有必要，也有权限派遣专家组成的弗兰肯斯坦调查团。

"华生。约翰·华生。"

"尼古拉·克拉索特金。"

刚好和我同年的青年用流利的英语作自我介绍，在白沙瓦的咖啡馆朝我伸出手。建筑本身是西洋风格，墙面是阿拉伯风格的。里面墙壁上的绒毯感觉是为了唤起异国情绪的观光装饰。白沙瓦自古以来就是贸易中心，街市上随处可见蜿蜒伸展不知如何断句的文字。人人都习惯和外来人士打交道。伯纳比笑望被小贩包围的我，而他自己的钱包不知什么时候被偷了，星期五的头上也不知从哪儿冒出来白色的小花。

对方指定了这家面朝石板大街的咖啡馆。

沙皇直属办公厅第三部的精英。体型数据和履历都由 M 交给我的贝蒂荣识别法得知，然而出现的青年的容貌却与我的预想大相径庭。

"我是弗兰肯斯坦调查团的一员。"

克拉索特金出示穿孔卡片说。虽然我想他并不是调查团成员，不过若是有国际机构当靠山，大英帝国也很难下手。

"伪造得很周到啊。"

"白沙瓦属于中立地区，舆论压力还是很大的。"

克拉索特金一脸淡然地说。一眼就能看出他是俄国人。他显得很年轻，长得有些过于俊美。再过几年，大概就会变土气了吧。早点老吧，我在心中暗自祈祷。

"伪造说得有点过分哟。我好歹也是在莫斯科大学学习了数理神学，身份证明也和正规的没有区别。这次的调查如果成功，就算弗兰肯斯坦部也不得不承认。"

"假借一个事后被迫承认的身份进行调查？"

克拉索特金没有理会我的讽刺，眺望在咖啡馆外举着马提尼亨利步枪整齐行进的英国军队。每当有人因为他的容貌投来诘问目光的时候，他便轻飘飘地挥挥手表示回应，那副样子真不知道是缺乏戒心，还是单纯的天真。不过，像这样公然暴露在当地人的视线之下，我们也很难下手。之所以没有要求去小巷中的店家，而是指定了面朝大路的咖啡馆，应该是出于独自行动的不安吧。克拉索特金放下杯子。

"来得真晚啊。"

"遇到不少事。"

伯纳比冷冷地回答说。大约是出于动物般的直觉吧，他似乎已经认定克拉索特金是自己水火不容的对手了。克拉索特金故意眨眨眼，侧过头，让我联想起在狮子面前的小鹿，不过随后又修正为猩猩面前的羚羊。

"你就是打听到'尸者王国'传闻的伯纳比上尉吧。"

伯纳比露骨地皱起眉头，用青虫一般的手指焦躁地敲着桌子。茶杯被他敲得微微颤动，杯里的红茶漾出同心波纹。

"你那腰细得跟小妞一样，爬得了雪山？"

"你是想和俄罗斯人谈雪吗？"

受到轻视的伯纳比哼了一声，身子向后重重靠在椅子上。之所以没有把腿放到桌上，大概是担心强度不够。和这家伙相比，我被归到小妞一类也不奇怪。克拉索特金用赞叹的视线打量伯纳比手臂和肩膀上高高隆起的肌肉。

"不愧是横穿了冬季俄罗斯的伯纳比上尉。不过我想说，面对风雪，需要的既不是体力，也不是耐力。"

"我知道。"

克拉索特金朝置若罔闻的伯纳比耸了耸肩，转过头对我说。

"不习惯雪地的人总是很难理解，在寒冷中只有放弃。特别是在雪原中行走的时候，唯一的办法就是节省体力，接受一切，与寒冷同化，抵抗没有意义。"

"像尸者一样？"

我挑高句尾的语调问。

"如尸者般从顺。"

故意说出耶稣会戒律的克拉索特金，同样故意地画了个十字。我决定放弃和他争论这个在医学上难以表示赞同的意见。伯纳比朝我投来的视线中带着"我果然不喜欢这小子"的意思。他的动作幅度太大，克拉索特金大概也明白了吧。我抢在伯纳比爆发之前赶紧切入正题。

"关于'王国'——"

"是事实。"

克拉索特金用一种和情报部职员不相称的开朗语气爽快地回答。

"阿列克塞·卡拉马佐夫以随军神甫的身份参加了军事顾问团，并盗窃了顾问团配备的一部分尸兵，大约一百名左右，逃走了。我们派出过追踪队，但是遭到了反击。"

由大约一百名尸者服侍的国王，潜伏在阿富汗腹地兴都库的某处。这个传闻是真的。调查那到底是何种类型的社会，就是我们的任务。不过他若是真打算隐藏在杳无人烟的荒野中，想找到他恐怕也绝非易事。

"像是大海捞针一样。"

"还是毒针。不过候选地点并没有那么多。只要有心，也不难找到。尸者姑且不说，至少阿辽沙需要喝水吃饭，于是选址就有限制。"

我装作没有注意到克拉索特金用昵称来称呼阿列克塞。但既然如此，俄国军队应该自己就能处理了。

像是看出我的疑惑——

"追踪队也不是真心在追，大概只是摆了个威胁的态度就撤回来了吧。如果不是你们大老远跑来，原本连这样的调查都不需要，只要坐等尸者的耐用年限到头就行了。在这片土地环境下，应该连十年都撑不到。"

虽然说得颇为委屈，不过克拉索特金并不真像是觉得遗憾，或者不满。他的语气十分沉着，只是听起来有点像发牢骚。如果不是俊美脸庞上的浅笑，几乎都会被当成闲聊而忽视。

"实际问题是，一百个尸者在荒无人烟的山里隐居，会引发什么情况。随它去，如果要我说的话。"

"这是与俄国方面的共同作战。"

"因为上层人士不了解下层的各种情况啊。"

大约是因为离开故土的缘故，克拉索特金有些口无遮拦。

"沙皇陛下不可能了解每一个大俄罗斯帝国人民的情况。从原理上就不可能。不管怎么说，数量太多了。这是人类的界限，而且更主要的是帝国这种组织的界限。"

克拉索特金眯起眼睛。

我不打算卷进麻烦事里，所以无视克拉索特金闪烁着幽光的眼睛，抬手示意自己没有听到他刚才的话。

"你是来表示自己拒绝参加共同作战的吗？"

"当然不是，我会帮忙的。发生的事情既然被发现了，那就必须引导向适当的地方。卡拉马佐夫也会理解的吧。"克拉索特金爽朗地说。

我问他："你认识阿列克塞·卡拉马佐夫吧？"

"你才知道吗？从提供的资料上应该能看出来吧。我也是斯克特普瑞各尼艾威斯克出身，年龄也差不多。"

根据资料，克拉索特金比卡拉马佐夫小十多岁。当时二十岁的卡拉马佐夫，会认识刚刚十岁的克拉索特金，虽然不至于很不自然，但也挺奇怪的。俄罗斯帝国特意派来这样的人，也有点意思。

"你们很亲密？"

"怎么说呢……"

克拉索特金侧头沉思，嘴角露出的笑容显得冷酷无情。

"算是亲密吗……经常说话倒是真的。他挺关心我的前途，也曾经和我谈过升学的事情。我选择数理神学，也可以说正是因为他的建议吧。卡拉马佐夫是很受孩子欢迎的人。因为孩子都喜欢木偶。"

从他那种像是单纯在陈述事实的语气中，明显感觉到欠缺感情，但近乎憎恨的扭曲却让脸颊颤抖不已。

"在英国，这种就是亲密了。"

"那就算是亲密吧，既然你这么定义。"

克拉索特金冷冷地说，不过并不显得心怀恶意。这个人还是难以把握，不过我认为他大约是学者中常见的性格类型吧。

"——那你也认识德米特里·卡拉马佐夫吧？"

我一边仔细观察克拉索特金的脸色，一边问。克拉索特金当即回答说：

"那是个很难理解的人。脾气很暴躁，但有些地方又特别细腻，也有俄罗斯男人的气质吧，不过我和他只说过一两次话而已。"

他的表情十分淡然，没有出现我预想的紧张。我多少有些泄气，不过本来就不该对他们孩提时代的交流心存多少期待。

"德米特里是不是就在派去喀布尔的军事顾问团里？"

克拉索特金像小鸟一样微微侧首，似乎不理解我的意思。

"阿列克塞被分配去西伯利亚，遇到了因为谋杀罪被流放的德米特里，有可能目睹了他的死亡。德米特里被尸者化，作为武器投放到阿富汗。得知此事的阿列克塞，带着尸者化的哥哥逃走——"

我阐述了这几天形成的推断，然而克拉索特金并没有任何钦佩的表情。他皱紧眉头，像是在认真思考我的推断。

"这是你打算根据这一事件改写的小说大纲吗？"

"是我的推断。"

克拉索特金轻轻说了一声"原来如此"。

"故事很有趣，不过推断需要证据，而且关于这件事也有反证。德米特里没有死。"

我十分泄气，改口问："那么是为什么？"

"什么为什么？"

他像是从心底里感到不可思议一般反问我。世上真的满是不报自己姓名、用反问句回答问题的家伙。

"阿列克塞为什么率领尸者逃离军事顾问团？应该有什么理由吧。"

"——必须要有理由吗？"

对于这个无比天真的问题，我开始感到背后微微升起一股寒意。这个人和尸者很相似。如果尸者可以说话，一定就是这样的吧。虽然有反应，但是没有逻辑。思考过程是自动的，应付完眼前的局面就会被抹去。我确信他就算在撒谎的时候自己也不会意识到。不管是看起来很坦率的反应，还是显得很朴素的举止，都没有经过意识，自然涌现消亡。他没有说谎的必要，他是那种知道自己说的话全是谎言的人物。作为间谍，这可以说是十分难得的品质吧。不过，我不知道他是天性如此，还是训练的结果。

"你们的任务是确认'王国'的实态，应该不是了解事件的原因和理由。连真相都不需要，只要有能让一般人容易理解的解释就足够了。"

"至少应该能够理解。"

"那不是自然的状态。"

我不明白摇头的克拉索特金在说什么。

"华生博士，不管这项调查揭示了什么，那也只不过是你的理解，是你所能接受的故事而已。既不是我的故事，也不是关于阿列克塞的事实——既然是故事，也就不是事实，即使阿列克塞相信那个故事。"

我们相互瞪视——瞪眼的只有我一个，克拉索特金只是对我冷笑而已。选择远离俗世，在尸者的包围中生活的人。做出如此偏离常规之事的人，推测其内心毫无意义，克拉索特金说。甚至连他本人所理解的"逻辑"，客观上也不存在意义，他补充说。

这个观点和尸者一样。我们演绎各自的故事，相信自己是因为自己的意志而行动的。甚至连相信都不需要。科学不问为什么，但我们与尸者不同。我们活着是为了给物理现象加上意义。仅仅21克的轻飘飘的灵魂，承担的就是这种附加意义的功能。如果因为只是故事而拒绝附加意义，我们与尸者就没有区别了。

我挥去偏离主题的思绪，重新集中于务实的问题。

"阿列克塞随身携带了虚拟灵素写入机吗？"

沃尔辛厄姆的怀疑列表中有这一项：阿列克塞·卡拉马佐夫想要建设的，会不会是杀手团伙？也许他已经建成了。不过，如果他没有便携写入机，那么王国的兵力只有手头的一百名尸者，这个疑虑就可以打消了。

"我明白两个国家的首脑在担心什么。不过，实际上尸者的整备维护都需要相应的设施，这一点你很清楚吧。不是夸夸其谈就能做成的。如果是我，要率领暗杀部队展开反政府、反国家的战争，绝不会躲进山里。在贵国的全球通讯网即将完成之际，国家不再是连续的领土，而是变成了连接在一起的网状结构，变成了克服距离障碍的超国家。称之为一个星形的怪物也不为过。如果策划叛乱，应该钻进网里。从网里逃开，躲到逐渐缩小的领土中，这是一着坏棋。"

"那样的世界还要很久才会形成。"

"真的?"

克拉索特金语调上扬，反问了一句。他的笑容犹如人偶一般可怕。我不禁怀疑这个人是不是在模仿尸者的行为。据说，俄罗斯人认为这样的行为可以接近上帝，因而有很多苦行者如此修行。

"去看了就知道。"

该去哪儿? 我问。克拉索特金沉稳地告诉我:

"瓦罕走廊，科克恰溪谷，我们也不是什么都没干。"

我向一旁淡然无语飞速记录的星期五求助。

"科克恰溪谷: 阿姆河上游河段。位于阿富汗喀布尔北部，兴都库什山脉的正中央。以青金石矿床闻名。"

我无言地眺望铁制笔尖下唰唰流淌出的文字。

V

阿富汗边境，开伯尔山口，笼罩在奇妙的寂静中。

在英军驻扎的平原前方，拔地而起的山脉上岩石裸露，犹如城墙般连绵不绝，简直把整个阿富汗都化作了要塞。纵向切开城墙的垂直线就是开伯尔山口。排列整齐的大英帝国白沙瓦野战军的旗帜在冷风中翻飞，震响空气的声音不绝于耳。

1878年12月1日。寻找从白沙瓦到瓦罕走廊的道路浪费了不少时间，最终还是选择老老实实跟随英军的道路。一见到包围阿富汗的高耸山脉，我不禁发出惊讶之声，这多少可以获得一些同情吧。英军之所以分为三个军团，其实只是因为从阿富汗东侧入侵的道路只有三条而已。

"果然不行吧。"

克拉索特金一副早有预料的模样，接受了变更路线的方案。但是一开始主张"可以走小路"的也是这家伙，真是搞不懂俄国人。我既没有伯纳比超乎人类的体力，也没有克拉索特金与生俱来的耐寒性，更没有星期五的"尸者般从顺"。我们决定让具有明显俄国人特征的克拉索特金草草裹上头巾，把脸埋在竖起来的大衣领子里，赶去与英军会合。

我们在英军前方展开阵形的陆军弗兰肯队列后面占据了一个位置。很快我们就发现，本打算尽可能不要卷入战事，平静地穿过开伯尔山口的美梦是不可能实现了。不过既然已经走到了这里，再折返回去恐怕更加引人注意。

身穿红衣，手持马提尼亨利步枪的尸兵军团默默伫立。两军无声对视。太阳缓缓逼近开伯尔山口的脊线。

夹在陡峭山崖中间的山道狭窄险峻，满是石头。设立在山崖上的阿里清真寺由山口俯视着我们。

白沙瓦野战军的布朗将军不愿白白损耗生者，为了突破开伯尔山口，他选择了尸兵突击的稳妥战术。简而言之，就是用尸兵强攻。山口自然形成了通向阿富汗一侧的纵深防御，只能在来复枪、机关枪和重炮中埋头前进。用这种战术，尸者的损伤不可避免，十分无趣，不过对于需要尽快突破的目标来说，这可以说是最合适的战术。绕到背后也好，顺着岩石爬上去也好，现在还不到这些战术出场的时候。数与数相遇，对话会很单纯。

喇叭的声音响彻山口，被风吹散，回荡不已。等不到回响被岩石吸收，阿富汗方面的喇叭便有了回应。英国一侧的尸者集团颤抖身躯，连动控制的肢体语言如波纹般在兵团中扩散的样子，像是巨大的野兽在摇晃身体。

西哈诺·德·贝热拉克在《月球世界滑稽故事》中赋予月球民众的肢体语言，隔了两百年时间，像这样落到了地球，让溪谷充满了无声的吼叫。

尸者的稀疏方阵相互间保持着可以通过马车的距离，一齐踏出一步。既然预见到将会遭受炮击，自然不适合采取密集队形。尸者们踏出第二步。山口的脊线上出现了动静，阿富汗人行动起来，喇叭声依次吹响。

黄昏的山口落下了奇妙的寂静。像这样盛大的行军噪音，耳朵无法将之识别为声音。

尸兵们迈着弗兰肯步伐，像是踏入水中一般，或是空气的黏度急剧增加一般，整齐地举着马提尼亨利步枪前进。

默默前进的尸兵军团，让我们这些站在后面的人都感到压力。尸兵前进了，没有人去填满我们面前空出的空间，我更是后退了一步。

形状不定的巨大野兽，仿佛要将山口吞噬一般不断前进。天然风景画的咽喉，正被人工的怪兽咬噬。

飞来的来复枪子弹穿透了一个尸兵的胸膛，枪声过了一会儿才传来。尸兵身体的摇晃纯粹是基于动量守恒。踏空的尸兵没有任何反应，重新挺直上身，继续前进。被砂石绊倒的，也被其他尸兵毫不怜惜地踩过去。而倒下的尸兵在被踩的同时，还在继续尝试遵照命令前进。

阿富汗的机关枪开始扫射，子弹划过空中。没有对于单方面攻击的回应。尸者没有反应，连痛苦的呻吟都没有，就像是子弹射入了活动的森林。尸者们的步伐纹丝不变，只是淡然行进，连自己受的伤都不去瞥一眼。混着机关枪的弹雨，火炮开始在山口的入口处掀起砂柱。运气不好被直接击中的尸兵击倒周围的同伴，幸好队列保持着充分的间隔。

根据内特黎陆军军医学校的研究，火炮不是对付尸兵的强大武器。火炮的最大效果是引起对方的恐惧心理，而这对尸兵显然毫无作用。"难以产生预期的效果"，这是内特黎的结论，他们同时也警告说，塞在尸兵背包中的炸药因为中弹的冲击而爆炸、进而引起连锁爆炸的情况更加危险。

克拉索特金似乎也同意内特黎的见解。

"一点用也没有嘛。"

他的语气像是在看战争漫画的孩子一样天真。

"别浪费弹药了。"

伯纳比说。我也是同感。生者毕竟有心理活动，虽然对于战局没什么作用。面对如同泰山压顶般拥过来的尸兵集团，要期待手持枪炮的人克制，未免太强求了。

尸兵的前进没有任何战术细节，仅仅是默默穿过开伯尔山口。所有的战术就是这样。前进至合适的地点，然后转身，朝阿里清真寺进发。抵达目的地的尸兵自爆，这样就完成了任务。不需要象棋般的精致步骤，只需要用蛮力掀翻桌子，把棋子全都扔到地上。异常简单的战术，有效性却极高，几乎没有什么对抗的手段。扫罗杀死千千，大卫杀死万万。仅此而已。

大量尸者的行动基本上犹如自然现象。要对抗自然，人类能做的事情不多。用土掩埋，用水冲垮，也就是诸如此类的手段，但在山口这样的地方无计可施。

以眼还眼，以牙还牙，以尸者对尸者。

"第一位天使吹号。"

克拉索特金犹如歌唱般开口。

传来一声格外响亮的号角声，阿富汗军的尸兵陆续出现。没有列队，逐一现身，像是一个个从山口深处被推出来的一样。它们犹如突然暴露在舞台聚光灯下的演员，四处张望，搜寻敌人，跌跌撞撞地走向我方的尸兵。

山口的黑暗处，浮现出全身涂成白色的尸兵身影。阿富汗方面似乎采取了最简单的手段来区分敌我。白色的尸兵们用梦游般的步伐逐一现身。涂成白色的尸兵队伍后面是红色，然后是黑色，最后是涂成灰色的尸者们。

"和启示录的马一样颜色？是为了恐吓？"

"是为了识别队伍吧。"

克拉索特金与伯纳比交换了彼此的不同意见。

英军将士紧绷身体保持沉默。零散前进的阿富汗尸者们唤起的都是生者早已熟悉的恐惧。尸者的动作刺激生者的本能，唤起噩梦的联想。不过噩梦是可以习惯的。而英国尸兵整齐列队的行动，则是会引起犹如面对大规模自然灾难的畏惧，令生者心中产生出"有什么无法理解的事态正在发生"的感觉。

装备了铁爪和铁齿的阿富汗尸兵插入英军方阵，在尸者们中间前进。前线静静地交错。尸者的世纪临近终盘，战术上也发生了返祖现象。与尸者战斗时，刺刀和枪击没有什么效果，最有效的就是肉搏。号称剃刀般锋利的日本刀被称为是现代最强的武器，也是高层军官热衷使用的原因。

相互无视的两军尸者，前进的轨道发生物理交叉，犹如在路上擦肩而过，视线毫无交汇。阿富汗尸兵挥起钢爪，钢爪划开军服，马提尼亨利步枪上安装的军刺反射性地闪动寒光。锐利的金属片剜下肌肉，挥起的手臂胡乱殴打对方的肩膀。

一切动作僵硬而缓慢。一手、两手、三手，仿佛可以清晰数出来的悠长攻击，对生者而言十分致命的打击，在交互进行着。没有灵魂的人偶遵照规则战斗。无视疼痛，只知道依照规定的步骤行动。尸者们脸上连痛苦的表情都没有。

"不够优雅。"克拉索特金神色如常地评论。

"瞄准颈部不错，它是连接头部的部位中最脆弱的地方。"

我用排除了感情的声音说。

"那么直接瞄准头部不就好了。"

克拉索特金嘲笑尸者的愚蠢，倒也算是有理。不过争斗是刻画在本能中的机能，人类没有必要将生命进化过程中产生的机能再做强化以专门对付尸者。尸件的开发者们当然也有先入为主的想法。阿富汗方面不是给尸兵配备枪剑，而是装备钢爪钢牙，大约也不完全是为了实效，更是为了示威吧。虽说示威对尸兵无效。如果说有束缚的话，那不是对尸者，而是对生者的束缚。想让尸者像生者一样行动的愿望本身，正是生者的束缚。尸者什么愿望都没有，也没有道德义理，只是埋头遵从物理规律。

"这场战斗——"我用力咽了一口唾沫，"有必要吗？为了得到确定的结果，非要把过程执行一遍吗？"

克拉索特金诧异地望着我，噗嗤一笑。

"啊，你是说不如做个计算吗？就像莱布尼茨在法律中寻求的那样。双方指挥官拿出自己的尸件，通过计算决定优劣，获得战斗的结果，这样就行了，"克拉索特金笑出声来，"我认为这个想法很正确。如果结果已经知晓，自然不需要白白损失尸兵了。

说得没错。但是啊，人类需要故事，热血沸腾、血肉横飞的故事。你说的道理大部分人都不理解，不理解的东西就不存在。看不到、触不到的东西就不是东西。故事从我们的愚昧中诞生，又不断强化我们的愚蠢。"

在克拉索特金的笑声中，尸者们相互撕扯彼此的躯体，犹如奥诺雷·弗拉戈纳尔的剥制解剖学标本般，抛弃人类的外皮，剥露出肌肉组织，就像是积极寻求返回到单纯的物质状态一样。为了完成毫无意愿的任务、迎来安息，争斗不断持续。在尸者们的脸上，看不到痛苦，也看不到欢喜。就像停止机能也被编写在机能中似的。

"看那儿。"

伯纳比无视我们的对话，手插在口袋里眺望战场。他用下巴指了指。一个涂成灰色的尸兵，被三个英国尸兵包围。克拉索特金继续背诵启示录。

"我就观看，见有一匹灰色马；骑在马上的，名字叫做死，阴府也随着他。有权柄赐给他们，可以用刀剑、饥荒、瘟疫、野兽，杀害地上四分之一的人。"

"看那个。"

伯纳比没理会克拉索特金，又说了一遍。他说的好像不是所有的灰色尸者，而是特定的个体。和之前把伯纳比和我的前任炸飞的尸者是同一类型。它们的动作确实很特别，在我们观察的期间，它们正以飞快的动作将尸兵逐一切碎。那动作之所以看起来十分迅速，并不是各个部位的动作快，而是部位间的动作非常连贯，与尸者的动作有着明显区别。我不禁低语了一声"完美的人偶"，心中浮现出一个疑问：在使用人类身体的时候，有比生者自己的效率更高的行动方式吗？我们仅仅出于习惯认为自己的身体行动效率最高，但那并不是分析肉体行动方程的结果。当然，我们之所以看到那些尸者的行动迅速，只是因为它们被普通尸者包围，相对显得行动迅速而已。

我们看到的灰色尸兵，捡起掉落在一旁的没有手掌的尸兵右臂，犹如棍棒般挥舞起来。对它们来说，肉体只是单纯的物质而已。

"不仅是灵活，"伯纳比说，"而且能够预测对手的行动。"

"不可能。"

我省略思考，反射性地回答。

"你没有格斗的经验，看不出来。那东西是在预测对手的行动。"

喏，伯纳比用下巴指了指，独自点点头。

"那到底是怎么回事，你以为我——"

我的话还没说完，就被己方喇叭的巨响声盖住了。我用双手捂住耳朵。

背后跃出连续鸣笛的漆黑马车，剧烈晃动着在尸者们中间飞驰穿过。马车顶上有个大型的金属质圆筒，一名小个子士兵死死抱住炮架。驾车台上有个男人，身上穿着不合时宜的黑色三件套，蓄着胡须，叼着烟卷的侧脸，在我面前掠过。马车侧身是独眼的纹章。马车中——我不敢相信自己的眼睛。

在尸者们惑于识别敌我的时间差中，马车迅速抵达了前线，男人用力拉动缰绳，马直立起来。四匹直立马的马车势头不减，向旁边滑去，马的前腿在半空中蹬踹不止。马车顶上被离心力甩下来的士兵爬上金属圆筒，对驾车台上的男人点点头，捶击金属筒。

筒口喷出剧烈的烟雾，划出一道弧形。男人将烟卷掷向那烟雾。

包裹着黑煤的火焰，将我们关注的尸者连同己方的尸者一道，刹那间尽数吞没。男人挥舞马鞭，灵巧操纵马车，将火焰放射器的火舌扇状展开。

尸者们在火焰中舞蹈，无视火焰，继续格斗。火焰在焚烧。

山崖上的喇叭声伴随着旋律，阿富汗方面的尸者停止了动作，僵硬地转过身体。步行的火把朝山崖间的黑暗中缓缓退去。

我目视着那些不断燃烧的尸兵。

"伯纳比，"我说，"能不能抓到那个尸兵啊？"

连克拉索特金也不禁屏住了呼吸，这时候重重吐了一口气。

"太美了。"

他呢喃道。

神经、动脉、静脉、发散的血管、收敛的血管、骨骼、骨髓、软骨、纤维、肌肉、黏膜、血液、关节液、分泌腺、皮肤、表皮、毛发。

医学首先起源于井然有序的分类。我在医学部的几年，可以说差不多全都用在观察尸体上了。整日的背诵与观察固然枯燥至极，可是分辨物质的能力只能这样培养。这并不是生搬硬套，而是通过经验逐渐参透其中的奥妙。

原理总是单纯的，自然却错综复杂。

社会在呼吁快速培养尸者技术员，而将尸体解剖得支离破碎也被视为浪费而广受批判，但技术的培养并非一朝一夕的事。膜是膜，肉是肉。如果连这都分不出来，当然无法对器官进行任何操作。在如今这个尸者泛滥的时代，伦敦大学的医学生之所以直到最后一学年才能目睹尸者的复活，也是因为这个原因。我也听说有些人会把尸者的复活当作一项把戏，而那只能算是低等的趣味。

"简易写入机。"

我对星期五说。

毛毡帐篷里，简朴的桌子上铺了一块床单，匆匆搭成一个工作台，上面捆着烧焦的尸者，脖子两边探出的枝条穿过颈部连在一起。这是伯纳比抓到新型尸者之后施加的简易保险措施。我叹了一口气。

"没有更稳妥一点的处理办法吗？"

"你也知道它会自爆。"

伯纳比冷冷地回答。

"对这儿下手你又有什么根据？"

"没根据，"伯纳比挺了挺胸，又说，"等爆炸就迟了。"

可是道理好像反了。如果说克拉索特金是个尸者般的生者，伯纳比就是人类般的野兽。话虽如此，但既然伯纳比曾经成功停止过自爆装置，我也很难表现出强硬的态度。虽说眼下这个尸者自爆的可能性也不小，不过在目睹了战场之后，恐惧感已经麻木了。从腹部的触诊来看，没发现什么脂肪硝化的迹象。

我检查头盖骨，确认细小的针眼，把星期五递过来的简易写入机贴在尸者的头部。这个设备也是借自沃尔辛厄姆局的新型设备，体积虽小，功能倒是很丰富。与星期五连接的时候既可以读取打孔卡，也可以当作简易显示器。因为写入和读取本来就是同一个功能的两面，就像把发电机逆转就会成为发动机的道理一样。虽然无法向崭新的尸体写入全套软件，不过写一些小的插件是足够用的。

"你觉得它是俄国人吗？"

我问克拉索特金。

"不好说。俄国人和这一带的人没什么很大的区别。中亚就是俄国的后院，在俄国地盘上的人都是俄国人。"

缩在衣领里的克拉索特金含糊地说，声音里并没有挑衅的意思。

"不过，会不会是希腊系的？亚历山大的后裔建立的巴克特里亚希腊王国就在这一带。希腊系的相貌很普通，多民族大熔炉。巴米扬一带的哈扎拉族人和蒙古人、日本人都挺像。"

就算这个尸兵是俄国人，尸者只是单纯的物体，并不会引发国际问题。然而，不管心里多清楚，生者还是想从尸者身上读取意义。既然是人形，头脑中就应该存有回忆和记忆。

"接通电源。"

听到我的话，星期五安静地接上了大容量的雷克兰士电池。我尝试过使用电压消去尸者脑中留存的配置，重新启动软件，不过对于损坏到如此程度的尸者是否有效，我心存怀疑。人类能够理解的，仅仅是大脑正常配置的极小一部分而已。将自己熟悉的状态称为正常，将无法理解的状态称为疯狂。人类就满足于这样粗疏的认识。尽管疯狂这个词只是显示了大脑中存在无法理解的状态而已。大脑本身没有所谓疯狂的状态，只是物质层面的紊乱。所谓疯狂，是观察者的大脑擅自认定的状态。

"序列一。"

星期五从帆布包中取出打孔卡，插进写入机中。我输入简单的控制信号，观察反应，进行测试。力量集中到尸者的右手，它握起拳头，随即松开。在这个范围里，可以视为制式牛津软件的反应。接受了指令就会做出这样的反应。

"序列二十一。"

我略过顺序，跳到了敌我识别区的负荷测试。这本来也只是制式牛津软件的确认手段而已，不过对于很可能写入了未知插件的尸者是否有效，我没有把握。

根据布洛卡和韦尼克的研究，大脑的机能是心底的各种活动。既有案例显示大脑仅仅受到些许损伤就丧失了认字或者识别人像之类的认知过程；也有案例显示有些人在社会生活中毫无障碍，然而打开头盖骨，却发现大脑基本上只是一层膜。大脑的功能散布在各个区域。出现过不少这样的情况：某个部位被破坏之后，其他部位产生辅助功能。如果长时间监测，甚至能发现大脑功能在头脑中移动。灵素是相，所谓相，不是局部的功能，而是全局的现象。

尸者浑浊的双眼停止了颤动，盯住我看。视线的焦点落在我的脸上，我情不自禁地退了一步。尸者的视线跟随着我。

尸者与生者对视。我在来到孟买之前，从未听说过这样的机能。人们知道，尸者的眼肌与喉肌是尸件无法控制的奇异部位。尸者不是不说话，而是不能说话。眼球只能空虚地转动，无法凝聚视线。教科书上都是这么写的。

"序列二十一，最大功率。"

我下令。

尸者的耳朵里冒出白烟，蒸汽犹如灵气从鼻孔和嘴巴喷出。我朝右侧闪避，尸者翕动嘴唇注视着我的行动。仿佛是求救，又仿佛在诅咒。

"钢丝锯。"

我下意识地下令。

开伯尔山口笼罩在奇异的寂静中。

剖检结束后，我离开营地的篝火，走到星空下。四周黑沉沉的，上空则是星光闪烁。不久前还是伦敦大学医学生的我，现在竟然在阿富汗抬头仰望着夜空。语言的意味在无尽的空间里扩散。

解剖之后，我总想一个人待一会儿。这个习惯即便在这里也缠着我。将活动的尸体肢解之后，尤其如此，没有得到结果的时候会特别强烈。尸者的脑组织中，没有发现值得记录的变异。这让我心情沉重，虽然也并不是认定一定会发现什么。如果有目视可见的变异，即便是在孟买，也应该能知道那是怎么回事。虽然可以看到布洛卡区有大量出血的痕迹，但也只是看到而已。

我叼着私藏的配给香烟，点燃了黄磷火柴，意识到自己的手指在微微颤动。我注视着摇曳的火焰，任它燃尽。

像是回应火柴的光亮一般，耳边传来轻微的声响。我看见前方有人过来，于是转过身往回走。脚下绊到了什么，我发现那是被砍飞的手掌。我骂了一句，背后的黑暗中传来了呼叫声。

"你是华生博士吧。"

意料之外的声音让我无法举步，两组脚步声逐渐靠近。不像来打仗的两个人在柔和的光线中露出身影。身穿三件套的蓄须中年男性掀起遮光布，举起油灯。刚才喊住我的，是一位身穿晚礼服般长裙的女性。包裹颈部的白色蕾丝与周围的黑暗形成鲜明的对比。

"平克顿。"

我将颤抖的手藏在背后，低语道。在战场上驾驶装备有火焰喷射器的独目纹章马车的男子踏前一步，主动报出了姓名。

"巴特勒。瑞德·巴特勒。"

客套地握了握手，我的视线盯在女性身上。镇定自若地坐在座席中，任由马车在尸者中间穿梭的女性身影，似乎并非是我的错觉。就连在温暖的油灯光线照耀下，那张脸庞依旧泛着金属般的青色。女性优雅地抬起手臂，向我伸出戴着纯白色手套的手。她的脸庞可以说过于匀称，在巴特勒提着的油灯光芒下，注视着阴影中的我。

"华生。约翰·华生。"

"哈达丽。华生博士，久仰大名。"

哈达丽用我尚未介绍的头衔称呼我。

"小心亚当。"

哈达丽向我露出无比精确的笑容。她示意巴特勒，留下目瞪口呆的我，两个人径直走向营地。

VI

"祝你平安。"

我们穿过开伯尔山口，进入阿富汗之后，便与英军分道扬镳，绕过贾拉拉巴德和喀布尔，直奔恰里卡尔、普勒胡姆里和昆都士。我们徒步北上，手持带有金属箍头的拐杖，埋头前进。之所以没有使用骡马，是因为发现它们无法输送粮食。脱离英军后，我们一路躲避阿富汗军队。骡马必须驮载自己的草料，这一理所当然的发现令我很惊讶。这是个矛盾。考虑到骡马自身所需的补给，它们也就成了只能驮载自己的草料，无法运输其他行李的大牲口。

"就像那种只能关掉自己的开关，其他什么都不会的机器一样。"

伯纳比打了个奇怪的比方。

"人类也是那样的机器吧，带不了太多东西。"

克拉索特金淡淡地补充了一句。

伯纳比的体格相对于阿富汗当地体型瘦小的马匹来说过于庞大，也是放弃的原因之一。

既然不能一边前进一边设营、依次输送粮食，那么徒步就是唯一的选择。维持军队果然是比想象更加困难的任务，如今的我对此有了更加切身的体会。

在穿过阿富汗重兵把守的开伯尔山口之后，依旧跟随前往喀布尔的英军——这一提案当即就被否决了。因为我们的任务十分紧迫，而这一方案太过悠闲。我们避开大路，走小路选择小村庄落脚。伊斯兰村庄将施舍视为戒律之一，因而都很友好地接待了我们，可惜每座村子都很贫困，勉强才能凑出我们的口粮。

一开始我们是在晚上赶路，在气温降到零下的高原埋头前进。然而仔细想想也够可笑的。我们这一行人不管做什么都很惹眼。伯纳比体格巨硕，星期五是个尸者，我自己是中等体型，克拉索特金则是小个子，一眼就能看出一个是英国人，一个是俄国人。这片土地号称融汇了各种血脉，但依旧很难隐瞒我们的种族。对我们来说，这里的融汇还不够充分。

我们赶在天亮前来到村子，乞讨粮食和睡觉的地方。英镑竟然还能用，不过有时候村民也会要弹药。有些村子里还在使用亚历山大铸造的银币，让我逐渐感觉在时间和空间中迷失。

星期五的翻译功能确实很有用，但在远离战场的土地上，村民对尸者怀着强烈的戒心。尸者技术是电的魔法。然而我重新认识到，还有许多地方连电是什么都没见过。对于那样的村子而言，尸者就是宣告战争的使者。在经历过几次不幸的遭遇后，交涉的任务还是落在了伯纳比身上。伯纳比自有一种本事，即使不用语言，只要远远地打招呼，然后找机会勾肩搭背，自然而然就会缩短距离。

"祝你平安。"

我们不断送出祝福。

既然脱离了战场，就不再需要保持警戒了。准确地说，不是不用保持警戒，而是根本见不到人烟，一望无际都是荒野，连起伏蜿蜒都很少。看起来近在咫尺的兴都库什山脉实际上遥不可及，仿佛是与高原隔海相望的孤岛一般。乱石嶙峋的荒地连着遍地砂砾的荒野，一不留神就发现眼前已经成了贴在山崖旁的窄路，黄绿色的草原不知什么时候也化作了雪原。构成土地的要素一个个都变得无比巨大，仿佛踏入了巨人国似的。由于找不到焦点，我失去了远近感，有种极大与极小正在联手般的眩晕。自己变得如天空般广阔，天空缩成自己这般大小。下一个目标的地点怎么都无法接近，然而一回神又发现身在另一重风景中。之前还踢着小石子前进，转眼又在被切成 V 字形的天空下喘息，攀登曲折的山路。千姿百态的地形，像彩虹一样傲立在这片土地上。

这片土地经历了无数帝国的兴衰成败，宛如历代帝国的坟场。在这里，动物、植物、矿物层出不穷，令人眼花缭乱。

我踏着单调的步伐，不知道下一步又变成无尽旅程中的第几次的第一步，甚至连自己在数什么都不知道，连数数本身都变得不再确定。忽然间，我意识到自己什么都没在想，随即又深陷在"自己什么都没在想"的想法中，无法自拔。

我的步伐越发变得机械。或者说，逐渐变得像尸者。我默然望着自己的手脚脱离意志的控制，擅自运动。我甚至感觉，随时听从我指令的星期五才是我真正的肉体。

我们每天只能行走二十四千米。正如预计的一样，没有可以隐藏的地方。我们犹如盆景上的蚂蚁，不断前进，同时也受到阿富汗军的不断追踪。虽然避开了大路，但也避不开遭遇。即使在地平线尽头也能认出我们，隔着漫长的距离也能展开遭遇战。克拉索特金的射击技术有时候甚至超越了伯纳比。偶尔也有友好的士兵。遇兵则兵，遇礼则礼。

穿过烧成废墟的村庄，在散乱冻结的尸体中走过。俄国的技术支持与大英帝国的侵略所导致的内乱状态正在淹没阿富汗。一群挥舞白旗、自称是亡灵的军队在远方闪过，后面留下尸横遍野的村庄。我们在断垣残壁下架起树枝，小心翼翼地点起篝火，直接炙烤食物罐头。

在我们轮班出去侦察的期间，星期五如同冥想的僧侣般静静地遥望着地平线。作为尸者，星期五无需睡眠，所以守夜的任务就交给它，我们因而得以保存体力。伯纳比扛着一只拳角山羊回来，问他山羊的头盖骨上怎么有个拳头大小的凹陷，他笑着说自己打赢了它。

我们在雪松稀疏的雪原上埋头行走。松树树干上可以看到年代久远的弹痕，还有利爪剜出的平行深沟。

"我们也不知道。"

头戴无边帽，长胡须的长老递过茶水说。

"打着战斗名号实则掠夺财物的家伙越来越多。据说是希尔·阿里汗组织的军队，但是没有军纪。他们连这一带的人都不是，就像这一位。"

长老说着，目光转向正把笔记本摊在地上蜷着身子奋笔疾书的星期五。我们围着星期五坐在绒毯上交谈，星期五一个人在记录谈话内容。它对自己记录的内容从不在意。

"也有队伍带着尸者。"

"是不是叫亡灵？"

对于我的问题，长老摇摇头说，不知道叫什么。我又问是不是打白旗的，长老点点头。

亡灵据说是希尔·阿里引入阿富汗的军事公司的俗称。据说这也是在表达对俄罗斯皇帝的不满，因为他只派了军事顾问团过来，而当英国开始准备进军的时候就成了缩头乌龟。在这一点上，李顿的看法是正确的。他认为英军一旦准备动员，俄军就会停止行动。亡灵的具体情况我们如今一无所知，连指挥官的名字都不知道。他们会出现在全世界各个热点地区，但目前英国方面的观察认为，他们与单纯的马贼没什么区别。也有人说他们可能只是一群流氓无赖的乌合之众。

"我们也不知道。"

长老重复说。

"当年这片土地上崛起过大帝国，甚至能和伊甸园媲美，现在却变得战火纷飞。"

靠垫上横放着皮革包裹的《古兰经》。与其他的用具相比，那算是无比奢华的了。长老将手放到《古兰经》上，祈祷说："祝你平安。"

我们犹如傻子般重复这句话。

裸露的肌肤感到寒风刺骨，厚厚的衣服下汗流浃背。眉毛冻结，嘴唇开裂。我们改成白天赶路。方向依靠伯纳比的直觉，问他如何确定道路，他松开手说：

"问手杖。"

既然他是看手杖倒下的方向，我也就不再多问了。

不仅方向，连判断村庄的情况也只能依靠伯纳比。我和克拉索特金都习惯了城市里的生活，对村庄可以说一无所知。克拉索特金的俄语在这一带也无法交流。我们无视村落之间错综复杂的关系和来历，只当自己是旅人不断前进。孩子们穿着鼓鼓囊囊的厚衣服，躲在大人身后，指着星期五发笑。容貌和习俗的变化令人眼花缭乱。仅仅穿过一个山谷，种族成分也会发生巨变。突然伸出来的枪管，伯纳比随手拨开，跟着横扫一腿。我们饿着肚子绕开尸者放哨的村落，围在篝火旁，烤干靴子，搓揉失去知觉的手指。

冷风吹动雪地里探出头的枯草。

"罂粟啊。"

克拉索特金的目光落在雪中的枯草上。

"阿富汗也是鸦片的一大产地，这是他们的资金来源吧。"

伯纳比说。"他们"是指亡灵吗？我问。

"是保卫村庄的资金，也是药品。"

伯纳比冷冷地回答。

"罂粟还是军需品，因为战争需要麻药。还能当货币。当然，也是抢夺的对象。既有药效，又方便运输，还容易交易。可以说是理想的战略物资。我要是村民，我也会种。我要是强盗，我也会抢。"

"你因为不想当村民也不想当强盗，所以成了军人？"

"因为我没别的本事，"对我的问题，伯纳比一笑置之，"还能像现在这样合法'旅行'。军人不善吵架，华丽的战场也只是一部分，而且现代战场本来就不华丽。战场只是锐角三角形的尖锐顶点而已。就像战争需要大量后勤人员一样，战场也需要广阔的非战斗地区。不仅是空间，对于军人而言，等待的时间要长得多，而且大部分时间都用在像这样的走路上。你对此有什么感想？"

我摇摇头，默默地迈着步子。

据说曾有一个被称为山中老人的团体，使用鸦片在年轻人心中构建伊甸园，培养杀手。比天空更广阔的是人的心灵——是谁这么称颂的？

思考的时间不断膨胀，思考的内容空空如也。本来应该有的内容，但在这样的前进中，想法一个个浮现，随即又一个个消失。就算想让星期五记点什么，但话到嘴边，就连想要下令的想法都忘了。

阿列克塞·卡拉马佐夫。

我的头脑中反复出现那个男人的名字。

卡拉马佐夫在神学院的成绩十分优秀，原本就有神学的天赋吧。从西伯利亚前往阿富汗，他看到了什么呢？而我现在又看到了什么？满眼是雪，几乎分不出天和地，就连天空放晴也让我无法分辨天地。高原的蓝天十分鲜艳，让现实感变得稀薄。所谓神秘体验，就是这种感觉吗？内心的神灵居住在内心的伊甸园里吗？

尸者的乐园。

尸者的亚当。

我想起在开伯尔山口营地遇到的女性。她唐突地警告我"小心亚当"，无视我迟钝的反问径直离去。自称是巴特勒的男子也丢下一句"打扰了"，行了个礼之后，留下嘴角的一丝微笑，消失在黑暗中。

哈达丽的视线仿佛可以贯穿这个世界。冰冷无情，简直具有与灵界交流的素质。不知道她是平克顿男人的妻子还是情妇，抑或同事。既然可以行若无事地端坐在冲进战场的马车里，必然是个奇异的人物。

关于那一晚遇到他们的事，我没有告诉任何人。只是找机会问了问亚当的事。

"亚当，"伯纳比沉思了片刻，"我听说斯里兰卡岛的山上有亚当的脚印。也有人说是湿婆的脚印、佛陀的脚印、反正信仰什么就是什么的脚印。大概就在这一带吧，这一带是祭司王约翰的传说之地。旁边就是伊甸园。"

就在这一带，伯纳比用手在半空画了一圈。

祭司王约翰是中世纪西欧信仰的强大基督教王国的名字，位于东方。

"亚当，"克拉索特金沉思着，把话题转到了略微超出我预想的方向，"坟墓？"不明白为什么听到最初的人类亚当的名字会突然想起坟墓。总之我姑且点点头。克拉索特金转向我。

"不过，地点毕竟是地点，"他顿了一下，"犹太人一直说亚当的坟墓在希伯伦，也就是你们认为的耶稣受难地……"

"耶稣受难地——就是各各他？"

"圣墓教堂建立在骷髅之上。第二亚当需要向第一亚当的头颅注入耶稣之血，所以亚当的坟墓必须在耶稣受难地。"

连这样的事情都知道啊，我心想。克拉索特金接着说：

"据说亚当的坟墓就在兴都库什山脉，帕米尔高原附近。在俄罗斯，这可不是乡间奇闻，而是突厥民族的民俗传承。我的老师尼古拉·费奥多罗夫，早年曾在莫斯科的鲁缅采夫博物馆里偶然发现过很有趣的文献。《摩西启示录》《亚当与夏娃的生平》等希伯来语原著。"

"亚当的坟墓在这一带——"

"你知道，正典中并没有提到亚当被葬在哪里。费奥多罗夫老师说，《摩西启示录》中隐约提及了坟墓的位置。"

"卡拉马佐夫也知道这件事吗？"

我情不自禁地提高了声音问。克拉索特金双手在胸前合十。

"大概知道吧，他在莫斯科的时候曾和费奥多罗夫老师十分亲近。"

"那就是原因吧。"

"什么原因？"

"——建设王国的原因。"

克拉索特金瞪大眼睛，长长的睫毛抖动了两下，弯下身子大笑起来。笑了好一阵子才停下，拿手指擦着眼睛说：

"你的想象力远远超过我的想象啊。你以为卡拉马佐夫是为了秘密挖掘亚当的坟墓，将'亚当复活为尸者'，才潜入兴都库什，还带了尸者做劳力——有趣，确实有趣。"

"没那么好笑吧。"

克拉索特金努力想要摆出严肃的表情，但是看到我的脸，又憋不住笑了起来。

"哎呀哎呀，抱歉抱歉。最近我是第二次笑成这样。没想到这世上会有两个想法相同的人。不不不，别以为另一个人是我。阿辽沙原来企图复活亚当啊。"

"还有一个是谁？"

克拉索特金收起笑容，顿了一下。对于我瞪着他的眼神耸耸肩。

"就是费奥多罗夫老师。还给我写了封信，告诫我如果去兴都库什，一定要小心。老师对这一带地区很有兴趣，他是诺斯特拉总语系的支持者。"

"总语系？"

不断转换的话题让我只能如鹦鹉般学舌。

"大概是所有语言的祖先什么的。你也听说过梵语是印欧语系的母型吧？诺斯特拉语系被认为是更上层的语言，是母型的母型。按照老师的说法，它就诞生在兴都库什山脉的某处。"

克拉索特金一点点站直，解释完了以后，又大笑起来。对于同一个笑点连续两次都笑得这么起劲的人，我觉得更奇怪。

亚当，亚当的坟墓，最初的人类，最初的语言。如果人类诞生于伊甸园，原始的语言自然只有一种。正如大众所知的一般，那种语言毁于巴别塔。亚当的语言，给一切动物命名的最初的语言。伊甸园与亚当之墓。火焰剑阻挡一切生者的乐园。最初的死者，最初的尸者。

梦呓。

我在冻结的梦中不断行走，语言在头脑中不断纷乱，传说的碎片融入大气，与现实的景色重叠在一起。

VII

我们的旅途逐渐临近终点。

巴达赫尚地区的法扎巴德，是被科克恰河分隔成两块的城市。四面的群山形成天然的屏障，成为一块独立地区。穿过巴达赫尚的山口，民族成分又有所变化，塔吉克人、乌兹别克人、吉尔吉斯人变得更多。这些差异从外表上就能清晰分辨，而星期五的翻译则对此加以证实。

法扎巴德所在的阿富汗东北部瓦罕走廊，穿过兴都库什山脉，是连接中国与阿富汗的少数通道之一。名为玄奘的佛教僧人和马可波罗都曾经走过这里，克拉索特金说。我想他又在讲传说故事了。不用把那些特定的人名报出来，人们本来就是这样往来的。诞生于印度的佛教，经由此地向东扩散，历经数百年的时间。

阿姆河位于沉睡在北方的阿里坎拉姆遗迹附近。它与科克恰河汇合，隐约构成阿富汗的国境线。希瓦汗国就位于阿姆河流入咸海的途中。据说阿里坎拉姆曾是巴克特里亚希腊王国的首都，如今已成为一片废墟，任凭雨打风吹。

阿富汗人已经习惯了尸者。之所以会注意星期五，只是因为没有外伤的尸者很少见罢了。

巴达赫尚依靠开采青金石而繁荣兴盛。全世界差不多只有在这里才能开采出琉璃般的蓝色石头。它的主要成分就是青金石。它不是单结晶，而是各种矿物构成的多结晶体。这种含有愚人金、黄铁矿的东西，在深蓝色中蕴藏着宛如夜空般的光辉。青金石交易的历史十分久远，扩散的历史更是遍布东西方，据说从埃及王朝到古代日本都有。传闻说青金石会用来装饰埃及木乃伊，摩西在西奈山上得到的十诫也刻在青金石上。在绘画上，它作为深蓝色的原料，价格也远超黄金。

这样看来，伯纳比之所以能比各国的情报部门更早获得尸者王国的消息，也就可以解释了。他只是占据了地利而已。为了躲避受到英俄两国策动而战乱不已的陆路，青金石的交易线路改成了沿阿姆河的线路。希瓦汗国便是中转地之一。

店里满是青金石原石和研磨后的首饰、戒指、手镯等物品。商人们以为我们是旅行者，扯着沙哑的嗓子大声吆喝。

"原来如此。这样就有收入了。"

伯纳比说。假设卡拉马佐夫的王国就在这附近，收入来源必然成为一个问题。尸者的活动只需要极少的食物和水，不考虑维修的话，维持费基本为零，但如果需要长期定居，这点就不够了。虽然种植鸦片可能是收入来源，但尸者并不适合从事农业生产。当然，如果有足够的监督员那就另当别论。但是开采工作很适合尸者。它们只需要埋头挖掘，不用担心塌方，也不用担心透水。当年英国本土曾经因为把未到年龄的儿童送进狭窄的矿井挖掘煤炭而声名狼藉，如今已经是尸者大唱独角戏的舞台。尸者们混迹在生者之中，毫无感情地踏入生者无法抵达的地方。英国政府正在招募公司，委托开发适合敷设海底线缆和水下作业用的尸者。

"是矿山吧。"

伯纳比说。克拉索特金没有理会他的断言，在把玩店里的青金石原石。虽说探索的方式好像是每个人的自由，不过克拉索特金反复端详不透明的原石，还举到阳光下去看，明显流露出他毫无协助的打算。虽然克拉索特金没有明确地说自己很想放走卡拉马佐夫，但这种想法明明白白地写在他的脸上。为了任务，他会提供自己掌握的知识，但绝不提供更多的信息。至于积极的行动，似乎也都交给我们去做。

我们很快就得到了尸者队伍的信息，甚至多得难以判断该从何处下手。大约是趁着政府混乱的时候，许多矿主带了四肢残缺的尸者矿工来到这里。世上本来就有许多人对国境之类虚构的界限置若罔闻，而且这一带的国境概念本来也很模糊。我看到残破陈旧的尸者呆呆地排在店外。阿富汗的百姓似乎期待尸者能在紧急时刻成为战斗力，对尸者的态度都很温和。

"因为要防备亡灵的袭击。"

说这话的是个自称老大的人。他本想找伯纳比的麻烦，结果不得不向我们提供情报。他请我们坐在堆成山的靠垫上，自己直接坐到坚硬的地上，从头跟我们解释。因为地理特点，这里的居民盛行自治。尽管王权随着国家的趋势不停剧烈更替，对这里的百姓来说，日常生活并没有什么变化。命运一直在背后张开大口，如果没有相互之间强有力的联系，不知什么时候就会被迫流浪。

"你们要找的人，唔，在内陆。"

不用描述卡拉马佐夫的身高体重，只说了一句"行为乖张的俄国人"，伯纳比便展现出自己的手腕，用了些英镑，立刻就打听到了卡拉马佐夫的隐居地。但是，自称老大的人解释说，不知道那人的名字。卡拉马佐夫似乎并不打算隐藏自己的所在地，不过在这个地方，要想隐瞒自己异乡人的身份恐怕也是不可能的。

虽然这里的种族很多，但西洋人依旧显眼。似乎只是信息传递速度的迟缓保护了他，而卡拉马佐夫好像也认为这样就足够了。

"只是——这几个月断了联系，中间人失踪了。大概是死了，要么逃走了。不知道你们要找的人具体在哪儿。好像是在各个内陆的废矿山之间不停转移。虽说他们会送些精选的石头过来，让我赚了不少。明明是辛辛苦苦挖出来的，搞得像是完全不需要青金石一样。在联系中断之前，好像还流露出定居的打算。"

自称老大的人揉着长痣的脸颊，接过伯纳比随手递来的水烟管，吸了一口，吐出一个烟圈。

"那样的家伙一定会定居在源头。如果真是想要建造尸者王国，将这个世界推倒重来的话。"

大大咧咧占据了上座的伯纳比说。克拉索特金对于他这毫无根据的推测露出目瞪口呆的表情，半晌才恍悟般点头。

"原来如此，也有这样毫无逻辑的思考方法啊，"他像是在对自己解释似的，"对，推论未必能获得正确答案，这个世界本来就没有逻辑——"

克拉索特金像是在努力安慰自己。他的预想也好、秘密情报也好，似乎与伯纳比胡来的结论偶然保持了一致。克拉索特金似乎本打算让我们在纷繁的头绪中浪费时间，但却小看了伯纳比动物般的直觉。

我们沿科克恰河逆流而上。

这是我们的最终行程。如果有人真想将世界推倒重来，那他必定在源头。这虽然是毫无根据的推测，但听起来却似乎很有道理。无论如何，一切河流都发源自伊甸园。卡拉马佐夫的老师费奥多罗夫坚持伊甸帕米尔学说，虽然那是个神话般的理论。但是正如伯纳比的本能正确地把握了方向，我们对手的思考方式似乎也是那样脱离现实的。

我们弄来一条小船，重新回到水上，交替划桨前进。

不管怎样的秘境，总会有人居住。无论环境如何严酷，总会有人定居。人类既然不会突然从土地中生长出来，那么必然是从某处移居而来的，然而为何会这样呢？

河边的民宅数量逐渐减少，河流也渐渐变得狭窄。

在基本上与废屋相差无几的小屋里，我们受到了款待。与外表相反，室内豪华得出乎意料。羊肉和硬面包、放足了砂糖的红茶依次摆在绒毯上。满脸皱纹连性别都辨认不出的老人，在长方形的绒毯上向麦加方向跪拜，开始唱诵肃穆的宣礼。

"真主至大！我作证：除真主外，绝无应受崇拜的；我作证：穆罕默德是真主的使者。"

阿拉伯语的唱诵结束后，他重新面对我们坐好，讲起了乌兹别克语。伊斯兰教的祈祷常常以阿拉伯语进行。因为那是神的语言，无法翻译的语言。《古兰经》也被认为不可能翻译，将英译自动写到纸上的星期五，在这个意义上也是异端。

"你们是要寻访阿德人啊。"

老人给我们倒上茶，欲言又止。

"这一带如此称呼尸者吗？"

我一边回想伯纳比在希瓦打听的传说，一边问。老人无视我的问题，又强调说："你们会送命的。不过我也知道你们不会听。帮助那个俄国人的男人也死了。漂在河上冲走了。"

我们就这样知道了卡拉马佐夫中间人的死讯。

"阿德人是古代的异端。过于相信自己的力量，触怒了安拉，被暴风毁灭了。"

"是高大的人吗？"

老人再度无视我的插话。

"不过也有人逃脱了那股怒火。虽说只是恰好不在当地而已。被诅咒的阿德末裔来到此地，成为挖掘地根的矿工。诅咒反复重现。因为人这东西本来就是受诅咒的。那个地方在吸引阿德人。"

我毫无重点地频频点头，克拉索特金若无其事地插进来。

"以前也有人来过这里吗？"

如果卡拉马佐夫可以藏身于废弃的矿道，那也没什么奇怪的。

"一直都有人来，"老人脸上浮现出谜一般的微笑，接着说，"上回战争时，大概是四十年前的事吧，有一群人还是迁入了这里，在其中一个人的率领下，那是个很厉害的人。身高可能超过二米四吧。从那之后啊，我就开始相信阿德人的传说了。那实在是，实在是很厉害——"

老人的身子突然重重地一颤。

"是尸者之王啊。"

我们滑入黑暗深处。

溯川而上。分隔现世与冥府的忘川。

"'那国被深邃的黑暗覆盖，外人无法看透内里。畏惧黑暗，谁也不曾踏入。周围时时听见人声、马嘶、鸡鸣，知晓其中有人生活。可是，谁也不知里面住的是什么人。'"

克拉索特金当即对伯纳比的背诵做出了回应。

"《曼德维尔游记》?"

曼德维尔爵士是十四世纪的旅行家，传说他去过祭司王约翰的王国。据说那本游记是当时的畅销书，不过星期五的资料库到底是没有那么丰富。按照克拉索特金的解释，曼德维尔来过东方这件事本身就颇为可疑。他似乎是将他人的游记东拼西凑在一起，捏造出煞有介事的故事。这类游记中常见的情况就是随着距离自己的国家越远，幻想性就越大。譬如无头种族、狗头部落也会出现在游记当中。人类是善于想象的生物。以为自己总是处于世界的中心，建造起阻止破坏幻想的大坝。伯纳比背诵的，据说就是曼德维尔对阿富汗地区的描写。

我们转入老人告诉我们的河流，继续前进。在这一带，汇合的河流已经分不出哪条是干流，哪条是支流了。岸边破损的小屋掩埋在雪里，形成一个个小山丘。穿过朽坏的独木桥，天空在陡峭的悬崖间变成窄窄的一条。我们忍受着饥饿与寒冷，分吃掰成小块的硬面包。

克拉索特金放松了身体，像是把自己交给了寒气似的，忽然站起来，静静地指向悬崖上方。

尸者提着一杆长枪，正在俯瞰溪谷。看到我们的身影，它垂下头，掷出长枪，在我们和悬崖间画出一条抛物线。长枪擦过船舷。尸者对此仿佛很满意，重新抬头恢复了监视。我们默默地注视着尸者摇晃的身影逐渐变小。

时不时掷来的长枪，指示出前往卡拉马佐夫王国的道路。掷枪的频率逐渐提高，偶尔我们也不得不加以躲避。尸者的目标很明确，并不像是恫吓。它们犹如心血来潮般出现，隔着一定的距离，机械地掷出长枪。掷出一根之后，便站在原地摇晃不已。

敷衍的防御。既像是有什么要守护的东西，又像是无所谓的样子。可以说只是摆出一副防守的架势而已，但却不知道那是摆给谁看的。虽然尸者们距离甚远，明确的动作也只有掷枪，但从它们的行为看来，颇像是新型的尸者。枪在引导我们。长枪投掷的顺序，等于在告诉我们走的是正确的道路。仿佛卡拉马佐夫在欢迎我们一般。

我们昼夜兼程，溯河而上。

然后，在视野前方，突然出现了一座朽坏的栈桥。弯曲的河流内侧出现一个小沙洲，一段台阶通向山崖，底下的几级埋在雪里。山崖上的岩洞带有希腊风格，尸者们犹如筋疲力尽的流浪者，缓慢地走出来，排成队列。男性中混着女性，还有未成年的孩子也混迹其中，让我大为吃惊。儿童尸者身上丧失的不仅是生气，连儿童的特征都失去了，脸上毫无表情。孩子们具有肥大怪异的四肢，如同成人般伫立着。

尸者们缓慢的动作，像是在流浪中筋疲力尽的人。被击垮的生者拖动的躯体沉重而迟钝。犹如挖掘恐怖谷般的动作，仿佛也映出将背叛生命的事实加以戏剧化嘲笑一般。那些全都是新型尸者，我认为。

船首劈开水面，尸者们像是受到无形的力量推挤，向左右两边让出道路。从岩洞里面走出一个瘦弱的高个男子。他身穿薄薄的黑衣，胸前垂着用麻绳系的蓝色十字架，大约也是青金石材质的吧。

他和我们之间的距离逐渐缩短。克拉索特金站起身，让船身一阵摇晃，我按住船舷。黑衣人挥了挥手。体格强壮的尸者踏入几乎冻结的水中，抓住我们的船舷，拉向半塌的栈桥。

"柯里亚。"

卡拉马佐夫呼唤克拉索特金的昵称。

"阿辽沙。"

克拉索特金也用卡拉马佐夫的昵称呼唤他。

我们来到了卡拉马佐夫的王国。

卡拉马佐夫手提昏暗的油灯走在前面引路，登上山崖内部挖出的台阶。

"平时用不着灯。"

卡拉马佐夫静静地说。他犹如幽灵一般，悄无声息地转过一个弯。与尸者们朝夕相处的唯一一个生者，对于我们的出现并没有表现出丝毫惊讶。他以落落大方的举止，将楼梯平台上出现的门静静推开。门后是一个房间，还有山壁上挖出来的窗户。墙上还有一个暖炉，不知道排气是如何进行的。简朴的内装，堆积如山的书籍，一捆捆的笔记。真像是修道院的僧侣，我想。墙上有块长方形的泛白痕迹，像是挂过圣像留下的。墙上凿出凹坑代替书架，上面稀稀拉拉地放着青金石原石。配了六张椅子的桌子占据了房间一半的面积。

"实际上，也许的确是僧侣。因为祭司王约翰的王国是基督教国家。"

卡拉马佐夫平静如常，伸手向椅子示意。

"华生。约翰·华生。"

"阿列克塞·卡拉马佐夫。"

我们互相凝视。清澄的双眸窥探我的内心深处。他的眼中看不到盲信的狂热。脸颊虽然消瘦，也并没显出疲惫之色。学究僧侣特有的压抑感情的宁静目光迎向我的视线。

"能赶上真是太好了。"

卡拉马佐夫仿佛自言自语般低语的同时，门外传来重重的敲门声。请进，卡拉马佐夫应了一声，门慢慢打开，走进来一个尸者。它以僵硬的动作，坐到空的椅子上，无视我们的存在，茫然望着窗外的景色。冬天平淡的阳光照出没有血色的脸庞。那动作证明它也是新型尸者。

"我哥哥，德米特里·卡拉马佐夫。"

我迅速瞥了一眼旁边的克拉索特金。他曾经断言德米特里没有死。克拉索特金没有显出半分尴尬，开口说：

"平安无恙，可喜可贺。"

"你也是。"

阿列克塞露出十分温和的笑容。

"你们既然来到这儿了，说明帝国办公厅第三部终于下定决心了吧。"

"费奥多罗夫老师也认为逼不得已了。虽然他本来反对这样做，他期望能有更稳妥的办法。"

"好了，够了。"

阿列克塞像是老师对待学生一样，威严地打断了对话，然而嘴角还是浮现出寂寞的笑容。我忽然意识到自己正在失去向这个人提问的机会。我宛如被强行推上舞台一般，听见自己的嘴巴擅自发言。

"'尸者的王国'。"

"嗯。"

阿列克塞闭上眼睛，举起右手，示意我继续。我的口中逐一跳出愚蠢的问题。

"大英帝国非常重视当前的事态，希望了解你的目的。"

"目的，就是这样和你谈话。"

"完全可以通过正规的外交途径传达……"

"能做到就好了。所谓故事，总是很麻烦的东西。单靠讲述远远不够。需要适当的地点与适当的时间，还要有适当的听众。我感谢你们跋山涉水来到这里。那么，从哪里开始说起——"

"将德米特里尸者化的是你吗？"

"尸者"，阿列克塞重复了一遍这个词。他凝望德米特里的脸。"率领'新型尸者'脱离军队，这也是任务之一。我手中记载技术要点的文件书籍大部分都销毁了。你那里呢？"

克拉索特金点点头。

"莫斯科的'笔记'，老师已经采取了适当的措施。国内的局势算是暂时稳定了。与群星智慧派还有交涉的余地，但是很难阻止增殖派，它们是狂热的团体。不过我们有内应。和你指出的一样——"

阿列克塞微微晃了晃手指，克拉索特金像是重新意识到我们的存在，停住了口。

阿列克塞静静等待低下头的克拉索特金继续说下去。

"另外，'抄本'似乎已经交给了日本政府。新兴国家没有那么警戒。有明确的证据显示，被一个名叫榎本的大使带出去了。"

"——那边我们就无法插手了。"

阿列克塞缓缓点头，故意朝我们看了看。

"刚才的问题你还没有回答。"

我焦躁于被打断的对话，指着尸者化的德米特里问。

那个啊，阿列克塞露出谜一般的微笑。

"那件事到明天就清楚了。"

"我可不喜欢打哑谜，快说吧。"

早已经焦躁难耐的伯纳比插进来说。克拉索特金朝他投去责备的目光，阿列克塞举手拦住了。

"因为这件事非常复杂，几乎都说不清是从哪儿开始的。如果一定要找个开始，大约就是从这个世界的起始开始，从亚当开始说起。不过，还是从'初代'开始更合适吧。"

VIII

初代——

上个世纪临近终点的时期，它诞生了。

在因戈尔施塔特的实验室中醒来的这一存在，没有名字。

弗兰肯斯坦的怪物，或被称为初代，由此广为人知。以至于后来"弗兰肯斯坦"这个名字都被用来指代他。

创造出这个生命的孤高天才，维克托·弗兰肯斯坦，受惊于创造物的丑恶而逃亡，创造物初代将手边的衣物披在身上，开始了流浪之旅。不久，他学会了语言，并从身上的大衣中发现了一本研究笔记，笔记上写着维克托的名字。

毫不负责地创造出自己，又随意遗弃了自己。胸中充满了对造物主的怒火，初代开始追踪维克托。他向维克托要求的是伴侣，因为对他而言，维克托犹如上帝。维克托一度答应了他的要求，但在即将完成之际反悔，表现出对创造物的嫌恶。

初代盼望获得伴侣，过上平静的隐遁生活。然而这小小的愿望都不能得到满足。他决心对维克托复仇，杀死了维克托的新娘，销声匿迹。追踪者与被追踪者的角色互换，在遍历了整个亚欧大陆之后，来到了北极。

在极寒的冰原上，维克托被北极探险队员罗伯特·沃尔顿救起，讲述完与初代的纠葛后，筋疲力尽，停止了呼吸。偷偷潜上船的初代看见维克托的尸体，领悟到自己和世界都将与不完全的上帝共同迎接死亡，他消失在冰天雪地的北极，在烈火中埋葬了自己。

因戈尔施塔特实验室里的研究资料被巴伐利亚当局接手，作为尸者研究资料，得到广泛运用。这些资料被称为弗兰肯斯坦文献。

这是课本上给孩子看的故事。

"初代。"

我心中疑惑重重，不停重复这个名字。又一扇故事世界的大门朝这个世界开启的声音，在我头脑中回荡。

"不觉得奇怪吗？"

阿列克塞的语调十分平静。

"我们所知的创造物，和初代完全不同。即便是当作贵国的《海滨杂志》那种刊物上描写的诡异事物来看，也是令人毛骨悚然的怪物，但依照玛丽·雪莱留下的记录，虽然他有丑陋的外表，却也具有相当的智慧，简直可以称为绅士。初代与当代尸者最大的区别，是他能够说话。虽然说这是百年前的记录，多少也有玛丽·雪莱的创作混在里面。"

对于试图将传说引入现实的阿列克塞，我尝试给出通常的反驳。

"学术界认为，玛丽·雪莱参考的罗伯特·沃尔顿的笔记，以及他写给妹妹的信，都是雪莱的创作。一般认为，在已经遗失的原始记录上，没有能够开口说话、头脑聪明的创造物，维克托也不是那么卑鄙愚蠢的人。那个'故事'之所以被课本采用，只是因为那会让国民更加容易接受尸者的存在。想必你也知道，那个故事是在拜伦勋爵租借的别墅里写出来的吧。不过是操纵情报的手段而已。初代只是尸者。"

"有的。"

阿列克塞语气平静。

"有什么？"

"玛丽·雪莱参考的罗伯特·沃尔顿的原始记录。在那里面，记载了能够说话、具有自我意识的尸者。根据那份记录，玛丽自己创作的是初代的丑陋容貌、维克托的研究内容，以及人格之类的东西。"

"是假的吧。"

"也有可能。"

对于我近乎条件反射般的指责，阿列克塞选择退让。反而是伯纳比背叛了我，点头表示原来如此。

"我一直觉得奇怪。原来是这么回事。玛丽·雪莱的父亲是威廉·戈德温，马尔萨斯就是受他影响写出了《人口论》。他也是如今社会性无政府主义思潮的先驱，不肯唯唯诺诺给政府背书。果然真相会展现给会读书的人。"

克拉索特金在旁边点头。

初代诞生已近百年。

初步掌握量产创造物的原理大约三十年。

二十年前，克里米亚开始正式用于军事。

在科克恰河溯流而上时遇到的老人说过，大约四十年前，有个身材高大的人率领着一群尸者移住此地。

李顿总督也曾说过，二十年前，有一群人想在特兰西瓦尼亚建立尸者的王国。

这到底是怎么回事？

被诅咒的普罗米修斯、疯狂的天才尸者专家，维克托·弗兰肯斯坦。被诅咒的亚当，初代。迷之女性哈达丽说，"小心亚当"。

看出我在思索，阿列克塞再度开口。

"你应该知道，我们当前的尸者技术是基于弗兰肯斯坦文献的研究。因戈尔施塔特实验室，以及维克托完成了90%创造物新娘的英国奥克尼群岛实验室。在这两处没收的文档，被称为弗兰肯斯坦文献。经过七十年的钻研，那些技术结出现代尸者技术的硕果。但是，单靠那些资料，即使再经过百年的研究，也达不到初代的水平。然而初代确实存在。不，就假定他存在吧。我们为什么不能再现初代？对此有个简单的推测。"

伯纳比夸张地打了个响指。

"初代大衣里的研究笔记。"

阿列克塞张开双手，像是要拥抱我一样。我咽了一口唾沫，下定决心踏入传说之中。

"那份笔记应该已经遗失了。初代消失在北极，尸骨无存。"

被流放到西伯利亚的卡拉马佐夫，伪装成流放是为了——

阿列克塞移开了视线。

"流放地的犯人中，有一些是政治犯，无法令他们在本质上重生。因为他们受过高等教育，会成为危险的种子。西伯利亚的荒凉之地无非都是简单的工作。虽然是大材小用，但是犯人本来就是无法运用的工具。就像过于锋利的刀，很难运用。德米特里原本就是冤枉的，虽然他并不是政治犯。"

"找到笔记了吗？"

对于我的问题，阿列克塞既没有表示肯定，也没有表示否定。

"初代诞生时，因戈尔施塔特的状况十分复杂。巴伐利亚当局当然也不可能将弗兰肯斯坦文献全部收缴。何况这种说法本来就有些奇怪。无论如何天才，维克托·弗兰肯斯坦独自一人就能创造出新的生命？在那之后的百年时间，有多少优秀的研究者们投身在创造物的研究中？这已经远远超越天才了。"

"——有人协助？"

"在当时的因戈尔施塔特，有一个神秘组织，由亚当·魏斯豪普特领导，如今被称为光照派。那是主张'人类补完计划'的一群人。这个教派在初代诞生的同时解散了。历经多年搜集散佚资料的，就是我的老师，尼古拉·费奥多罗夫。"

阿列克塞转过头，越过我，望向德米特里。沉默笼罩的房间里，阿列克塞一字一顿地说：

"我在北极桑尼科夫地发现的，只有大衣和口袋里的东西。"

"你选择在这里隐居，也是——"

我的问题，卡拉马佐夫帮我说下去。

"为了追踪初代。那也曾是原因之一。"

他环视岩洞，深深叹了一口气。

"长年的探究，终于快要接近尾声了。"

尼古拉·费奥多罗夫。生辰不明。

他是鲁缅采夫博物馆附属图书馆的管理员，拥有丰富的学识，对万卷藏书了如指掌。排斥物质，沉湎在书籍、祈祷和思考中。很少睡觉，吃得很朴素，过着规律的生活，对于分享自己的知识不求任何回报。阿列克塞的老师，克拉索特金的老师。他的威名在俄罗斯知识分子中如雷贯耳，前来求助的人络绎不绝，却没有半分骄傲之色。

他的思想很宏大。过于宏大，以至于无从理解，向这样的人物请求建议的俄罗斯人，甚至令人感到奇怪。

阿列克塞带我们来到另一处房间，这里似乎以前是食堂，房间很大，里面桌子的桌布上，以七枝烛台为中心，摆放着冒出热气的茶炊与小麦粉烤出来的布丁与黑面包、腌黄瓜和火腿，还有装蜂蜜的钵。

我们彻夜交谈，相互倒茶，分吃简朴的食物。

我继续倾听那像是天马行空的幻想者的构想。

信奉唯物主义的神秘主义者费奥多罗夫认为，唯物主义有两种。一种是被物质征服、屈从于蒙昧之力的唯物主义；另一种是为了控制物质，乃至控制自然和理性的唯物主义。后者这种彻底的物质主义甚至涉及灵魂的秘密。

根据瓦西里·卡拉金的提案，正在咸海进行人工气候控制实验。寻求亚当语言的企图，以及复活人类祖先的计划。包含所有这些的、精神圈的建设构想。

如果在最后的审判中，所有死者都会复活，那么过去的存在以及从今往后不断出生的所有死者，应该在物理上有某种方法使他们全部复活。这是费奥多罗夫的想法。在所有死者的复活中，一切都要苏醒。不仅是形态，连记忆、回忆都要苏醒。费奥多罗夫坚持认为，做不到那种程度，复活的神秘仪式便无从谈起。不，身为信徒，他的信仰是相反的。正因为复活的神秘仪式存在，全部的死者才不得不苏醒。全部死者以过去的姿态苏醒的物理过程是存在的。信仰是不容置疑的。

　　从生者的体内逃散到大气中的灵素，释放到宇宙中的灵魂。重新把这些一点不漏地收集起来，一切死者就会苏醒。不仅是记忆中的存在，而且是作为实体的存在。那样的过程可以实现。基于那样的事实，人类就会得到救赎。因为人类能够得到救赎，所以那样的物理过程"必须存在"。那是费奥多罗夫引以为豪的思想核心。充满这个世界的全部灵魂。过去出生的、现在出生的、还在不断出生的全部灵魂。向整个宇宙扩散的人类灵魂，构成总体的精神圈，给整个世界带来救赎。

　　具有如此想法的人物，自然会对尸者产生出兴趣。尸者的出现，让费奥多罗夫满心欢喜，同时也给他带来困惑。写入虚假灵魂的尸者，复活之际会苏醒吗？复活之时，作为曾经的生者，该如何兼容？他在长年的图书馆生活中，不断秘密搜集海量资料。

　　费奥多罗夫开始独自整理因戈尔施塔特、奥克尼群岛、光照派等所有能找到的弗兰肯斯坦文献。历经千辛万苦，构筑巨大的资料库。回溯到光照派、共济会、玫瑰十字会、纯洁派，种种古代的秘密仪式。回溯到亚当的记录，回溯到给万物命名的亚当之语言。

初代的历史中欠缺的一个重要齿轮，是维克托的笔记。受费奥多罗夫之命，崇拜他的青年被派往西伯利亚、极地。阿列克塞的旅程也历时多年。

其结果就是新型尸者。根据创造出初代的技术而产生出的虚假复活者，新型尸者。

不幸的，同时也是理所当然的，这项技术引起了当局的兴趣。编制成军的新型尸者部队。敌我识别技术的巨大进步，身体控制更接近生者，更沉入恐怖谷底的存在。那不是完全的苏醒，只是欺骗程度更高的技术。阿列克塞等人试图将之封印，这是一个漫长的过程。将新型尸者集结到一条战线上，在后方逐步销毁资料。给技术资料添加错误的内容，篡改药剂的剂量。费奥多罗夫的小组逐步推进不动声色的恐怖主义。

这样的尝试有成功也有失败。诞生出来的技术，无法因为某人的愿望而停止。因为科学的特征就是谁都可以实行，真理总是迟早有人会想到。技术以不完整的形式泄露出去，即使核心部分可以得到一时的隐瞒，被发现也是不可避免的。地狱的大门又打开了一扇。

无法阻止技术的发展，缺乏信仰的现代科学尤其如此。他们的默默尝试，开始呈现出注定失败的命运。寻找文档、篡改故事，将真理掩埋在无尽的虚假中。使用拖延战术，他们阻挡在技术的再发现之前。

"目的，就是这样与你谈话。"

阿列克塞说。

他们诱发了一个事件，将无法公开的技术之存在透过事件悄悄传达出去。因为他们靠自己的力量已经无法阻止持续的泄露了。我知道自己只不过是扑向灯火的飞蛾而已，之所以需要这样复杂的手续，只有一个原因。信息就连通常的秘密渠道都不能传递，需要像这样直接交给一个人类间谍。

——皇帝直属办公厅第三部，至少其中的一部分人，在策划对沙皇的背叛。他们认为国家已经无法管理尸者了。

逐渐变暗的室内，油灯的光芒下浮现出卡拉马佐夫和克拉索特金的脸庞。一个是背叛俄军的人，另一个是决心背叛沙皇的人。同伙。提倡梦想设备的革新与人类救赎的费奥多罗夫。

我们彻夜在昏暗的石洞中交谈。

关于帝政，关于专制，关于神学，关于科学，关于进化论，关于古代的秘密意识，关于人类的起源，关于尸者的未来，关于世界，关于追踪初代的旅程。

阿列克塞抵达此地，据称并不仅是为了与尸者生活，也是为了调查四十年前尸者队伍的定居，寻求诺斯特拉语系假说的证据。我看不出这两者之间的联系。阿列克塞对我说：

"最适合记载人类灵魂的是原初的语言，老师认为。如果不能记述，就无法期盼复活。"

"当年领头定居的是初代吗？"

"没有找到证据，只有传言，"阿列克塞静静地摇头，"关于想要发掘伊甸园而殒身的矿工的传言。"

阿列克塞用他一直都很冷静的声音问:"你认为,死亡是进化过程中产生的吗?"

在黑暗的思索中耗费生命的人,存在于此。

进化论。赫伯特·斯宾塞与阿尔弗雷德·拉塞尔·华莱士倡导的新世纪学说,包含着许多困难。物种不断变异,活下来的才被选择。这样的过程不断积累,生物就逐渐发生变异。这个过程是否适用于人类,当前也正有着广泛的议论。

"在进化过程的某个环节,出现了个人的死亡。这对于种族的生存有利,因而延续下来。有这样的解释吧?"

我斟词酌句地回答。进化论不是适用于一切现象的理论。骨头一直是白色的,并不是因为白色对种族的存续有利,而只是因为骨骼的强度刚好与白色相伴而已。白色伴随强度而出现。

死亡不是人类的特权。死亡的存在,基本上可以说是所有生物的定义。不死的东西不是生物,和尸者一样只是自然现象。

"那么,你认为灵魂是在进化过程中产生的吗?"

"恐怕是。"

我的回答很暧昧。只有人类才有灵魂的观点很强势。作为论据而举出的,正是尸者这种存在。人类之所以只能将人加以尸者化,正是因为具有灵魂的只有人类。这一见解很难反驳。就算反驳说只是因为技术尚没有到达那个程度,听起来也像是不肯认输的嘴硬而已。就连绰号"进化论的斗犬"的赫胥黎,始终热烈支持这一学说的先锋派,在这个议论面前,也只能粗声恶语挥手不谈。

"你认为全人类祖先的复活，会意味着人类的灭亡吗？"

卡拉马佐夫静静地笑着。如果死亡是从进化的邀请中诞生的，全部死者的复活就成为与进化论相抵触的事实。希求那种复活的，是在进化的过程中诞生的灵魂。我陷入了错综复杂的思绪。为了破坏进化，进化催生了灵魂。为了自我毁灭而运作的宏大构造，或者说是这个创世的临界点。这就是阿列克塞·卡拉马佐夫的虚无的源泉吗？

在追求费奥多罗夫倡导的、被上帝之光照耀的、作为人类终极姿态的精神圈建设的过程中，阿列克塞发现了伪上帝所创造的、赋予了自我毁灭之命运的虚假世界吗？

被持续大规模急速再编的我们的世纪。

我们继续交谈。

"能和你们谈话，非常高兴。"

夜空泛白的时候，伴随着旁边伯纳比的鼾声，阿列克塞伸出苍白消瘦的手。

"柯里亚，以后的事情就拜托你了。"

克拉索特金移开视线，不知为何，没有回答。

"我们的身体，将成为我们的事业。"

阿列克塞背诵道。仿佛是说给克拉索特金听的。

阿列克塞将我们领到寝室。对于我的"明天见"，他只说了一声"告别了"，便离开了。那个时候，我没有注意到克拉索特金一直在凝望他离去的背影。

我们发现阿列克塞·卡拉马佐夫的尸体，已经是太阳升起很久的事了。

IX

"阿列克塞，阿列克塞·卡拉马佐夫！"

那是叫声。奇怪，怎么像是我自己的叫声——在我大脑的某个地方，生出这样的想法。

充满香甜气味的房间，就是昨天一开始我们被领进的房间。阿列克塞深深地坐在椅子上。头朝向天花板，嘴巴大张着。头部贴的电极上引出导线，连到旁边的虚拟灵素写入机上。

"阿列克塞·卡拉马佐夫。"

我叫了起来。

不可能。绝对不可能发生的事，就在这里发生了。响应我的呼唤，椅子上的卡拉马佐夫慢慢睁开眼睛，直勾勾地凝望冥世。半吊子的生气搅乱了物质的协调。我意识到，卡拉马佐夫曾经目睹过生前被视为圣人的佐西马长老死后一样腐烂发臭，而我现在也在看着同样的东西。轮廓分明的脸庞流畅地转动，茫然望向我的方向，聚焦在我脸上，随即消散。

"星期五，简易灵素写入机。"

我反射般地下达命令，随即意识到那毫无意义。

"没用的。"

克拉索特金出现在门口，简短地说。破门而入的伯纳比不慌不忙地环视室内，走到卡拉马佐夫无力垂下手臂的桌子旁边，随手打开一个差不多有手臂那么细长的箱子，里面是一个具有长齿的八音盒。原本佩戴在阿列克塞胸前的蓝色十字架从绳子上摘了下来，碎成了大大的两块。大概是盖子打开时候的振动，让残存的发条能量释放出来，转动了八音盒的圆筒，上面的凸起犹如最后的叹息般拨动长齿。碎成两个 L 形的十字架仿佛也微微颤抖了一下。伯纳比嗅着周围的空气，哼了一声说："鸦片？"

"不过也不像是中毒……"

伯纳比用脚尖踢了踢俄罗斯茶炊般的虚拟灵素写入机的线缆，转身望向站在门口面带冷笑的克拉索特金。

"你一开始就知道吧。"

克拉索特金耸耸肩。伯纳比又问了一句："你知道的吧。"

"这是事先定好的步骤，"克拉索特金在胸前画了一个十字，"这样，我对你们的任务就结束了。"

我的脊背一阵发冷。昨天晚上——其实差不多直到今天早上都在活跃交流的对象，现在却死在这里，持续着死亡。为什么？这个问题涌上咽喉，越过口腔，直达头骨，炸裂开来。成为尸者的卡拉马佐夫的哥哥德米特里。他被尸者化的事实是阿列克塞·卡拉马佐夫叛变的原因——我的这个推测，被克拉索特金否定，也被阿列克塞推翻。克拉索特金说过，德米特里还活着。不，不对。不用求助于星期五的记录。克拉索特金是这么说的：

"德米特里没有死。"

这不是尸者不死之类的文字游戏。我突然灵光一现，从地上跳了起来。弗兰肯斯坦三原则。

一、严禁制造与生者极为相似的尸者。

二、严禁制造能力超越生者的尸者。

三、严禁向生者写入灵素。

"严禁向生者写入灵素。"

我在口中咀嚼第三原则，克拉索特金依旧无视我。沙皇直属办公厅第三处，不得不违背帝国的意志，向宿敌沃尔辛厄姆传达的信息。费奥多罗夫尝试封印却无法封印的技术。只有通过这种方法才能传达的故事。新型尸者。阿列克塞·卡拉马佐夫的绝望深渊。我的声带擅自发出声音。

"这是……"

克拉索特金重重点了点头，接下去说：

"整体协同的机密。"

苏华德从哥本哈根的同事那里听说的新型控制技术。

国家违反了弗兰肯斯坦三原则。这样的消息，不要说通过公开的渠道，就连非公开的渠道也无法传达。由僵硬的官僚体制与医学家的自私所导致。克拉索特金用不带感情的声音说了起来。

"最初的实验体诞生于西伯利亚的流放地。将具有智能的人直接尸者化的实验。这个尝试并不是从阿辽沙发现的'笔记'中发展出来的技术，而是随着十分常见的技术进展而产生的。你们国家应该也在着手进行这一类的实验。当然，'笔记'确实带来了飞跃性的改进。"

在世界各地的地下室中，恐怕此时此刻也在不断进行着尸者实验。可怕的传闻连绵不绝。

"谁知道什么，事到如今已经无从知晓。在情况公开以前，被覆写的生者开始以新型尸者的形态进入流通渠道。是急功近利的开发部抢风头，还是某个人的独断专行，真相恐怕永远也无法弄清了。重新掌握了'笔记'之后的阿辽沙，得知了新型尸者的流通，开始着手调查，并发现德米特里……很不幸。"

向生者写入灵素。在流放地发现被写入死亡的哥哥。促使这一革新成为可能的，正是卡拉马佐夫自己发现的"笔记"，《维克托笔记》。德米特里并没有死——克拉索特金这样说。就像现在卡拉马佐夫虽然死了，但也不是纯粹的尸者。

"不幸是什么意思？"

对于我的逼问，克拉索特金冷冷地回答。

"有可能实现的事，迟早会被实现。"

我无力地放开克拉索特金的襟领。自杀的——这种场合该说什么才对？——给自己写入死亡的卡拉马佐夫，显得对周围毫无关心。眼前就是实现的结果，而我却还是愚蠢地开口问：

"可是，怎么能写入——"

"鸦片，还有变性音乐吧。"

伯纳比拨弄着八音盒的梳齿说。克拉索特金点点头。就像是有着严格规律的长期步调会引发幻觉一样，经过调整的音乐可以将人引入睡眠状态。情绪是意识的变性。引发变性意识的音乐和鸦片所导致的是意识的浑浊混合。我眼角的余光扫到桌子上掉下来的注射器和安瓿。伊甸园的意识导入头脑，通过虚拟灵素写入机固定，困在卡片的穿孔记号所构成的地狱中。

在这趟旅行中，伯纳比第一次笑着对克拉索特金说。

"你是让我们收拾这烂摊子啊。"

"多少有点过意不去。"

克拉索特金终于浮现出略显困惑的表情，伯纳比重重哼了一声。

"我们来写总结报告，你率领写入灵素的尸者军团返回圣彼得堡，这都是计划的一部分吧。把兵力合法地带回首都，率领尸兵建立全新的王权——可惜这点数量不太可能。要用恐怖活动进行革命吗？为了打倒僵硬的帝政，你们想用这种手段把自己改造成尸兵炸弹什么的。尸兵会受到谒见。亲自把沙皇炸飞，这是阿列克塞·卡拉马佐夫最后的愿望，对吧。"

克拉索特金耸了耸肩示意肯定。

写入死亡的生者……

在开伯尔山口解剖过的尸者突然浮现在脑中。我喘息起来，手臂也开始僵硬、颤抖。

我亲手杀了那些——被写入了死亡、毫无抵抗的——生者。

我们的旅途，就这样迎来了终点。

克拉索特金说他要清洗卡拉马佐夫的身体，让我们先去河边。尸者们的动作之所以看上去比昨天更加迟钝，大概是我自己眼光的变化吧。在儿童尸者的周围散落着果实，儿童尸者没有显出任何想要捡起来的样子。

"接下来怎么办哪？"

伯纳比一边说，一边逗弄失去主人、在船坞周围徘徊的尸者。他伸出脚绊倒尸者，用肩膀轻轻撞他们，抱起儿童尸者，对完全没有表情的儿童尸者做鬼脸。

"别这样。"

伯纳比转向试图阻止的我。

"我开始觉得这些家伙挺可爱的。"

能说出这种话的伯纳比，我完全不觉得羡慕。克拉索特金说他还要留在这里一段时间，整理卡拉马佐夫留下的资料。在等待前来宣告死亡的友人以及向国外传达机密的敌国情报人员的这段时间里，卡拉马佐夫也一直在持续研究。不知道是否该敬佩他的勤勉。克拉索特金坦白说，自己好不容易说服他活到向我们展现将死亡写入生者的那一刻。我问他，你可以向我们提供假情报，阻止我们发现他。

"那不是友谊。"

克拉索特金冷冷地回答。作为通向此地的向导，指引糟糕的道路，或者在不说谎的范围内拒绝具体的指示，这种程度的抵抗就是克拉索特金能做的最大限度吧。

虽然我觉得我们有权拥有卡拉马佐夫留下的一部分资料，不过还是决定让克拉索特金去处理。桌子上的八音盒被伯纳比捏碎，只有在那时，克拉索特金的眼中才露出感谢的目光。我把跌落在地上的注射器与安瓿踩碎。伯纳比装作没有看见我的动作。

"初代。"

伯纳比说，我点点头。

四十年前，踏足此地的尸者之王。原初的 One，第一个亚当。说起来，四十年前，正好是第一次阿富汗战争时期。趁着战乱，尸者们定居于此，仅仅只是偶然吗？当时也有情报人员被派来此地调查尸者的王国吗？

"你觉得他还活着吗？"

对于我的提问，伯纳比像孩子一样歪着头说：

"应该早就过了尸者的使用年限吧。"

"年限通常是二十年，当然也因使用方法而异。不过一直放置不用的尸者能维持多久还是未知数。身体大概会逐渐腐蚀，无法行动吧。但初代的规格不同，无法预料会发生什么情况。"

"哦，要收拾收拾他们，多问点消息出来啊。"

伯纳比笑嘻嘻地转过头来，仰望岩洞上挖凿出的窗口说。伯纳比认为卡拉马佐夫留下的资料中肯定包含有关初代的信息，不过我对此不抱太大的希望。既然他预计到我们的到来，不想交给我们的机密资料肯定早已被销毁了。

伯纳比随手把一个东西扔给我。

"交给你了。"

我顺手接过那个东西。纸团里面是卡拉马佐夫的蓝色十字架的两块碎片。镶嵌无数星星的青金石，轮廓看起来若隐若现。

卡拉马佐夫他们想要封印覆写生者的技术。大多数的新型尸者还聚集在此地，但是，就像我们在孟买和开伯尔山口见到的一样，泄漏出去的个体数量在逐渐上升。据说《维克托笔记》甚至流传到日本了。

"是榎本吧。在莫斯科的时候见过。"

"这种事早点怎么不说？"

"他用法语和我搭话，我装作听不懂，夸他俄语讲得不错。他还说，巴别塔之后，语言被分成现在这样真是不幸。"

遗留的问题很多。关于新型尸者的机密信息，初代的行踪。费奥多罗夫提倡的精神圈也很难说是稳妥的构想。平克顿似乎也从流传到日本的笔记上掌握了什么。《维克托笔记》中灵魂的奥秘尚未完全重现。《弗兰肯斯坦文献》还有欠缺的要素吗？

想要发起革命、打倒帝政的克拉索特金，把这些全都丢给了我们。卡拉马佐夫将死亡写入自身，也是将一切都托付给了我们。他心里还存留着祈祷吗？

祝你平安。

"接受吗？"

伯纳比鼓起肩头的肌肉问我。我暧昧地点了点头。如果没有亲眼目睹卡拉马佐夫之死、只是听说的话，我又会怎么做？只是当作故事一样写完报告就束之高阁了吗？知道了事情的真相，才更能坦率地接受新型尸者，将之视为技术革新的成果吗？至少，卡拉马佐夫是这么认为的吧。他也觉得有必要将自己的死亡实际展现给我们看。

卡拉马佐夫为了让我们面对现实而死——这种想法很傲慢。

就如同对自己发问"也许本可以阻止他"一样。在费奥多罗夫与沙皇直属办公厅第三处的叛乱势力所描绘的图景中，我们只不过是偶然闯入的蠢货而已。即使我们不出现，他们的计划应该也能照常进行，卡拉马佐夫的命运也不会有任何改变。我们只不过是旁观者而已。

愚蠢。十分愚蠢的选择。我并不打算对卡拉马佐夫——阿辽沙的选择表达敬意，我没有那样的资格。理由与不容许同情他一样。

总之，撰写报告是我的工作。

"不用那么焦躁。"

伯纳比伸了个大懒腰，在我呆滞的视线尽头，仿佛吞食空气一样地打了个大哈欠。

"你怎么能这么悠闲？这件事如果收拾不好，世界会变得一片混乱。写入生者的技术如果扩散开来，谁都无法预测将会发生什么。"

"不要急，"伯纳比又打了个哈欠，"长远来看，我们全都是死者。"

第二部

"成不应成之事者，当闻不应闻之声。"

弗朗西斯·沃尔辛厄姆爵士

I

多湿的土地有着强烈的泥土气息。

我们走在充斥着汉字的东京街头。纷繁交错的线条构成的文字，骄傲地表达着我无法理解的意义，令我产生出一股轻微的醺醉感。也许是因为这让我想象到汉字的数量正在超越能够记录的事物。

1879 年 6 月 30 日。我和星期五坐在双人座的人力车上，一路颠簸着沿护城河前进。摇摇晃晃拉着两轮车的车夫是个身材矮小的生者，路上遇见的其他人力车也没有看到尸者的身影。在经历过内战、正向富国强兵迈进的日本，民用尸者还十分昂贵。不过原本东洋人就长得小，而且日本人看我们的时候也是毫无表情，常常会和尸者混淆。

新生日本帝国开始走上近代国家的发展道路，还只是短短十年之前的事。发源于日本南端的革命势力打倒旧政权，江户时代转变为明治时代。日本延续了两百多年的闭关锁国政策，被列强像撬牡蛎壳一样撬开了。

受法国援助的江户幕府和受大英帝国支援的革命势力都大举引进尸者，展开大规模的内战，不过那已是陈年旧事了。英国大使馆的巴夏礼也说：两年前的西南战争被镇压后，革命的战乱总算告一段落了。

"近来，不带武器出门也没事了，"巴夏礼一边说，一边给我们看他身上被武士砍的伤痕，随后又笑着加了一句让人忧心的话，"不过要当心尸者炸弹。"

"亡灵？"

对我的疑问，巴夏礼表示肯定。

"就在去年，内务卿大久保利通刚被炸死，政府高层很紧张。"

"关押在喀布尔的希尔·阿里汗有什么情报？"

我回想着阿富汗战争的经过，问巴夏礼。他摇摇头。

"不管希尔·阿里汗自以为能控制什么，他也只是个打杂的。亡灵的真相还没探明。"

我的脑海里浮现出"克里米亚的亡灵"这个词，不过并没有在巴夏礼面前提起。

人力车驶出位于一番町的英国大使馆，经过半藏门，沿着皇居周围的护城河从南侧绕到背后。夯实的土地上扬起尘埃，与伦敦的杂乱相比，这里的道路可以说是整洁恬静，无与伦比。偶尔出现的小鸟也显得毫无戒心，无法想象这是一国的首都。寂静之国。踏上横滨土地时产生的第一印象，至今未变。仿佛是在英格兰的乡间田野中，杳无人迹的午后瞬间永远凝固了一般。

左手边耸立的天皇之城缺了天守阁，本以为那是毁于革命的战火，但据说皇城已经有两百多年没有天守阁了。"两百年"都能随口说出，这个国家的怪异也存在于这样的表现中。无头巨人般的皇城模样，就像是表达了这个国家的现状一样，十分古怪。

与印度殖民地相比，日本国民的生活十分朴素安稳。小木屋里没什么家具，直接铺上垫子就睡的习惯与中亚相同。不过他们会跪坐在地上，就着低矮的桌子吃饭。半裸的孩子们在街上打滚。不经意间还能从窗口窥见房间里的妇人用面盆盛水擦拭身体的景象，赤裸的上身毫无遮挡，反而朝我露出奇异的微笑。皇居附近，这样的景象毕竟少了一些，但只要经过两三个街区，便又是古老的日本了。

坐在摇晃的座位上，眺望在风中摇摆的柳树。震动随着速度变化。被不停摇晃的记忆，与自己已经绕了三分之一个地球的事实，在头脑中尚未完全连接在一起。从孟买出发，在马来半岛顶端的群岛缝隙间穿行，经由上海，来到横滨。我没有遇上小猎犬号那样的经历，不过在风平浪静的印度洋上也曾目睹过海面发光的现象。漂过梦幻之海，来到与名字相反的充满惊涛骇浪的太平洋。途中被伯纳比扔下海的人有六个。这种程度的争执已经无法吸引我的注意了。

我们换乘小船登陆横滨。这个国家的大门甚至还无法接待大型船只。从横滨到新桥走的是铁路。这条短短的铁路，与大阪至神户、大阪至京都之间铺设的铁路一起构成了这个国家当下的全部铁路网。据说铁路的运行还很不如意，晚点延误是家常便饭，铁路公司头疼的是铁轨本身失窃。在日本，时间过得还很慢。

皇城周围新砌的砖瓦墙壁分外显眼，那种颜色更强化了玩具之城的印象。东京的中心地带就像四四方方的汉字。我忽然想，如果从空中俯瞰，这里应该就像个巨大的红色汉字吧。人力车挤开浓湿的空气，经过樱田门，在日比古门的拐角左转，又在马场先门右转，快到锻冶桥的时候再左转，终于抵达了目的地。内务省警视局东京警视本署，锻冶桥厅舍。

在膝头上认真记录路线的星期五合上笔记本。

"你在干什么？"

我在警视局的一个房间里大声训斥。站在我面前的自然就是伯纳比。他身穿和服，板着一张脸。说是穿和服，其实根本算不上穿。衣袖和衣襟都短得不像样子，可怜兮兮地挂在他身上，露出下身的兜裆布，也就是一块卷成 T 字形的白布。十分怪异的模样。

"潜入搜查。"

伯纳比毫不害臊地回答。但怎么看都只能说是太过分了。我瞥了一眼站在房间角落里身穿西服的警察，他保持着日本人的面无表情。背后的星期五也似乎没有什么感慨，与平时一样在奋笔疾书。目瞪口呆的我有气无力地问：

"你这副打扮不害臊吗？"

"又不是内衣，有什么好害臊的。"

伯纳比挺了挺胸。他去了卖旧衣服的店，要求把自己打扮成劳动者的模样，然而显然是被耍了。码头工人确实也有这样打扮的，但是稍微看看周围应该就会发现自己上当了。我按住自己的太阳穴，深深叹了一口气。

"算了……你爱怎么样就怎么样吧……那，潜入搜查的情况呢？"

"一下子就被捕了，没查到什么。"

伯纳比瞪起眼睛，又挺了挺胸，真不知道他在骄傲什么。被捕也没什么奇怪的。光天化日之下，身高二米的大汉露着大半个屁股，大摇大摆地走在路上，这足以算是扰乱社会风气了吧。就算东京的外国人越来越多，但西方人还是够引人注目的，更不用说这副打扮了。

"没那回事，这身打扮并不显眼。"

就算伯纳比这么骄傲地汇报，我也只能无视。日本帝国的警局想要捕捉这头猛兽，却无从下手，不得不向英国大使馆求助。对于他们，我不禁涌起同情之心。伯纳比那绘声绘色的俄罗斯游记，实际上也是这样得来的吗？我不禁心生疑念。

身后的门静静打开，我感觉到身后守卫的警察气势十足地立正行礼。推门的人大约没有料到室内是这样一派景象，沉默无语地站在门口。我回过头，这个络腮胡须的小个男子在我和伯纳比之间来回打量，认定我是谈话对象后，朝我伸出手来。这是当然的。

"川路利良，警察局局长。"

"华生。约翰·华生。这一回我的同事给你添麻烦了。如果你能将之理解为机密行动的一部分，我们会不胜感激。"

连我都觉得这个说法十分牵强，但这样的局面无法通过一般的外交手段来修饰。我递出身份证，川路随手接过来，只瞅了一眼就交还给我，脸上毫无笑意。

"我接到通知说，要给弗兰肯斯坦检查团最大的方便。这个人你可以带回去了。"

我瞥了一眼星期五的笔记本，确认川路的回答。在我背后，伯纳比愤愤地嘟囔说，为什么这么听他的话。其实原因不用多说吧。川路利良，大警视，尽心尽力在日本帝国构建警察组织的人物。在西南战争中，他率领政府军的一个旅，亲自上阵，与突破了田原坂的叛军殊死战斗。他组建了以日本刀为主要武器的白刃队，这支由生者构成的队伍也被称作拔刀队，善于以砍杀战术消灭尸兵军团。连英国也将之作为研究的对象。

"你什么都没看到。"

我在释放伯纳比的文件上签名的时候，川路站在我身边，低声对伯纳比宣布。伯纳比扭过头，举起双手。

弗兰肯斯坦检查团，又称李顿调查团。这是我们从阿富汗回到孟买，等了几个月之后得到的新身份。虽说和克拉索特金的办法相似，不过我们有正规的手续，这一点与他完全不同。

对于日本帝国拥有的尸兵数量与质量管理存有疑问——这是表面上的派遣理由，但有极少数人知道这只是借口。真正的目的当然是为了销毁《维克托笔记》。

M也好，印度总督李顿也好，应该都知道我并没有把所有内容都写在报告里，不过目前我还没有因为这一点而受申饬。

"俄罗斯帝国的新型尸兵技术可能已经流传到日本了。"

这个含糊的内容就是我报告的主旨。诸如令尸者与生者难以区分的机密技术，越是巨大的组织，越难控制。这是我和伯纳比得出的结论。

结果，在支吾搪塞和繁琐手续中，我们不得不在孟买打发时间。不过即使到现在，这个选择看来也没有错。说起来，原本我也没有勇气在上交的报告中写什么"初代等传说中的存在还在世上徘徊"的话——即使范海辛和苏华德在特兰西瓦尼亚的对手就是初代，即使初代率领的就是克里米亚亡灵，即使他的部队就是亡灵。反正那样的臆测不是能够通过电缆咨询的内容。至于说沃尔辛厄姆是否察觉到我们的隐瞒，可资判断的材料太少，想不出个所以然。

正如李顿调查团这个名字所显示的，我们在形式上属于印度总督李顿指挥。

"你们似乎需要和本国政府的指挥系统保持一定距离啊。"李顿笑着把任命书和委任书排在桌上。虽然他说"随你们喜欢吧"，不过想必他有自己的想法，但我不知道这是他经过哪些政治判断和讨价还价做出的决定。

所属组织的名字虽然变了，成员却并没有什么变化。李顿调查团的成员还是我和星期五，以及顺带的伯纳比。这样的编制虽然不能让人放心，不过我们认为不应该让更多的人得知这个秘密。

离开锻冶桥警署，我和伯纳比并肩走向新桥。我重新问伯纳比：

"所以你到底发现了什么？"

距离不算太远，所以我选择了徒步，但是路过的人都对伯纳比侧目而视后加快脚步离开，让我意识到自己的愚蠢。能把这种反应理解为不引人注目的伯纳比，脑子到底是怎么长的？我真想把他的头撬开来晒晒太阳，前提是如果还有能晒好的地方。

"我从孩子们那里打听到了尸者的传闻。"

伯纳比十分悠然地回答我的问题。居然把小孩子打听来的东西当真，我真想问他一句：你以为自己是博物学家吗？！总之伯纳比就是太闲了，闲得都想跟小孩子学日语了。

尸者并不稀奇，我瞪着伯纳比说。

"他们说，锻冶桥的监狱里有能说话的幽灵。虽然没有亲眼见过。"

"能说话的尸者——怎么知道那是尸者？"

"不知道，孩子们的传闻。我不是说要调查嘛。"

"是《笔记》吗？"

"有可能。"

像生者一样，能思考、能说话、能学习的原初尸者初代。记载了这一秘密的《维克托笔记》。日本政府会不会已经进展到能让尸者出声的阶段了？俄罗斯的技术人员无法解决的问题，在这个新兴国家成为可能，这有点让人难以置信。相比之下，孩子们的传闻，更有可能是伯纳比编出来的消息，因为他在这个表面上太过悠闲的日本实在闲得发慌。

穿过整整齐齐切成四方形的街区，走过逐一出现的桥。东京是水之都市。漂在水面上的小船里，可以看到渔民撒网的模样。翻腾的小鱼，鳞片闪闪发亮，即便被称为帝都，这个城市依然尚未受到工业化大潮的真正冲击。我回想起臭熏熏的泰晤士河，深深吸一口气，鼻子捕捉到一丝潮水的气息。视野突然展开，视线尽头出现了新桥停车场。广场正中有个 H 形的驿站，和我们这些外国人一样，无法融入当地的景色，找不到自己的位置。过了停车场便是东京湾了。临海铺展开的是被称为浜离宫的天皇庭园。仅有一小片公园大小的土地围在护城河里，树林中，中式风格的亭子和欧洲风格的建筑毗邻而立。

浜离宫、延辽馆承担迎宾馆的功能，同时也兼有在恐怖袭击中烧毁的外务省职能。虽说这也实在是应急之策，但大约也是新兴国家为财政所苦的状况下不得已而采取的策略吧。这里与横滨的居留地一样，也有强烈的隔离外国人的感觉。

尸兵身披富有异国情调的铠甲，像是刻意打扮似的，守卫着犹如马厩入口的门。我们穿过那道门，走过铺满粗砂的弯曲小径，来到延辽馆的门前。气派的西洋建筑，样式却暧昧不清，难以确定它的风格。我们朝用制式莫斯科软件的特征动作敬礼的门卫挥挥手，走进大厅。日本的尸者，正如历经战乱的国家一般，充斥着英国制、俄国制、法国制的驱动软件，有点旧式尸兵博览会一般的感觉。楼梯连接的回廊对面传来桌球的撞击声，大概是某个国家的常驻人员在打发时间吧。这幢大楼是为了迎宾目的而建造的，然而却没有任何可以称作安全措施的东西。作为国内有恐怖集团活动的国家，这也未免太悠然了，但这个国家也有以隐秘行动为专职的警察部队，巴夏礼等人警告过。

与明治政府的交涉已经过了一个多月，我们的使命暂且算是告一段落。与政府高官秘密谈判，要求销毁榎本从莫斯科带走的技术资料。虽然这是毫无迂回的正面攻击，但也没有别的办法。一举一动都十分醒目的人，在未开化的国家，能够采取的手段并不多。巴夏礼看起来并不擅长缜密的交涉，也不适合分享机密。李顿调查团的名义也是为了正面攻击准备的。

幸或不幸，日本政府似乎对《维克托笔记》的内容一无所知，但给我们的感觉是，极度繁琐的形式上的手续，和不断绕圈乃至回到起点的相互试探。将笔记带出俄国的日本国内势力，似乎也不是可以公之于众的。

明治政府最终决定销毁文件，这当然不是因为惧怕伯纳比的肌肉恐吓，而是因为我们背后有大英帝国军队、经济实力、技术实力，以及通讯网的威力。可以说这是做过掂量之后的结果。

"文件销毁完毕。"

轻描淡写的一纸公文寄到大使馆，我们的任务完成了……当然不可能这么简单。

即便是从日本政府的角度来看，也不可能外行地认为这种借口就能搪塞过去。我们上了楼，推开门，里面有两个人在等我们。

看到我、星期五以及另一个人之后站起身来的，是外务卿寺岛宗则。这一个月，他作为我们和日本政府的中间人，往来奔走。据说他本是搞技术出身，曾在革命前的萨摩与英国发生武装冲突时被英国俘虏，会说英语。早在旧政府时代就对电信技术显示出兴趣，是在萨摩城铺设通讯电缆的进步派。看到伯纳比穿着靴子又露着屁股的模样，他也能露出温和的笑容。旁边的人似乎一时间不知道该摆出什么表情，我们忍住没笑出来。

"山泽静吾。"

那人报着名走上前来。

"俄土战争时期我受过大英帝国的照顾。"这话让我的眉毛微微一挑，示意他解释。

"我在法国的时候，以派遣武官的身份在俄军方面目睹了普列文要塞的攻防战。"

"大英帝国从未插手普列文。"

显然我是在装傻。

"那就当没有吧。"

山泽简单地结束了这个话题。寺岛请我们落座，自己也坐下来，山泽侍立在他的身后。星期五摊开笔记本，摆好墨水和笔。

房间里就是四个人与一个尸者。寺岛扫了一圈，开口说：

"至今为止的会谈，我们认为基本上形成了一致的意见。我们销毁赃物《笔记》，英国政府优先提供最新的尸者技术作为回报。日本政府放弃人类尚不能完美处理的'近乎哲学的、同时也是有损人道的技术'，接受能够促进富国强兵的实用技术。在我的权限所及范围内，'文件'已经销毁了。关于这一点，只能请各位信任。"

日本政府不是原本就没有"文件"吗？我们瞪着他。这时候寺岛也许给出了什么暗号，但文化的差异阻碍了肢体语言和有意的龃龉所表达的意思。

"只要不交出榎本，就无法信任你们。"

伯纳比傲慢地说。寺岛苦笑起来。

"对此我只能羞愧地承认无能为力。榎本原来是旧政府的人，我们很难指挥。另外，也是因为前几年的内乱和最近的恐怖袭击，现在政府内部都不想另生枝节。"

作为单纯的过路人，对麻烦的日本国内事务，我也不想就细节过多追究，这十多年来，日本的状况的确十分复杂。成为革命势力核心的萨摩藩，固然可以直接占据新政府的中枢，但前几年西南战争也正是由萨摩藩的不满分子引发的。身为同乡，把自家人尸者化而发动的内战，给政府内部留下了深深的伤痕，这一点即使局外人也能理解。另外，据说榎本在革命战争末期，在被称为北海道的日本边境固守五棱郭要塞，是要建设新国家的人物。从我们的角度出发，也不想无端刺激那样的人物，让他产生出在边境建设一个新的尸者王国的野心。

"这种事情到现在才说，那就不应该举行这次会谈。"

对于我的质问，寺岛点点头，短短地说出一个名字：

"大里化学。"

他故意朝我们背过脸。

"大里化学株式会社，是旧政府的尸者技术开发机构的母体。专业从事国产尸者的研究开发，对了，不妨理解成像你们国家的民间军事企业研究开发部那样的地方。榎本从俄罗斯带回来的技术资料当中，有一部分没有落到我们手里的，不妨认为被藏到了那里。内务省也在秘密调查，不过口风很紧。和革命时期不同，现在不能不分青红皂白地杀人。"

寺岛这番话说得沉稳流畅，内容却让人不知道有多少是在开玩笑。山泽接过寺岛的话。

"以下完全是纯粹理论上的假设。如果发生了胆大妄为的西洋人从大里化学偷出相关文件的事态，那么首先对于西洋人来说，作为不平等条约的结果，他们拥有领事裁判权，日本的法律无法加以制裁。更重要的是，日本政府既然已经秘密决定'国内已经不存在相关文件'的立场，那么盗窃这些文件当然也是不可能的。"

伯纳比哼了一声。

"你们已经命令大里化学销毁'文件'了吧？"

山泽瞥了我们一眼。

"通告当然已经下发了，但万一通告混在文件堆里，没人看到，自然也无法执行。另外，还有一个纯粹理论上的假设，比如大里化学本来就违反了政府的方针，通告也就等同于面对步步紧逼的强盗发出警告一样。当然，政府有义务管理和保护国内的企业，通告未送达的可能性是绝对不存在的。"

"果然是高见。"

伯纳比一本正经地回答。看起来像是因为终于可以大闹一场而兴高采烈。

这就是说，日本政府将"文件"回收的任务交给了我们。"已经销毁"的文件当然不可能被盗，而且即使我们愚蠢地被日本方面抓住，领事拥有审判权，日本政府尽管不情不愿，也必须把嫌疑人——也就是我们——引渡给英国方面。想通过研发新武器来东山再起的旧政府势力，就算可以指责现任政府，也无法向政府索要罪犯，只能懊悔于自己的愚蠢。

寺岛重新转过来看我。

"没能帮上忙，十分抱歉。"

"不，我们理解你的立场。"

"让你们就这样空手而归，我们也十分过意不去。此刻的日本正是美好的季节，我们这里有位导游，带你们去游山赏景吧。"

山泽静吾跨前一步，手按在腰间的日本刀上，行了一礼。

II

大里化学的雅致大厅中满是血与污物的气味，令人窒息。

墙角的直线上滴着鲜血，组合成方格图案的大理石地板上躺着三具尸体。微微摇曳的瓦斯灯光中，大厅另一侧站着两名摇摇晃晃的尸者警卫，似乎并没有注意到我们。

　　伯纳比叉着腿站在大厅中央的血泊里，摇着头，用手将一具尸体挑翻了个身。尸体那惊骇瞪大的眼睛直勾勾地朝着天花板，这是生者的尸体。原来人类没有变成尸者的时候也会死啊，我想起了这个常识。虽然旅途中见到过太多的尸体，不过其中绝大部分都是尸者。近在咫尺的距离上看到的生者尸体，反而让我觉得比复活更新奇。

　　"这是什么意思？"

　　伯纳比不屑地问。两个尸者警卫守在通往内部的通道前，手中的刀尖在滴血，刀刃上的血痕映出钝钝的光芒。地上拖曳的血迹仿佛舞谱，显示出搏斗的迹象，足迹通到两个尸者脚下。

　　"内讧？"

　　尸者们当然没有回答伯纳比的问题。

　　用于伪装的"韦克菲尔德，化学主任研究员"身份，在推开大里化学正门的时候就没用了。因为这里的惨剧已经发生，而且也结束了。伯纳比丢下瞠目结舌的我们，大步踏进大厅。我们对望一眼，也跟着走进去。

　　"接下来怎么办？"

　　伯纳比很难得地等待我的判断。反正最后收拾残局的人是我，给我这点选择权他还是认可的。这让我也认识到，伯纳比内心的野兽也并不总是横冲直撞。

"你们打的头阵？"

对于我的疑问，山泽静静地摇了摇头，似乎显示他自己也很困惑。我以为把挡在目标前面的障碍清理干净乃是日本式的欢迎礼仪，看来并非如此。

"外务省没有实战部队。"

山泽虽然这么说，但在政府高官全是革命战士的国家，有没有实战部队的问题并无意义。从现状看来，我们很可能成了日本政府内部权力斗争的工具，不过感觉自己被耍的心情更为强烈。显然这是个圈套，但圈套本身却很不完善。发现这种近乎炫耀的奇异状况，到底是挑战还是谜题？要说是谜题，大约更像猜字吧。通向尸者的足迹也让人怀疑是不是骗局，但在真实的尸体面前，这只是思维游戏而已。

如果是在英国领土上，我的行动肯定不同，因为这是必须重新考虑的局面。但在这片土地上，我们能选择的手段实在不多。走到哪儿都会引人注目的情报人员，就像被冲上海滩的鱼一样，除了大闹一场之外，别无他法。

"接受邀请吧……"

不等我的话说完，伯纳比便大踏步走了出去。尸者们抬起不聚焦的视线。

山泽拔出腰刀。

交给山泽断后，我和星期五一起追在伯纳比后面。指路的是星星点点的尸者，已经都被伯纳比放倒在地上了。虚掩的门后偶尔也有生者的尸体。似乎全都是在逃跑的时候中了刀，室内十分凌乱。

大里化学中似乎只剩下活动的尸者与死亡的生者。最简单的推测是，抢在我们前面的人，具有对尸者下令的权限。如果是大里化学的人察觉了我们的袭击，想要毁灭证据，手段未免太粗暴了。而如果警卫是军方管理下的尸者，那么用于指挥的口令有可能尚未更新，但这也就意味着我们的对手变成了这个国家的军方。

伯纳比毫不犹豫地大步向前。大里化学的地方虽然很大，但却是相当普通的砖瓦建筑，并没有什么会迷路的地方，略微缺乏探索的趣味。不过建筑物中的通道犹如迷宫般的环球贸易才是怪异的，而且研究设施中也不需要暗门和秘密的地下室。日常业务已经足够麻烦了。况且所谓秘密设施，一旦被人知晓了存在，也就不再是秘密。我们生活在一个几具尸者炸弹就能把迷宫建筑彻底炸飞的时代。即便是在山里修建秘密设施，一方面需要搬运各种材料，另一方面也需要维持人员的物资。隐藏秘密要比想象中花费更大。更何况日本是个新兴国家，要求实验设施做到如此地步，实在太苛刻了。

从走廊里瞥见的室内，放的都是简朴的实验设备，和伦敦大学的淘汰品差不多。好听点可以说是实用主义，不过完全是因为预算问题吧。被先进国倾销淘汰库存，这是新兴国家的宿命。伯纳比目不斜视地走在实验室里，我对此也没有异议。

山泽赶了上来，走在我身边。

"一点都不犹豫啊。"

他的语气半是赞赏，半是惊讶。我点点头。

"伯纳比的脑子好不好使暂且不说，他的本能还是可以信任的。"

"作为军人的优秀素质。"山泽的表情看不出是讽刺还是真心。他又加了一句："特别是在面临生存问题的时候。"

人类这种存在，只不过是包裹着动物躯体的一层皮而已，就像大脑是在旧脑上裹了一层新脑一样。灵魂寄宿在大脑新皮质中，这是目前医学界的公认见解。当然，只有皮，人也无法成为人，我们依赖的也是占据伯纳比大半成分的动物部分。大脑新皮质的出场机会还没到来。

楼上传来好几下撞击声，还有"打不开"的叫声。我和山泽对望一眼，等待落在后面的星期五跟上来，跑上楼梯。走廊尽头，伯纳比正在用手掌拍打金属门。对了，如果只是要防止入侵，不用修建迷宫，只要牢牢锁上就足够了。与使用大批尸者的蛮力战术一样，这是不需要任何智慧就能理解的物质性事实。在物质的力量面前，没有纤巧的活动余地。

"你应该先找钥匙。"

我刚说完，便意识到我也没有去翻过警卫尸者的口袋，不过又觉得尸者身上不大可能有钥匙。也许应该去管钥匙的守卫室去找，不过重点区域的钥匙应该也不大会放在那样的地方。难得周到地准备了潜入搜查，竟然这么不给面子。我叹了口气。

山泽用眼神示意伯纳比退到一边。他用手指关节在门上轻轻敲了两三下，拧了拧把手，点点头。"打不开啊"，他重申了一遍显而易见的事实。

"请退后。"

山泽叉开双腿站定，深深吸了一口气，大喝一声。

"——哈！"

我情不自禁地捂住耳朵。那真是人类喉咙发出来的声音吗？抑或是吼叫声化成的实体？我无法判断。就连不具备对事物发生反应功能的星期五也微微一晃，随后重新稳定了身体。我仿佛看到门上闪过一道光芒，山泽的刀已经收进了鞘里。带着金属的撞击声，门把手周围显出一个三角形。

"走吗？"

山泽轻轻一推门，带着门把手的金属块哐当一声掉在地上，沉重的门开了一道缝。伯纳比吹了声口哨，一拳打开了门。几乎令人窒息的高湿空气顿时涌进走廊。

当然，里面有尸者。

通向深处的准备室中，左右各立着八根巨大的玻璃圆柱，仿佛支撑着天花板一样。瓦斯灯的光经过厚重的玻璃与充填液折射，将内部封装的尸者扭曲成怪异的模样。沉在液体里的尸者眼睛锐利地望向我们。不知是不是对活动物体的反射性动作，那视线明显聚焦在我的脸上。虽然预测过这样的事态，但我的后背还是窜过一股寒气。不管有多少经验，我觉得自己还是不会习惯被尸者直视，不如说更容易接受被路边的石头睁眼瞪着。

封在玻璃柱中的皮肤上浮现出无规则的黑色斑点。包裹它们的浅黄色浑浊液体。明显不是用新鲜尸体制作的尸者，斑点却和尸斑不同。仿佛有什么东西在拉扯我的脑神经，我拼命回忆，却想不起来。依次观察下来，一个个尸者的区别渗进我的脑海。这边的尸者眼中有出血的痕迹，那边的尸者皮肤上浮现的斑纹带有红色。

如果是反复经历了超规实验的尸者，存在个别差异也是自然的。但我怎么也甩不开违和感。标本这个词在我脑海中浮现。大概没人会把失败作品拿出来炫耀，所以这些应该是某种成功的展示品。我压抑住这种恶趣味催生的呕吐感。

穿过准备室，前面是一个开阔的大厅。微弱的灯光映照下，台座上摆放着一个成年人头颅大小的金属半球。金属球上竖着钉子一样的突起，犹如刺猬一般。两个尸者伫立在两旁，仿佛在守护它的两侧。尸者的双手各持一把刀，眼睛上横裹着布条。

山泽从准备室踏出一步，两个尸者屈膝弯腰。山泽像是感应到了杀气，退了一步，尸者们相应地恢复了原来的姿势。

"不行。"

山泽抬头看看伯纳比。

"看来是高手。无想剑之类。"

"鬼晓得那是什么，反正合我的意。"

伯纳比短短丢下一句，走进大厅。山泽回过头看看我。察觉到伯纳比的尸者，以奇妙的动作前进，仿佛在地上滑行一般。那究竟是弗兰肯斯坦步法的一种，还是日本剑术中特有的步法，刹那间无法判断。张开双臂严阵以待的伯纳比，在间不容发时扭身转过墙角，躲避连续而来的斩击。

"无想剑是什么？"

我问山泽。

"评书故事里出现的东西——无我无想的境界之类。超越意识的控制，身体自己行动，正是剑术的真谛。是无上的剑术。如果真是这样，就有点不好对付了。"

山泽观察着伯纳比与两个尸者的舞蹈，手放在刀柄上说。我从怀里取出手枪，问：

"双刀在日本剑术里很常见吗？"

"不，以人类的膂力，双刀只是虚张声势，无法实战。我没见过哪个生者的双刀能有这么厉害。"

那么这也是超越生者的尸者了。内乱已经结束了，对于日本刀的使用炉火纯青的日本来说，这也算是有效利用吧。但这是不是违反了禁止让尸者拥有超越生者能力的弗兰肯斯坦三原则，则是很微妙的状况。伯纳比游刃有余的表情逐渐消失，只剩下强颜欢笑。他放弃了完美闪避，听凭胡须衣襟等等被斩得乱飞。我检查了剩余的子弹数量，拉上枪栓。

"你的准头——？"

山泽看着我的架势问。我毫不犹豫地开枪射击。我知道瞄准是没用的，所以胡乱开了一枪。子弹擦着伯纳比的头打进墙里。尸者们的动作没有停。

"喂！"

停住脚的伯纳比，头颅刚才所占的位置划过锐利的刀刃。蒙着眼睛还能如此行动的尸者，说不定连子弹的轨迹都能察知。

"偏了啊。"

我嘟囔了一句。幸好山泽也没有问我瞄准的是尸者还是伯纳比。

动作明显是新型尸者，但运动能力远远超越了我们在阿富汗目睹的尸兵。看起来舒缓的动作，各部位的联动却十分出色。它们用最少的动作将伯纳比逼入窘境的模样，看起来就像是象棋高手在教初学者下棋一样。伯纳比被斩下的衣服碎片越来越多，他猛一仰身，刀尖掠过额角。

"伯纳比——"

我叫喊着退了一步。

"算了，你先回来。"

我伸直手臂朝黑暗中射击。四枪射完的时候，气喘吁吁的伯纳比滚进了准备室。失去目标的尸者们突然站住，仿佛侧耳细听一般仰头朝天，随即以静静的动作回到固定位置。

这也许是不错的防御系统。将差不多只靠反射神经就能应付战斗的人物尸者化，使之仅攻击闯入一定范围内的人。只要地点限定在空旷房间，可以将所有进入房间的人都指定为敌人，敌我识别的负荷也会很小。因而安装的软件也可以针对运动控制加以优化。作为战斗机器的运用非常漂亮。

"那是……新型尸者？"

山泽自言自语般地说。我回答说：

"国际伦理规定的违禁品。它们体内相当于生者痛觉感受的部位时刻受到强烈的刺激，以此激发运动性能。也就是等于承受着无休无止的剧痛折磨。地狱般的痛苦啊。"

当然，这是为了说服日本政府而准备的说辞。新型尸者体内是否有这样的变化，我并不知道。技术上可能的事项，只能通过诉诸感情来加以控制。他人的痛苦总会打动人心。虽然限定于对方被视为伙伴的条件下，不过我预计在这个饱受内战之苦的国家会很有效。事实也证明了这一点。

"修罗啊。"

我不知道山泽用的这个词是什么意思，不过他想表达的内容我十分明白。

"决不能让那样的东西遍布这个世界。"

我的信口雌黄让山泽重重点头。

"问题不在于它们能不能推理，也不在于它们能不能说话，而在于它们能不能感受到痛苦。"

山泽出乎意料地引用了边沁的名言。他弯下腰，开始深深吸气。喘过气来的伯纳比在他背后站起身。

"——哈！"

与裂帛的吼叫一起，山泽将刀担在肩上，用力蹬地，笔直跳了出去。捕捉到室内动静的尸者猛然扭头。山泽无视其中一个，选定了自己的目标。同时跳出去的伯纳比选了另外那个。

山泽的舍身一击被尸者随手举起的刀挡住——两把刀的刀刃卡在一起。刹那间时间仿佛都凝固了，在凝固的时间中，山泽的刀缓缓切入对手的刀身。尸者断成两截的刀刃飞上半空，山泽的刀劈进尸者的额头。尸者所持双刀中的另一把插入山泽的小腹，山泽毫不介意，保持着刀的运动平面，将尸者的身体劈成两半。扑向另一个尸者的伯纳比，把右手的刀和对方的手一起抓住，奋力蹬地，巨大的身躯借势跳上半空。瞄准伯纳比腰部的左手刀，被山泽切断的一片刀刃打歪了轨道。伯纳比扭身落地，上半身被拉向后方的尸者倒在地上。伯纳比毫不停顿，再度加上自己傲人的体重蹬踹地面。他无视尸者的肩关节发出的哀嚎，更加用力扭转。随着咔嚓一声沉重的钝响，伯纳比将尸者的右臂从肩关节处扯了下来。伯纳比想要用刀刺入尸者的胸腔，却被尸者左手的刀弹飞。倒在地上的尸者以超越人类关节活动范围的动作跳了起来。背对伯纳比，半蹲的尸者用剩下的左臂挥出重重的一击，伯纳比受了这一下重击，失去平衡，一脚踩空。尸者笔直的左臂在空中停留片刻，微微一颤，无力地落到地上。

我的手枪里剩下的最后一发子弹，命中了尸者的后脑。

"哟。"

伯纳比抬起充血的眼睛看我。反正打不中，干脆瞄准伯纳比好了。这个想法我是不会坦白的。

山泽将一直被劈到胸口的尸者手中握的刀直直从身上拉出来，站起身。我赶到他身边，他却说，"刺进来的时候内脏已经避开了"，让我略微感觉难以置信。

倒着两具尸体的大厅中央，金属刺猬一样的球体正在安静地聆听四周。

咔嗒，响起一声轻响。

我脱了山泽的上衣，在给他紧急止血。在我旁边的金属半球上插的钉子当中，有一根沉了下去，仿佛被看不见的手指按下去似的，然后又恢复原来的位置。

咔嗒咔嗒的声音还在继续，每响一声，就有一枚钉子沉下去。伴随着纸张撕裂的声音，半球下面的圆筒动了。山泽用毫无血色的表情点了点头，我飞快完成止血的任务。

大型书写球开始自动运作。具有活塞型键帽的半球体书写球虽然是手提式打字机的前身，不过还算不上是古董。当然，它并不是能够自动书写文字的机器。

"欢迎。"

送出的纸上这样说。我忍住环顾四周的冲动，凝视书写球的运作。停顿了片刻，钉子开始按顺序下沉。

"请教姓名。"

纸上空了一行，吐出这些文字。在与书写球对峙的我旁边，伯纳比像个孩子似的歪头露出好奇的模样。我小心翼翼地伸出手指，轻轻摸上"J"键，但是转念一想，按下了"W"键。再按下"A"，犹豫了一下是不是按"T"，不过最后按了"L"。接着依次按下S、I、N、G、H、A、M。

"沃尔辛厄姆。"

我拼下这个词。书写球沉默了几秒钟，打下文字。

"二十年没见了。"

"是。"

我用颤抖的手指按下按键，回答又隔了几秒钟。二十年前的特兰西瓦尼亚。范海辛与苏华德，毁灭了一个尸者的王国。

"赌局终于要见分晓了。我会赢的。"

书写球这样写道。我深吸了一口气，静静地按下按键。山泽与伯纳比目不转睛地看着我手指的行动。

"初代。"

书写球的钉子仿佛颤抖了一下，这一定是我的错觉吧。对于我这个难以区分是疑问或是断言的词句，书写球无视了。

"这是我的小小礼物。"

大厅深处的墙壁中，传来蒸汽喷出的声音，墙上的一角打开了。墙壁凸出画板大小的一块，切成一个四方的柜子。里面有一个比柜子小两圈的黑色立方盒子。伯纳比走过去，伸手取出盒子。盒盖的五个面开始滑动，伯纳比慌忙将其放到地上。我们围住盒子，伯纳比重新把盒盖拿掉，立方体盒子里面竖着排满了长方形的卡片。他用粗大的手指好不容易拿出来一张，放到眼前对着光看了看。和打孔卡差不多大小，但是上面的孔犹如遭受枪击的墙面一般密密麻麻。伯纳比端详了一会儿，想放到嘴里咬一咬，被我拦住了。

书写球又有了动作。

"日本已经不需要这东西了。日本政府终止了契约。"

我的头脑中灵光乍现——《维克托笔记》，打孔卡版本。

"那么，请替我向沃尔辛厄姆问好。华生博士。"

出现的文字让我目瞪口呆。在我眼前，响起金属扣合的声音，书写球下沉，然后无力地返回到原来的位置。钉子的侧面染上了乌黑的液体。我立刻后退，手臂交叉挡在面前，抵抗书写球的自爆，但并没有预期的冲击。从手臂缝隙间窥探，只见书写球开始滴落黏稠的液体，在地面上扩散开来。

山泽走过去，脸上毫无疼痛之色，以丝毫不见阻碍的动作拔刀出鞘，随即收刀。干涩的咔嚓一声，大约是半球底部发出的吧，喇叭形的圆筒断成两截，滚落到地上。金属半球的表面出现一条直线，向左右两边掉落。半球里面，又是半球。满是皱褶的两个四分之一球体，在它们本来绝不应该出现的地方——左右大脑半球出现在眼前，让山泽微微吸了一口冷气。

我的眼中，观察到从台座上的大脑延伸出来、又消失在地下的线缆。

将负伤的山泽送去延辽馆，回到公使馆的期间，我们一直都没有交谈。我告诉伯纳比不要烦我，和星期五一起待在自己的房间，无视恨不得立刻倒在寝室床上的疲劳。我试着思考手指颤抖不已的原因，终于意识到今晚不知道多少次死里逃生。肉体和思维难以直接取得联系，两者之间是茫然的灵魂。灵魂连物质都不是，只是模式。精妙的模式发生融解，将大约21克左右的信息朝大气排放出去。并非只有物质才能具备实质。

我取出简易写入机，将电极装到星期五的头上。

我把从大里化学带出来的打孔卡映着油灯照了照。看起来就像是被机关枪扫成蜂窝一样的金属片，与普通打孔卡的模样相去甚远。孔的大小也不一致，像是胡乱打出的孔。我把盒子整个倒过来，将卡片摊成扇形。有一张卡片上只有一个圆孔，直径差不多和卡片的宽度相仿。孔打重的卡片也有不少，其中甚至还有四角形、六角形的孔。我想寻找表示卡片顺序的记号，但是没找到。

我拿起最边上的一张，插入读卡口，看看星期五的反应。

星期五的脸部肌肉扭曲，眼珠旋转起来。

他的笔下写出的是不明所以的字母。乐器是根据乐谱来演奏的。对于星期五来说，随机排列的文字与莎士比亚的戏剧并无区别。然而现在连读乐谱的方法都不知道。

桌上很快就写满了文字。我恍然出神地望着这一幕。本以为打孔卡大概加过密，没想到卡片本身都是这么粗制滥造的伪造品，这远远超出了我的预计。

不知道读取了什么代码，星期五笔下变成了西里尔字母。在茫然眺望的我面前，钢笔开始逐一切换文字的种类。希腊字母、亚美尼亚字母、格鲁吉亚字母、天城文、阿拉伯字母。圣书体跃然而出，世俗体紧随其后。楔形文字列队而来，卢恩字母整齐地铺满纸面。

文字之山化作洪水溢出。巴别塔之后混沌的世界，遵从着欠缺脉络的权宜形式成长起来。如果快速翻阅记载人类历史的大书，大概就是这样的景象吧。正如漫长的距离令人思维麻痹一样，宏大的时间也让我的思维麻痹。

我不自觉地站起身，去补充纸张，一股强烈的眩晕感向我袭来。我伸手扶住椅子把手，以为是暂时缺血，后背却突然闪过一道寒意，额头开始渗出冷汗，腹部有种重重下坠的感觉，心口泛起呕吐感，心跳紊乱，体温急速降低。旁边的星期五对我的模样视而不见，继续在笔记本上淡然书写。

"伯纳比……"

我想张口叫喊，然而口中只发得出微弱的呻吟。不知为何，在大里化学的最顶层犹如舞蹈般挥刀的尸者身影，浮现在我的眼前。

我的视野急速模糊。眼睑内侧，银色的闪光闪了两三下。钝重的声音在头盖骨里响起，我知道自己倒在了地上。我想用右手撑住地面，但地面在哪儿，我已经不知道了。黑暗急速沉入我的大脑，意识断开了。我被赶出了意识的领域，在纯粹的黑暗中彷徨。

III

尸者的尸体淹没了开伯尔山口的营地。

头上开了大洞的尸者，四肢全被炸飞的尸者，躺在干枯的骨头构成的白色大地上。尸者到底也是会死的，我在思考这个理所当然的问题。呼啸的寒风中混着雪花，这雪也是死的，我意识到。雪中包含的微生物必定也是尸者吧。或者说，雪就是大气的尸体。

动物的尸体应该不会复活，所以这里大概就是死亡之国了，我想。

之所以除了人类，其他动物不可能复活成为尸者，是因为它们从一开始就是尸者。在这个世界的我这样想。或者人类也已经是尸者了吧，我想。复活仅仅是再一次恢复尸者的本性而已。

我一边听凭体温下降，一边伫立在雪原上。

满身是雪的尸者们纷纷站了起来，用颤抖的手掬雪，涂抹到自己身上，给自己做死后的化妆。用雪做成手臂的形状，贴在肩膀上。用雪塞满空空如也的头盖骨。有的尸者走向失去双臂的尸者，把雪压紧，做成冰手臂，装到它的肩上。得到手臂的尸者，身体微微颤抖，宛如表达感谢之意。站起来的尸者们，颤抖身体，开始频繁交换信号。我的身体仅仅是因为寒冷而颤抖，无法接收无声的对话。

尸者们的虚无眼窝盯着我，像是在判断我是否属于它们的同伴，继续无声地颤动身躯。我知道背后有位身穿晚礼服的女性尸者扶着我的手肘，支撑我那无法动弹的身躯。那是在开伯尔山口遇到的女性。无法回头的我，不知为何对此十分清楚。

"哈达丽。"

我想打招呼，平克顿的女人只是摇摇头，用怜悯的眼神盯着我的后脑。尸者们的动作开始同步，逐渐化为一片波浪，有规律地起伏。哈达丽抬起的手臂，指向正在搬运坚固方形雪块的尸者们。我望向队列的后尾，只见有一群尸者在压实雪块。队伍前方逐渐出现塔的地基。

我明白，那是巨大的墓地。

我知道，那是被我在山口营地里打开头盖骨、解剖大脑的死者之墓。是被写入死亡的生者们的坟墓，我的直觉告诉我。尸者们用雪补完的躯体大而洁白，仿佛冰雕一般优美。

我杀了一个生者，尽管那是外表与尸者毫无差别的生者。用钢丝锯锯开头盖骨，用手术刀切开大脑的皮质。受伤的大脑溢出无数文字。文字无视我的惊慌，散入大气之中。我拼命用眼睛去追赶文字，但无法从其中找到文章。文字崩溃成只有几个简单意义的模式，融解在大气中，向宇宙飞散而去。

用无法恢复原样的方法，破坏了无法恢复原样的东西。人类的手指太粗，太不灵活，无法逐一处理构成大脑的细胞。细胞的连接与分裂化作人形，成为不停哭泣与欢笑的个体。对周围的情况作出反应，在父母无偿之爱中抚育成长，与朋友相互守护，与敌人对抗和解，重复着聚散离合，又重复着无数的相遇，经过无数次痛苦的分别。精巧编织成的灵魂织物，粗糙的手指硬生生地插进去。

这是我的手指无法编出的灵魂，谁也无法重新编织出的纤细模式。灵魂的生成是不可逆的。正因为不可逆，所以时间才会产生，由时间的不可逆又产生出罪孽。如果罪孽可以消除，那么时间也会消失。就像尸者们生活的世界一样。尸者不会犯罪，因为尸者只是单纯的物质，物质没有让时间流动的功能。

与尸者毫无二致的生者。与尸者毫无二致的尸者。与生者毫无二致的尸者。

"尸者的帝国。"

在我背后，哈达丽说。

一只冰冷的手放在我的额头上。

"华生。约翰·华生博士。"

呼叫声击破了刹那的睡眠，额头上有一只冰冷的手。

突袭大里化学归来之后，我遭遇了高烧、呕吐和腹泻。脱水症状迅速恶化，不断弄脏床单，身体丧失了保持水分的功能，不断补充的水分只是单纯地穿过身体。睡眠和清醒的时间都是零零碎碎的。身体竭尽全力维持自身，分给思维的资源降低到最低限度。思维在生存中的优先级很低，从束缚中解放出来的思维游荡到幻想之境，化作毫无逻辑的碎片，一边书写出联系松散的脉络，一边抹平梦境与幻想的边界。

所以我以为放在自己额头上的冰冷纤细的手也还是梦中使者的手。微微睁开眼睛，只见一位苗条的女性弯着腰，脱去手套的右手正伸在我的头上。

"哈达丽。"

我挤出的声音微弱得犹如他人的私语。在开伯尔山口的战场上目睹过的女性，那天晚上又在营地相遇的女性，此刻正在这里。我下意识地拨开毯子，哈达丽却用与她的身形不相称的气力按住我的肩膀，冷冷的手指陷入我的肩头。

"你需要休息，真是灾难。"

"我——"

“感染了霍乱。”

“霍乱……”

我的头埋在枕头里，在朦胧的意识中重复这个病名。是我自己下的诊断，还是东京大学的基尔克博士？反正症状已经发展到这个地步，不管什么医生都很清楚。

“会传染。”

我有气无力地低语。

“我没关系。”

哈达丽淡淡地说。熟悉的天花板，这里是公使馆给我准备的办公房间。大约是为了照顾我，把床从寝室搬到这儿来了吧。我转过头，看到堆满纸张的书桌，旁边是历来毫无表情的星期五，如同文具一般等待着下一个命令。既然没有把我送去医院，说明对防疫还是有信心的。在公使馆里收容霍乱患者，该说巴夏礼是大胆还是无知呢？当然，他应该很清楚疾病的特点。虽然霍乱的传染性很高，但只要封锁感染的水源和患者的排泄物，进行严格消毒，预防也并不困难。

“这里是你的专用区。”

哈达丽露出微笑。伯纳比挡在气势汹汹的馆员们面前，我以为这也是一场幻觉。

“怎么——”

这个问题问的当然是哈达丽的突然出现。

“因为我是格兰特前总统阁下的随员，负责调查各国的尸者情况。本来我们就是协调访问接待的先遣队，前总统阁下停在长崎。"

"哦，环游世界啊。"

"离开印度以后，经由新加坡，经过暹罗、中国，来到日本。返回阔别多日的合众国还要一段时间。"

推销尸兵的成果如何？我没精神开这样的玩笑。这次相遇当然很偶然，但在接待外国人的设施十分有限的日本，也可以说这是必然的再会。反不如说在哈达丽看来，我们会在这里才是怪事吧。我无话可说，只得继续提问。

"停在长崎——"

"因为霍乱。山阳、山阴道都封锁了。这个国家的卫生状况还有待改善，对封锁似乎也不习惯。"

的确，初到日本的时候似乎就听说过这样的传闻。不过，异国的新闻听起来总显得事不关己，很难想象灾难会降临到自己身上。封锁日本的上下水道要花不少时间吧，我想。百姓大体都过上了清洁的生活，城市本身却并没有遵循防疫的要求设计。这一点与经历过多次疫病猖獗的伦敦并不一样。

"身为医生，落得如此模样，实在惭愧，"说到这里，我终于想起一件事，"对了，其他还有谁感染吗？"

"只有你一个。"

"只有我一个……"

对于惊讶的我，哈达丽用直线的动作点点头。那动作可以说无比精确。

"其他人都没事。据说感染源还在调查。这座建筑周围，以

158

及这几天你去过的地方都已经完成消毒了，不必担心疾病扩散。"

我想说太好了，可是只有一个感染者的情况略显奇异。霍乱的潜伏期从几个小时到两三天。症状发作当日我去了不少地方，简直能让整个东京都感染霍乱。现在的结果可以说是不幸中的万幸，但要说只有我一个感染者，实在难以置信。

十九世纪是尸者的世纪，同时也是霍乱的世纪。一般认为疾病本身自太古时代就已存在，但本世纪交通网的急速发展，使得霍乱的病原体也可以自由移动。最初的世界流行病是在十九世纪的初叶。之后，基本上每隔十到二十年，就会出现世界规模的感染。一度发生的霍乱在摧毁一个城市的同时，又会向另一个城市前进，犹如燎原之火一样，蹂躏欧亚大陆。既然能与人一同移动，宣告霍乱发生的使者自身，也成为运送霍乱的人物，给整个大陆带去自黑死病以来的灾难。

霍乱在战场上也会引起惨祸。处理不当的话，会给双方阵营平等带去比战场上更为严重的死伤，带来怪异的和平。

起初，由于霍乱的高度传染性，人们怀疑它是通过空气传染的，不过转折点发生在1854年。霍乱成功侵入防疫空虚的伦敦，席卷了伦敦圣詹姆斯教区。在地图上标注感染者住处的，是我们的前辈，约翰·斯诺。他发现教区的一口水井是感染源，拆掉了水井的水泵把手。同年，在同样遭遇霍乱侵袭的慕尼黑，麦克斯·佩滕科弗也绘制了同样的感染地图。随着研究的继续，霍乱是由空气传播一说逐渐失去影响力，经由患者排泄物的接触传染说逐渐占据上风。

尽管目前依然没有确定霍乱的病原，但对症疗法已经确定。众所周知，对于呈现激烈脱水症状的患者，第一要务是持续补充食盐水。致死率降低到了一成以下。

在眺望哈达丽那过于端庄的面庞时，我的思考力似乎正在徐徐恢复。对于陷入回想中的我，哈达丽问我身体还好吗，我点点头。

"你也是平克顿的职员吗？"

"嗯，主要负责补给管理和通讯控制。"

"你这么柔弱的女性也上战场……"

哈达丽静静地转过头，凝视书桌上堆积如山的记录中露出的打孔卡。在我还没有出声阻止之前，她就走过去，拿起其中的一张。无视我微弱的制止声，她用细长的手指摸了摸不合规格的穿孔。她又抽出一张，一边用手指在上面抚摸，一边侧耳细听，头发垂在美丽的侧颜上。她犹如念诵咒语般开口，眨了一两下眼睛。

"在内容之前，形态本身就经过了多重加密与改记。为了不让人从记号出现的频率中看出语种和文法规则。我尝试了几种解读法，但是连解密关键的特征点都识别不出来。"

她抬头看看侍立在一边的星期五。

"你的人偶能解读它吗？"

"速算者——"

我震惊不已，说到一半就打住了。哈达丽缓缓点头，将打孔卡放回桌上，瞠目结舌的我躺在床上。

"这并不是非常罕见的能力。众所周知，佛蒙特州的杜鲁门·萨福德，一分钟内能算出 365 的 6 次方。宾夕法尼亚的丹尼尔·麦卡尼特，十分钟算出 89 的 6 次方，三分钟算出 474163 的三次方根。贵国的齐拉·科尔伯恩，算出第六个费马数不是素数，乔治·帕克·彼得也是知名的速算者。"

速算者能够仅通过思考就将常人连记忆都极其困难的复杂数字运算轻易计算出来。我搜寻着记忆说。

"德国的扎哈里亚斯·德斯，作为天才数学家卡尔·弗里德里希·高斯的速算者，用了 8 小时 45 分默算出了两个百位数的乘积。可即便如此……"

哈达丽的计算速度似乎远远超越历代的速算者。我正要指出这一点，却被哈达丽打断了。

"不过，和这些擅长计算的人相比，也许我更接近于托马斯·富勒。"

这个名字我没听过，下令星期五检索，它立刻写了起来。哈达丽从星期五面前拿起纸，念出声。

"托马斯·富勒，生于非洲。1724 年十四岁时被卖到美国做奴隶。以心算能力知名，仅用两分钟就答出一年共有多少秒的问题。70 年 17 天 12 小时换算成秒数是多少，也能在一分钟内解出。"

哈达丽低下头，微微一笑。她向星期五伸出手。

"或许我和这个玩偶更像。"

随从、奴隶、玩偶。哈达丽似乎并非在说自己的能力，而是自己的境遇。

"你有灵魂。"

灵魂，哈达丽叹了一口气。

"对你来说，灵魂是存在的？"

唐突的一问。我回答说：

"如果不相信灵魂的存在，许多事情就太不合理了。星期五储存了上万卷的知识，但它无法运用。不管储备了多少关于红色的知识，对于无法感知红色的人而言，终究无法理解红色。分析机虽然具有卓越的计算能力，自己却没有做出任何发明。那是灵魂的特性。你们速算者的实用性也在于此。计算速度和创造力的齐头并进是人类的梦想。"

哈达丽用手抚摸星期五的头部，动作犹如读取电极的痕迹一般。看起来很机械的动作，不知为何却让我感到某种莫名的妖娆。

"——你知道吗？速算者当中，有许多连日常生活都有困难的人。无论多擅长解答被赋予的问题，也未必能够理解原理。就算可以进行具体的操作，抽象的能力还是很低。在这个意义上，也可以说是缺少灵魂。"

"以某些突出的能力交换其他能力的案例很多，那是进化的相关性。持续将马向腿长的方向改良，连马脸也会一起变长。"

"你是说，计算能力的增强，是与灵魂交换的结果？"

哈达丽露出狡黠的笑容。

"灵魂是意识的基础，不是能用什么能力交换的东西。"

"这是你在阿富汗吸取的教训吗？"

哈达丽的眼中闪过锐利的光芒。我回想起在开伯尔山口的那个晚上。"小心亚当"，她的话在我脑海中响起。发烧的大脑中，关于这个女性不是来探病的朋友，而是隶属于合众国组织的真切认识，终于作为实际感受扩散开来，知识与知觉连接到了一起。她和我一样，在表面上的工作背后，是隶属于某种势力，带着某种使命的间谍。

在前往横滨的旅途中，我多次一边回想她的容颜，一边反复考虑过。在开伯尔山口提到"亚当"这个词的哈达丽，似乎已经预见到之后会发生什么了。"亚当"一词，是指阿辽沙，还是指费奥多罗夫的帕米尔高原假说，抑或是指尸者们的亚当——初代？虽然不清楚答案，但她肯定知道些什么。

为什么我会对她如此坦诚，悠然地和她交谈？原因不可能仅仅因为身体的不适。我对自己内心突然涌出的声音感到惊讶。这个女性身上的无机质的机能美深深吸引着我。我小心翼翼地挑选词句，但词语在半路停止了。

"灵魂——"

阿辽沙消瘦的脸庞占据了我的脑海。覆写自己的灵魂，变成单纯的物质，计划作为没有自主意识的武器潜入首都的人。他的灵魂，没有成为单纯的尸者，而是自主选择了将刺杀沙皇的意志作为模式固定下来。"在进化过程中的某个环节，出现了个人的死亡。这对于种族的生存有利，因而延续下来。"那天夜里，阿辽沙这样说过。他还问过，死亡的失效与制造尸者，都是违反进化选择的行为吗？若是如此，那灵魂就变成了为使进化过程无效而诞生的进化之产物了，不是吗？父辈所定的进化理论，能够容纳它吗？

哈达丽直直地看着我的眼睛。

"你能感觉到灵魂吗？"

哈达丽问。能，我毫不犹豫地回答。

"我感觉不到灵魂。我不知道那是什么样的东西，"哈达丽用不带感情的声音告诉我，"你可以感受到自身的灵魂。姑且认为如此吧。那么，你打算如何确认其他人的灵魂呢？"

"用感受。"

"自己灵魂的感受，和他人灵魂的感受，应该是不同的。"

开伯尔山口被我解剖的新型尸者。在它的行动和大脑构造中，我辨不出灵魂的存在。灵魂无法从大脑的外观上观察。没有人会认为自己没有灵魂——然而此时此刻，就在我眼前，有人认为自己的灵魂不存在。

哈达丽说。

"姑且假设这个世界上只有一个人、只有你才有灵魂。除了你之外，其他人都是尸者，只不过具有认为'自己有灵魂'的功能。这会有什么问题吗？"

我全力思考。

"如果你没有灵魂，这个问题就不成立。那是典型的唯我论。唯我论者只能存在一个人。唯我论者认为，这个世界上有灵魂的只有自己一个人。你和我，两个唯我论者无法共存。唯我论者，不可能因为他人的说服就认为自己是唯我论者。"

"我说我感觉不到灵魂，因为我是没有灵魂的人，所以指出只有你具有灵魂，这并没有任何矛盾。"

哈达丽静静地反驳，我哑口无言。就算没有灵魂的人，做出此刻哈达丽的这番言论也是可能的。就像星期五将这番话写在本子上一样。如果接到指令，星期五会一直不断重复写下同样内容的吧。

"可以证明。"

我的嘴巴不听指挥地动了起来。哈达丽侧耳聆听。

"生者的大脑，具有灵魂的大脑，无法接受虚拟灵素的写入。"

我故意省略了"通常情况下"这一限定。

"你有勇气在你自己身上尝试吗？此刻必须证明灵魂存在的，整个世界中只有你一个。不过也不急于在此刻。"

我在寻找漏洞的时候，哈达丽转过身去。

"我打扰得太久了。你现在最需要的明明是恢复体力。我们会在延辽馆停留一段时间，"事务性的表情转成妖娆的笑容，"我还会来探望你的。"

"格兰特阁下也要来东京？"

哈达丽的手搭在门把上，转回头。

"不久应该就到了。与日本的天皇陛下有个会谈。"

我双手交叉放在腹部。有无数事情想问哈达丽，不过似乎不必着急。眼下最重要的是养好身体。即便如此，最后还是有一个问题想问。

"在开伯尔山口见过的那位男子——"

"巴特勒。瑞德·巴特勒。"

"他是你的……"

"我的上司。如果你的问题是那种意思的话。"

"原来如此。这样我就能好好休息了。"

我在床上以目致意，哈达丽留下如同机械柴郡猫一般的笑容，离开了房间。

IV

"对于你的问题，回答是'对'。

"德古拉伯爵与吸血鬼的传说，与黑死病和霍乱的流行具有相关性。就以霍乱为例。它曾被认为是经陆路从邻近城镇飘来的瘴气。理由是：正因为这一特性，决定了它难以传播到水源不同的地区。联系到所谓吸血鬼无法渡河的说法，还是挺有意思的吧。吸血鬼会变成无数蝙蝠的传说，如果想象成是以肉眼看不见的疫病为原型，将致病菌拟人化产生的吸血鬼形象，也是有趣的联想吧。

"无论是吸血鬼、复活的尸者，抑或'过早下葬'的主题，常常可以从病理方面推进思路。嗜睡症、肌肉硬化症、强直性昏厥的人，大约总有一定比例会因误诊导致'过早下葬'，其中应该又有一定数量会从坟墓中爬出来。

"你对'病理学的传说性'产生兴趣，令我十分高兴。这并不是把'传说性的病理学'写错了。

"祈祷你早日康复。对你抱有很高的期待。

"——范海辛"

我躺在床上，周围是东京大学解剖学教室的基尔克医师、山泽、伯纳比。1879 年 7 月 13 日，霍乱症状基本消失，但我还是不能下床。寺岛晚些进来时，我们都坐直了。

"那么，关于日本的地方病……"

我对基尔克点了点头。基尔克继续说：

"我的专业是解剖学，说不了太详细——炎症，皮肤硬化，引起综合性脏器功能缺失的疾病，脑炎，螨虫、吸虫、蚊子等寄生虫，南方也能发现丝虫感染，另外还有许多不明原因的疾病。温暖潮湿的环境中常见的疾病都有。"

"也有日本特有的吗？"

我问。

"那当然有。虽说交通正在逐渐发达，但传染病也不可能都一下子传播到全世界。霍乱、梅毒之类，有二十年时间就能环绕地球一圈。但潜伏期短、致死率高的疾病，来不及扩散就会和宿主一同死亡。疾病只能在病原体的宿主可以正常生活的环境下才能流行。"

"对大脑机能产生影响的疾病呢？"

"——那应该是脑炎吧。据说远东地区有特异性脑炎流行，不过应该还没有统计调查。"

"谢谢。"

我重新在毛毯上叉起双手。虽然在杂志上读过那种仅凭新闻报道就能推理案件的侦探故事，但躺在床上实在不适合摆谱。我问寺岛：

"抢在我们前面杀死大里化学员工的凶手，有什么线索吗？"

"还在调查——和你指出的一样，大里化学的警备尸者大部分都是军方处理给民间的。至于说是谁走漏了消息，由于我们的能力所限，只能说十分抱歉，"寺岛面无表情地回答，"我们正在调查军部的行动，但尚未确定责任人。这个问题相当微妙。因为警视局与军部的关系十分密切，不能不小心从事。如果搜查者本身就是凶手，真相将永远无法揭开。"

"大里化学的物品查封情况呢？"

"我们以搜查盗贼的名义成功查封了重要的物品。文书手续也完成了。不会涉及你们。"

"最上层的尸者标本——"

"那些是需要维护的物品，所以暂且先存放在我那儿了。"

回答的是基尔克。金属球中的大脑，在我们回来的路上不得不扔进皇居的护城河里，但至少寺岛应该收到了山泽的报告。

"你对标本有什么看法？"

我问基尔克。他露出看到奇异之物的表情。

"那就是你所说的新型尸者啊？无法产生反应的身体，不断受到痛觉刺激。我没见过那样的反应。虽然有种恐怖感，不过技术的进步很迅速，毕竟安装件和尸件每天都在更新啊。"

我默默计算了一下能否自圆其说。

"对，尸者。但不是增强了痛觉感受的尸者。之前一直没有坦承真相，对此我十分抱歉。因为有些事情在确认之前很难坦承。"

伯纳比瞥了我一眼，试图表示他什么都不知道，可是这个家伙撒谎的本事真是不能期待。拙劣的演技只会弄巧成拙，还不如和我一起表示怀疑更自然。

"博士对尸者的病理学有什么想法？"

对于我的问题，基尔克皱起眉。

"不存在那种研究领域。病理学是以生者为对象的研究，不适用于尸者。它们没有生命，从定义上就无法损害它们的健康。虽然它们会腐败、会发霉、会破损，但那不是医学的研究对象，而属于工学的维护范畴。"

"没错，不存在尸者的病理学。但这是为什么呢？"

对于我挤出的笑容，基尔克开口试图反驳，但我抢先举起右手。

"查封的标本中，有的呈现出霍乱症状。"

被我这样一说，基尔克瞪大了眼睛。他的脑海里想必出现了那个玻璃罐。浸泡在生理盐水中的标本。它们并不是外表上看来的尸者标本，而是病理标本。我抬起头。

"关于我所感染的霍乱传染源——"

旁边的基尔克整张脸都皱了起来，表示他明白了。

"大里化学的尸者。恐怕正是山泽与伯纳比打倒的个体所传染的吧。"

"等等。"

插话的不是在沉思的基尔克，而是寺岛。

"在大里化学的战斗我也知道。如果说感染源是尸者，伯纳比与山泽并没有感染，这不是很奇怪吗？实际战斗的应该是他们两位。"

对于这个问题，我的回答非常简单。

"因为他们身体结实。"

伯纳比哼了一声表示不满，不过就算是霍乱病原，应该也不想沾到这家伙身上。实际上，是否会感染霍乱，也是要看当事人的身体情况。就算是喝了混有霍乱病原的水，有些人依然可以安然无恙地生活。对于查封大里化学物品的人员，应该刚好来得及通知他们我的症状吧。按照哈达丽的说法，当天我去过的地方都迅速消毒了。

寺岛嘟囔着"结实"这个词，一时间无话可说。不过他来回看了看山泽和伯纳比，恍然大悟般地点点头，放声大笑起来。传染病的发病说到底是个概率问题，所以也可以说是我运气差，不过我实在不想接受这种意见。

寺岛笑着说：

"那么你的意思是，我们日本帝国的亲旧政府势力与初代这个传说中的存在做了交易，在进行能让尸者携带病原体，从而导致感染扩散的研究？"

生物武器——基尔克一个字一个字地说。

"因为尸者已经是死亡状态，所以就算是致死性极强的病原菌也可以携带。世界范围的感染扩散，会因为宿主死亡、无法移动，进而受到抑制。但尸者是不受阻碍的。有可能导致这种事态的……就是你们正要销毁的'文件'？"

"正是。"

我用力咬住嘴唇，短短地应了一声，试图防止拙劣的演技被揭穿。千万别问我为什么事先知道这种可能性却没有采取更加谨慎的措施对待尸者，也没有对袭击做出相应的准备。

"人们知道螺旋菌进入大脑导致精神兴奋的病例。那些尸者的异常运动能力，很可能就是因为感染了各种病原体。另一个作用是提升认知能力。不分敌我扩散疾病的尸兵很难运用。"

"可是，如何让尸者感染疾病？"

我刻意忽视背后的冷汗，集中思绪。

"那正是新技术的目标。必须阻止那种技术扩散。"

基尔克用力点点头。寺岛似乎正在头脑中飞速思考善后措施。生物武器的开发虽然没有违反国际条约，但那只是因为生物武器仅具有理论上的可能性，因而尚不存在具体条款而已。如果此刻东京出现大批满身病原菌的尸者该如何应对？寺岛身上的责任很重。

"总之先从尸者的病理解剖入手吧。这件事就拜托基尔克博士了。"

寺岛和基尔克严肃地点点头。

结束了拙劣的表演，我再度沉进床里。

伯纳比目视三个人消失在门外，坐到床尾我的脚边，注视着关上的房门。

"好像有点奇怪？"

能这么问，对他来说已经很了不起了。

"是啊，是有点奇怪。反正能争取一些时间吧，"我回答说，"其实，尸者感染疾病的时间顺序反了。大里化学的人并不是在开发生物武器。虽然大概在结果上是产生出具有那种功能的尸者，但那只是副产品而已。应该是准备了患有某种疾病的生者，尝试对他们进行覆写。"

封闭在玻璃罐中的标本皮肤上浮现出的各种斑点。病原体导致大脑机能失调，于是可以向防御松懈的大脑写入命令。技术人员所做的一定就是这些事情吧。

"这种实验肯定早就有了吧？"

"谁知道呢。制造尸者的时候首先需要注意的应该是尸体是否强壮。尸者的卖点首先就是耐久性，如果患有传染病，把尸体火化最安全。所以大里化学在帝都的中心搞的是很危险的实验。总之，如果要在患病的尸体与健康的死者中间选一个尸者化，没人会犹豫。而且顺序也错了。大里化学尝试的，不是向因病而死的死者写入灵素，而是向濒死者写入灵素。"

"卑鄙！"

伯纳比狠狠地骂了一句。我也是同感。这意味着技术人员把人体当成单纯的实验素材。既然是将之作为成果那样加以展示，很难想象是在追求延年益寿的可能性而进行尸者化。虽说在东洋，人命和尸者一样廉价，但那也是无比愚蠢的研究。伯纳比皱起眉，搜寻记忆。

"《维克托笔记》中应该记录了通过麻药和音乐导致意识变性的方法吧？"

"日本的技术人员使用病原体成功达到了同样的效果。《笔记》中大概没有记载具体方法，可能只记录了理论，实现方法需要读者自己实验。"

桌子上的一大堆打孔卡依然无法解读。伯纳比用力摇头。

"但是，生物武器很麻烦。克里米亚战争中伤寒肆虐，造成的死亡远远超出战争本身。自古以来，在战争中死于疾病和事故的人，远远超出死于战斗的人。"

"说不定那也是一种平息战争的方法，和平的形式，"我抬杠似的说，"而且我认为也不用太担心。对病原体来说，尸者的躯体不是良好的居住环境。能用尸者的躯体运输的东西，我想也能用其他方法运输。那些东西还没有引起关注，说明很快实现的可能性不大。只有大里化学的那个房间，你记得它保持着很高的湿度吧？我想那是为了维持霍乱病原体存活而刻意调整的环境。"

伯纳比抱起双臂，沉思了片刻，随即又放开双臂，点点头说，原来如此。

"让入侵者感染霍乱的陷阱，这圈子兜得太大了。放在手边也过于危险。"

"的确如此。且不说作为武器如何，首先没办法做警卫。可以说对方完全没有守卫的意思。霍乱的潜伏期最短也要几个小时，要想困住面前的闯入者，发挥不了任何作用，也没办法保证一定能感染。我们只是偶然接触了对手的体液，导致感染概率提高，但要换个身手灵活的家伙，应该能够避免感染。如果只是为了让人感染霍乱，直接涂在门把手上就足够了。"

"搞不懂。"

伯纳比伸直腿，我的床都歪了。

"那是信息。初代刻意留给我们的提示。我如果没感染霍乱，就不会注意到这个信息。"

这是博弈，为了获得提示而必须付出的代价。大约是为了测试我们是否具备解开谜题的胆识与鲁莽吧。受到测试的不仅是我们，恐怕大里化学也受过同样的测试。如果书写球的另一边就是初代本人，那么榎本完全没有必要从俄罗斯把《维克托笔记》带过来。在这个意义上，《维克托笔记》的存在，比它的内容更受重视。

"博弈，"伯纳比又沉思了片刻，"被杀的职员也是吗？"

"不知道。能确定的只有一点，一定有人向尸者下过令。恐怕是旧政府方面的势力干的，我想。不过，是因为察觉到我们的袭击而试图销毁证据，还是收到初代的命令而采取的行动，这就不得而知了。"

但是，伯纳比又抱起胳膊。

"没必要故意驱使尸者杀死他们，应该有其他手段。与其当场灭口，把人转移到别处的方法不是更容易吗？而且也更便于带走不想被发现的资料。有点不对头。"

对于这一点，我也有同感，不过总觉得有点怪异，不想提及。我把陷入沉思的伯纳比丢在一旁，拿起范海辛教授发来的通讯文。

现代日本的技术人员不得不刻意搜集的病原体，放在百年前，应该更容易获得吧。初代出生的十八世纪是黑死病的世纪，比今天更危险的病原体在世界各地徘徊。若是如此，就不能忽视最初的创造物有可能携带病原体的可能性。教授的回信显示他也是这样认为的。就像发高烧的我那样，在虚幻的开伯尔山口目睹的冰冷秩序的帝国。会不会有人想要将那派景象定格在大地上呢？

"我整理一下。"

伯纳比用巨大的手掌按着宽阔的太阳穴说。我仿佛看到他的脑袋上冒出蒸汽一般，劝他说别费劲了。

"假设《维克托笔记》含糊地记载了向生者覆写的步骤。"

"同意。"

"这需要麻药或疾病导致的变性意识状态。"

"同意。"

"为什么要这么麻烦？如果需要大批尸者，只要大批生产死者就行了。"

"因为技术革新是人类的本能。就像小孩子总要新玩具一样。没什么玩具比科学更好玩了。"

这大概是真的。不是可悲的事态，只是单纯的事实而已。想太多会害死猫，好奇心也会害死猫。虽然好奇心是进步所必须的，但太过好奇也会导致种族灭绝吧。

"不知道弗兰肯斯坦想的是什么，不过把我们耍得团团转的初代，他的目的总不是技术革新吧？"

"大概吧。"

我回答。认识到技术的扩散不可阻挡的人，当然会转向下一步的思考。我犹豫着不知该怎么说的问题，伯纳比却若无其事地越过了线。

"初代想的不会是全人类的尸者化吧？"

"也许是把除了自己之外的所有生者尸者化。"

世界上开始出现试图向生者写入死亡的人。经历了一个世纪的空白，开始在我们面前展现身影的、追寻初代足迹的人们。

"或者是追求人类的革新？"

弗兰肯斯坦三原则第二条，"严禁制造能力超越生者的尸者"。如果通过向生者写入灵素，生产出具有超越生者能力的尸者，那会如何？如果连运动控制和思维能力都能通过尸件加以增强，那又会如何？如果哈达丽那种速算者的能力可以赋予任何人的话？如果能根据当天的心情随意写入自己喜欢的能力？如果能主动隔断痛觉，能随意覆盖或者抹除苦恼？如果可以不顾对方的想法，随意写入自己的想法？如果这样的一天真的来临，我们就可以随心所欲了吗？那是靠技术实现的伊甸园吗？

以及，为了那一天的来临，不断累积起来的实验体之山。

"那有什么好玩的。"

伯纳比露出正经的烦恼模样。我回答他说：

"谁来判断是否好玩也是个问题。在技术的顶峰等待人类的东西是什么，只有相当傲慢的人才会考虑吧。"

也许是诞生于尸者技术顶峰的，完全受自然法则支配的，冰冷、寂静、无罪的世界。再无争斗的死之乐园。人们犹如幻影般伫立，永远沉溺于思考之中。或者沉溺在无尽的争斗中。自动、自律的工具们的世界。费奥多罗夫构想的精神圈，最终会被静谧包围吗？

初代。人类擅自创造出又遗弃掉的一个灵魂。最初的亚当。他选择的是与生者对抗吗？

技术是映照使用者才能的镜子。我故意从思考的逻辑中偏离出去，瞥了一眼可能性的海洋。一切可能性在那海洋中飘忽不定。大里化学所进行的实验，可能是能够摧毁尸者的病原菌，也可能是将可以导致意识变性的病原体在人类中扩散。人类无法尝试一切可能性，就连鸟瞰都做不到。似是而非的说法，既给当下争取了时间，也起到了封锁其他可能性的作用。

"赌局……"

伯纳比摇了摇头。书写球的另一端的某个人——被认为是初代的人所提示的单词。虽然不明白内容，但沃尔辛厄姆明显与初代有某种关联。书写球说二十年没见，应该不会是积极的合作关系吧，不过"赌局"这个词有点意味深长。

"给本国的报告很难写啊。"

"打孔卡的情况怎么样？"

对于抱怨的我，伯纳比指着星期五埋头记录的书桌，问了个现实的问题。

"没进展。那种乱七八糟的打孔卡，连读取方法都不知道。唉，从情况来看，大概是《维克托笔记》的打孔卡副本吧。不知道和原本是不是同样的内容。既然轻易就把这个交给我们，恐怕圈套的可能性更大。"

"说不定是带谜题的邀请函。"

伯纳比耸了耸肩，似乎决定这些事情都交给我了。

初代真是会捉弄人。日本政府虽然决定销毁笔记，但这堆打孔卡到底是不是真的《维克托笔记》，受密码所阻，无法判断。我本打算一找到笔记就销毁，可是对于连是不是笔记都搞不清的密文，到底还是有些兴趣。也许打消自己的好奇心，扔掉这些卡片才对，但是也不能否认其中包含了展示某种真相的可能性。

实际上，我和星期五成功地从《维克托笔记》中读出了具有意义的文字。在一张卡片上出现了以"我，V·F……"开头的文章，之后则都是无意义的字符串。在胡乱排列的文字中，什么样的文章都有可能读出。就算是让猴子来敲打字机，也能敲出带有意义的文字。尽管那只不过是纯粹的偶然。实际上，从星期五读出维克托独白的同一张卡片上，也出现了"我，星期五"的文字。

这些文字可能是这个意思，可能是那个意思，也可能没有任何意思。

如果能用本国的分析设备，也许还能轻松些，但《维克托笔记》不能随便交给沃尔辛厄姆。巴夏礼警告过，不能信任日本的通讯网。他说，连接海参崴—长崎—上海的海底电缆，不是英国的所有物，而是丹麦的大北电报公司铺设的，在海参崴还接入了俄国的通讯网。我们不能冒被俄国方面窃听的危险。

因为是秘密才得以延续生命的秘密，以打孔卡的形态堆积在桌上。是不是别去探究其中的内容比较好？我躺在床上，头脑中浮现出这个想法。那个秘密的存在方式恰如灵魂，这样的想法逐渐增强。

人类灵魂的奥秘与模式，若是被彻底解读，我们是否会变成彻头彻尾的物质？我们的灵魂，之所以被认为是这样的存在，会不会仅仅是因为我们的脑容量大小注定了我们的理解力不够？有没有可能，从分析设备的角度看，我们才是简陋粗鄙的机器？

窗外传来嘈杂声。伯纳比走到窗边，拉开蕾丝窗帘，额头贴在玻璃上。

"格兰特去拜访巴夏礼了。"

这么说来你在这儿也躺不住了吧，伯纳比接下去说的这一句，大概是因为在窗外看到哈达丽的身影了吧。没那回事，我正要反驳的时候，门被敲响了。

"请进。"

我应了一声。门开了，门外是一个梳拢头发，胡须齐整的男人，脸上带着讽刺般的笑容。

"巴特勒。"

"很荣幸你能记得我的名字，华生博士。"

巴特勒大步跨入房间。

"美国前总统格兰特阁下，希望邀请沃尔辛厄姆机构谍报人员约翰·华生先生、弗雷德里克·伯纳比先生，及随从星期五先生喝茶。阁下对你们怀有很大兴趣。"

伯纳比毫不客气地上下打量了一番巴特勒，右手握拳捶了捶自己的胸口，大概是想恐吓他。但是巴特勒无视他的存在，来到我床边，凑在我耳边说：

"价格不菲哟。"

我不明所以，抬头看他。

"哈达丽。"

巴特勒依旧嘴角带笑，朝我摆弄口型，又挤了挤眼睛。

V

"我就直说了。"

第十八任美利坚合众国总统，乌里塞斯·辛普森·格兰特。身为南北战争末期的北军总司令，合众国政府为了奖励他的功劳，创设了元帅称号。此刻，这个人物正用手肘撑在桌子上，大拇指托住下颚，如此开口。

"想不想给合众国办事？"

饱受日本政府顾左右而言他的态度之苦，我更喜欢格兰特这种开门见山的说话方式，不过并不觉得需要顺从他的意思。

"我是女王陛下的臣民。不过不知道这家伙的想法。"

被我用拇指指着称为"这家伙"的伯纳比，哼哼着晃了晃肩膀，露出配合的微笑，似乎很开心的样子。巴特勒将一叠文件放到格兰特面前，大约是我们的调查资料吧，但格兰特只是瞥了一眼，并没有翻看。卡在桌边的大肚子又往前顶了顶。

"大家都知道沃尔辛厄姆能开多少价。和秘密间谍的工作配不上吧。多少钱？"

依旧直白的格兰特脸上带着浓厚的疲惫之色。足足两年的环球旅行，旅途中的恐怖袭击无休无止，我觉得他的体力充沛得惊人。说起来，如果不是这样的男人，大约也不会想做将军总统什么的吧。我看了一眼面带讥讽笑容的伯纳比。

"平克顿靠不住吗？"

"平克顿干得很好。可人手还是不够。"

格兰特松开交叉的双手，靠在椅子背上。

"喝酒？"格兰特短短地问了一声。

"不是说请我们来喝茶的吗？"我看看窗外的阳光说。

"喝点酒好谈。"格兰特嘟囔。哈达丽托着载有酒杯和酒壶的托盘走进房间，巴特勒从背后摸出白兰地的瓶子，光明正大地放到桌子上。格兰特没有用酒壶，直接用酒瓶往酒杯里倒酒。

"这只够一口。"

伯纳比戏谑般地说。巴特勒朝他点点头，走出了房间。格兰特一口喝掉了杯中的一半。

"精通尸者技术的间谍历来都不足。大英帝国大概只要保护自己的领土就满足了，但合众国的目标是世界和平。这一年来，与尸者有关的事件急剧增加。你们知道新天鹅堡事件吗?"

"不知道。"我摇摇头。

"——好像是巴伐利亚的某座城堡吧。"

"巴伐利亚的疯王,路德维希二世的城堡。就是那座充满了中世纪趣味和夸张妄想的建筑,到处都是机械,简直让人搞不清身处在哪个世纪。机械的世纪,尸者的世纪,战争的世纪,内乱的世纪,单单这些已经够让人忙活的了,还要再加上一个妄想的世纪。真不知道那座城堡为什么能和我们在同一个星球上存在。"

"你刚才说是事件。"

格兰特毫不掩饰自己的不快。

"瓦格纳。那种夸张嘈杂的噪音,让新天鹅堡出现了诸神的黄昏。四日歌剧的最终幕。"

我在报纸上读到过,去年,作曲家理查德·瓦格纳完成了历时二十六年的长篇歌剧《尼伯龙根的指环》。

"尸者暴走。"

格兰特的这句话让我怔了一下。

"尸者暴走?"

"是指尸者脱离生者的控制,开始暴走。"

说了等于没说。我只能暧昧地点点头,脑海里浮现出大里化学的大堂。

"说起来,一群连歌都不会唱的尸者,偏偏要放到歌剧里做道具,这种趣味本身就很难理解,而且到底发生了什么也不太清楚。逃脱的只有瓦格纳、国王和一小批侍卫,可他们都守口如瓶。之后动用巴伐利亚军封锁了新天鹅堡，至今仍在封锁中。虽然也在派遣弗兰肯斯坦调查团，但是各国想法不一的国际机构，什么屁用都派不上。”

格兰特将酒杯重重墩到桌子上。

“你说的暴走，是受控的暴走？”

格兰特瞪了我一眼。

“你打算纠缠暴走这个词的定义？反正明显不是晃晃悠悠一摇三摆的走法。”

“受害观众也有很多吧。”

“没有观众，那是国王的个人演出。不知道是该说不幸中的万幸，还是该可怜税金浪费在这种娱乐项目上的国民。干脆全死了倒还省事。”

就连因为贪污而被弹劾的这位前总统，心里好像还装着人民。格兰特把酒从酒瓶倒进杯子。

“大英帝国和俄国还好。巴西整个国家都快变成尸者工厂了，因为出现了自发推进尸者化的共同体。有个叫贡赛也罗什么的人在宣扬那种运动。他号召大家选择自杀，把自己奉献给人民，号称那样才能设计出更加有益的社会。原因只是穷。在非洲，很多村子会在一夜之间消失，知道为什么吗？”

我礼貌地请教，格兰特短短地说：

“为了出口。”

死亡人数是无法根据自由经济的需求可增可减的，我曾经毫无理由地这样认为。所谓自由经济，就是让一切东西都变得自由。可能的事情迟早都会实现。"劳动带来自由"的标语，在这个世纪并不成立。

"不知道日本什么时候会被盯上，什么时候会自我毁灭。岛国这种地理条件，很适合做实验场。不管在这儿发生什么，封锁都很简单。本来这个岛国就和世界孤立了两百多年。这样的岛屿，就算再一次从世界史上消失，也没人会注意。和天皇会谈的时候我打算强调这一点，力促加强'议会制'，但不知道来不来得及。"

我把"会被谁盯上"的问题先放在一边，语带讥讽地说：

"通过借助平克顿的兵力。"

然而格兰特没有听出我的讥讽。

"说的没错。要有受管理的军队。英军要是没有军事公司的支援，连补给线都维持不了。不听指挥的民兵在保卫国家的时候别想指望。托《地方武装法》的福，合众国也是一片大乱。高度专业化的受控民间军事组织必不可少。严格区分生者与死者，将政治和军事分离，自由经济就没有刹车了。必须在自由经济中埋设掌控自由经济命脉的装置。"

"你刚才说，身为自由经济主动力的尸者发生了暴走。"

格兰特那集中在鼻子附近的五官又向中间挤得更近。

"所以情报人员是必须的。新天鹅堡的事件也好，巴西的情况也好，都必须放在合众国的控制之下。你们沃尔辛厄姆虽然装作没看见，但是大英帝国之外的世界也很广阔。总要有人为整个地球考虑。其实不用多说你们也知道，非洲'生产'的尸者，主要出口国就是英国。"

"和美国吧。"

格兰特挥了挥手，像是挥掉大脑中的酒精一样。

"你好像总是抓不住议论的要点。大英帝国只是大英帝国，今后五十年，合众国会成长为整个世界。尸者生产的产业化对于英国而言，可能只是国境外发生的悲惨故事，但对合众国来说，那就是国内事。"

该说是狂妄，还是新兴国家毫无根据的天真，我不知如何判断。

"我很看好你们。在阿富汗的手段很漂亮。"

我当然不能问他知道多少。巴特勒端着放了酒壶和小杯的托盘走进房间，细看他的神情，似乎带着讽刺的笑容。既然是国家前元首，能够获取的情报自然远远超乎常人的想象，超越谍报员的想象也没什么稀奇，但我连本国都没有提交的报告，格兰特不可能知道。

伯纳比毫不犹豫地伸手去拿酒壶，无视了小杯。

"别小看合众国的情报搜集能力。"

格兰特的台词如同他的外表一样，很像是犯罪组织的头目。我在大脑里把格兰特台词中的"合众国"换成"平克顿"，窥探了一眼脸上依旧带着浅笑的伯纳比。格兰特以为自己是棋手，但其实更可能是平克顿的棋子。

"我们必须和亡灵战斗。你们在阿富汗应该也听说了。彬彬有礼的阶段已经结束了，我们需要人。"

突然冒出来的这个词，我一下子没有理解意思。有人说亡灵是没有固定形态的组织，也有人说它是多个恐怖集团随意套用的没有实体的称号。为什么这个词会出现在这里，我无法理解。

"是说那个以毁灭为目标的组织？"

格兰特露出沉痛的表情点点头。

"正是那个承担我们大脑机能的组织。"

一口气喝干了酒壶的伯纳比激烈地咳嗽起来。我讶异地望向伯纳比，视野角落里看到哈达丽闭上一只眼睛，朝我发了某个信号。

如果我们只有通过大脑才能仰望天空，那么天空就是在大脑中，而大脑比天空更加辽阔。不，大脑是一条分界线，线外面是未知的墙壁，和人脸上的皮肤一样，将自我和外界分隔开来。

随着敲门声，门微微开了一条缝，我和星期五闪进延辽馆中哈达丽的房间。她那异常匀称的身体靠在门上，隔断了外界。

"我们需要你的协助。"

哈达丽说。我慎重地与哈达丽保持一定的距离，耸了耸肩，用一种自己意识到听起来十分事务性的语气说，"关于亡灵"，哈达丽举手示意我继续，"也就是说，尸者暴走的原因，是人类大脑自身的缺陷，而犯罪组织'亡灵'的真实身份，就是我们头脑中的'灵素'？"

哈达丽露出近乎失笑般的微笑，随即换了表情，像是面对学生一样挺直了身子。

"复杂而无缺陷的东西是不存在的。在统计性质上，缺陷无可避免。问题只在于修正与改善的速度是快是慢。就连相信灵魂存在的你，应该也不会认为自己的大脑毫无缺陷，否则就没必要学习任何东西了。其实，复杂这个词的存在本身就显示了大脑的界限。"

"我说的是现行尸者带有引发暴走的缺陷……"

"亡灵，这是阿拉拉特的叫法。从大脑功能到恐怖组织，这个词的适用范围十分广泛。亡灵虽然是理论上的存在，在证实之前谁也不会相信，不过对我们来说却是显而易见的。"

"阿拉拉特？"

我的话尾挑高了音调。哈达丽露出微笑。

"新以色列。六十年前购买了尼亚加拉瀑布上游的格兰德岛建立的。"

"那个我知道，那应该是拉比的研究共同体。"

平克顿和阿拉拉特这两个词，在我头脑中难以联系在一起。民间的武装团体平克顿，与献身于抽象研究的阿拉拉特，两者的距离太远了。

据说阿拉拉特是个信奉极度秘密主义的团体，他们永无休止地编排《摩西五经》的文字，沉湎于名为卡巴拉的神秘主义技法，或是在羊皮纸上书写最尖端的控制程序，或是在艰难的数学理论上披荆斩棘。也有传言说他们在研究传说中的魔像，另有说法称他们是国际金融资本的隐身衣，不过所有这些没有超出谣言的范畴，通常被看作是一群偶尔会成为新闻报道对象的人形成的团体。

哈达丽无视我的疑惑，淡淡地继续。

"阿拉拉特的确是研究机构，他们为了运营北军的物资分配而建立了运筹学，也管理过北军的资金运用。战争就是数字管理。当时的北军没有那样的能力，阿拉拉特要求的报酬就是隐匿他们的工作，确保再建以色列的基础。实质和宣传而已。"

完全无法相信的内容，让我条件反射般地反驳说：

"这是通俗小报喜欢的小道消息吧。那样的组织不可能直到今天都保持隐秘。那样的大规模计算必然需要分析机，那种东西不可能悄无声息地建造起来，更没办法掩人耳目地维持。"

"阿拉拉特是纯粹的智囊团。通常被认为只会读书议论，没有害处——最多就是一群过于沉迷的怪人。他们也是这么塑造自己的。各国的情报机构闻的是阴谋的气息，不是理论的内容。能够理解最新数学理论的谍报员比能理解尸者技术的谍报员更罕见。所以都被当作单纯的怪人团体丢在一边。实际的计算是波托马克的分析机做的，阿拉拉特只是建立理论而已。南军意识到山姆大叔应该是首要攻击目标的时候，已经晚了。"

"而且还有像你这样的速算者，是吗？"

是啊，哈达丽带着寂寞的表情表示同意，拿起书桌上的纸。她从星期五手中抢过笔，随手在纸上画着线问：

"亡灵最早是在巴黎的格兰拿破仑分析机中发现的。你能看出什么？"

"中"是什么意思？哈达丽没有回答我的问题。出现在她笔下的交错线条，就像个凌乱的线球一样。

"信手涂鸦？"我问。"是啊，"哈达丽重重描出复杂线条的各个部分，"现在呢？"

——John Watson.

一连串线条上出现了我的名字。字母的线条并非正常延伸，而是在交叉点上换到别的线条，以此埋下伏笔。在明确指出之前，我并没有发现自己的名字。

"看，你们提取特征的能力是为日常生活的事物而强化的，对应不了复杂情况。"

"并非如此。只要有心，自己的名字迟早是能发现的。"

在嘴硬的我眼前，哈达丽的笔飞快地运动。"现在呢？"她又问。我看了看她强调的线条，举起双手投降。

——Hadaly.

错综复杂的线网上出现的哈达丽之名，与我的名字缠绕交错。

"亡灵就是这样诞生的。格兰拿破仑分析机的故障，由贵国解决了。"

"也许意识正是从极度复杂中产生的——这笑话我听过。"

"格兰拿破仑产生的不是意识，而是梦，具有实体的梦。原理很简单，虽然除了阿拉拉特没人相信。人类的灵魂有多重？"

"21克。"

"这个质量的来源是什么？"

"意识的重量，思考的重量，想法的强度。"

我随口报出这些词，哈达丽说了一声"挺浪漫呀"。

"是模式。你应该知道，电流在大脑中巡回的模式产生出质量。至于说电流是在自己的大脑里，还是在别的地方，并没有关系。模式也不限于是自身构成电路，还是通过齿轮来实现的。那么，当那种模式充分而隐秘地成长完之后呢？"

钢笔离开了哈达丽的手，落到复杂线网覆满的纸上。哈达丽的手指从纸张的一头开始追踪线条，不断穿插交织的线，拼出"SPECTER"这个词，直达纸张的反面。

"格兰拿破仑的故障原因是机械的。过于复杂的计算化作质量，在物质上凝结成砂，不断卡进分析机的齿轮里。齿轮碾碎自己的梦之结晶，不断吐出错误的计算结果。"

被自己编织的梦之网包裹的机器。我在头脑中隐约想象那副模样。

"量的扩大带来质的变化。分析机能进行的计算也是有极限的吧。"

"我们目前的技术是这样，不过那是可以改善的。因为几乎所有东西都能改良。问题是尸者的大脑。现在驱动尸者的机构中混入了分析机的梦。这可不限于格兰拿破仑的梦。它们之所以不能来到恐怖谷的这一边，是因为梦的性质不同。那些从一开始就是机器的梦，人类无法解释。"

"那是比喻吧，是诗。"

"构成我们的料子也就是那梦幻的料子。"

哈达丽引用了一句《暴风雨》的台词，微笑着说：

"这话可以说是，也可以说不是。碾碎本身就是一种比喻。现实中，亡灵作为进入复杂系统的通道而出现。就像是墙壁上自然打开的洞一样。突破系统安全的洞，阿拉拉特把产生那种安全漏洞的机制称为亡灵。计算机中、大脑中、社会中，一切充分发展的系统中存在的所有安全漏洞。欠缺意志中枢的恐怖集团最早被称为现象，这是很贴切的，规模增大到人类无法核查的尸件中也会出现。就像是土壤肥沃后恣意生长的杂草一样。因为是恣意生长，所以除非把整个土壤都烧一遍，否则没办法根除。

"你们现在没有分析机就无法理解尸件。借助分析机才终于可以设计。实际上这并不能称为设计，只是在黑暗中不断摸索，进行不得其门的计算，知道这样会动，仅此而已。你们就像站在山脊一样的地方，蒙上了双眼，摇摇晃晃地往前走。两边都是险峻的山崖。"

"那个安全漏洞——"

我本想问是不是《维克托笔记》带来的，不过又咽下去了。我并不清楚平克顿是否了解《维克托笔记》的存在，记录在打孔卡上的维克托笔记。也许，预期的读者不是人类，而是联网的分析机？哈达丽像是没有注意我的欲言又止，继续说：

"能从外部控制、引发暴走的安全漏洞，在生者中也存在吗？当然存在。这是可以证明的。但是，能证明的只是它的存在，至于它存在于何处，并不清楚。生者的模式太过复杂，现在我们能够进行的计算规模远远不及。"

"把带有缺陷、会引发暴走的设备换成原来的不就行了。"

哈达丽伸开双臂，像是在胸前抱了一个球体。她慢慢扩大球体的直径，说：

"亡灵是一切具备一定规模和复杂度的事物必定会产生的东西。如同尘埃般物质化的信息，化作各种噪音，阻碍我们的前进。只要是我们的头脑无法完全掌握的设计，必然会出现它。可以说，亡灵就是'复杂'一词本身。之所以尚未找到启动生者暴走的开关，仅是因为规模太大，单靠偶然很难找到安全漏洞而已。"

哈达丽的手臂朝左右伸到尽头，手掌握紧，像是表示球体的破裂。我看她重新摊开手掌，问：

"难道有人找到了引发尸者暴走的手段？"

"如果新天鹅堡以及世界各地不断发生的暴走事件不是偶然的事故，那么答案就是肯定的。亡灵作为恐怖组织，看起来虽然像是自然发生，但新天鹅堡的事件如何解释？如果视为单纯的偶然，时间上未免太巧了。你认为，是谁发现了那样的东西？"

哈达丽像是调皮的小女孩一样笑了起来。

"而且，我说过亡灵是从模式中诞生的。模式并不依存于载体。你们正在编织一张覆盖整个星球的巨大网络。那样的模式会诞生出什么呢？"

"——全球通讯网。"

哈达丽重新摆出严肃的表情，盯住我。

"难道全球通讯网会具有自我意识？"

"不，亡灵不是意识。用刚才的话来讲，全球通讯网因为过于复杂，所以会做支离破碎的梦，那种梦就会成为安全漏洞。自身产生的、具有实体的梦，变成通往另一侧世界的入口。如果将那种梦不断注入到尸者的虚拟灵魂中，那会发生什么？虽然格兰拿破仑只是出了点故障，但尸者呢？"

我握紧拳头挥了挥。

"这只能称之为人类的命运。创造出自己无法处理的东西，这就是报应。无法理解的现象以确定的概率出现。命运，我们的相遇，也是支配物质行为的方程式所决定的，然而人类无法理解。"

"是啊，命运。"

哈达丽露出微笑，像是为我的反应开心，就像是捣毁巢穴看着蚁群慌乱失措的孩子。哈达丽突然朝我伸出手。我失魂落魄地走过去，她用冰冷的手贴在我的脸颊上。我又踏前一步，哈达丽并没有躲开。我的唇触到哈达丽犹如冰一样的唇。伸向腰肢的手，被她出乎意料的有力手臂阻止了。

"如果有人能够操控我们无法看清的'命运'呢？新天鹅堡的事件，我们认为是'他'打开了地狱之门的结果。"

尸者暴走。大里化学中被抢先杀害的职员们，还有盘踞在顶楼的大脑。我深吸了一口哈达丽的发香。我的思维在激烈运转，而嘴却先吐出了词句。

"——初代。"

"我们需要你的协助，我们要把初代引出来。"

哈达丽和我近在咫尺，视线和思绪都交织在一起。

我们又一次慢慢贴上双唇。甘美的麻痹感贯通了我后脑的安全漏洞，房间里响起星期五礼貌地放下笔的声音。

VI

1879 年 8 月 10 日。浜离宫笼罩在静静的紧张中。

尸者仪仗队整齐地排列在由大门直到延辽馆的道路上，正装的近卫军，与平克顿的要员们面对面排列。紧张的人马汗臭盖住了尸者们散发出的微微臭气。近卫带了警犬，大约是为了预先排查尸者炸弹吧，不过警犬们显然对这股氛围感到困惑，一只只不知所措。清冽的空气犹如纤薄的玻璃一样紧绷，擦拭额头汗珠的我，将礼服的扣子松开，环视四周，然后再重新扣好。

这股空气是由一个人带来的。日本帝国的天皇。

一个身材高大的人，踩着黑漆马车的踏板，来到玉砂利上。虽然不知道其真实的身高，不过在身材矮小的日本人中非常醒目，尤其是他周身散发的气息，让天皇看上去比实际更巨大。身着军装的明治天皇，选择在浜离宫的中岛茶屋与格兰特会谈。简朴的茶屋设置在孤零零漂浮于池塘中央的小岛上，充其量只能算是猎人的临时帐篷一类。小岛有三座木桥连接岸边，是很适宜于防卫战的地形。预先检查过的伯纳比也如此保证。

"前提是不会发展成枪战。"

他也补充过这样一句。

格兰特提出的作战方案充满了美国人的风格，内容无比夸张。也就是说，格兰特连同日本天皇亲自来做诱饵，引出恐怖组织，尝试将之一网打尽。当然，这是日本方面不可能接受的方案，完全是美国方面的独断。

"听起来真是荒谬绝伦的方案啊。"

"没错。"

在之前的方案说明会上，格兰特愉快地如此回答。我虽然简短地表示了自己无法赞同的主旨，但格兰特丝毫不显气馁。

"这个策略并不像看上去那么乱来。要知道，我一直都受到恐怖袭击。身为前北军总司令和美利坚合众国前总统，想要我命的人都在蠢蠢欲动。而且我还在周游世界，游说议会政治与民间军事企业的优势，嫌我碍事的人更是有增无减。平克顿声称那些是不具有中心意志的实体，是所谓不定型的现象，但不管对手是不是亡灵，发生的事情总是不会变的。遇袭就要击退。揪住他们的尾巴，让他们吐个干净。仅此而已。而且警卫也不少。"

"话虽如此，可是连大里化学掳来的尸者都编入警卫——"

太愚蠢了，我正要这么说，格兰特朝我愤愤地一跺脚。

"感染的尸者肯定不要！但是在大里化学担任警卫的尸者们当然要编来。要搞就搞个彻底。不光是平克顿的尸者，日本这边搭载了俄国尸件、法国尸件的尸者也不能少。既然是做天皇的护卫，日本政府也不能藏私。这和你们的目的应该也一致。"

我仔细斟酌了格兰特的发言，想起自己至少在名义上是弗兰肯斯坦调查团的一员，访日的目的就是为了调查日本拥有的弗兰肯斯坦的数量。格兰特似乎完全没有意识到自己话中的讽刺意味：

"我想尽量把存在暴走可能性的尸者都放到浜离宫来。不管是不是亡灵，日本都是暗杀我的最后机会。而且还和日本天皇在一起。等我回到美国，想对我下手就没那么容易了。我想在这趟旅行的最后揪出敌人。尸者是工具。要打倒的是在背后操纵的人。可以说，我更期待他们引发尸者暴走。如果一直不知道尸者暴走是如何发生的，那就没办法寻找对策。"

格兰特豪爽地一笑置之。恐怕在他访问的各个国家都在重复同样的情况吧，我不禁想起在孟买城远远看到的黑烟。李顿嘲笑平克顿的实力，但那似乎也是格兰特为了诱敌故意为之的。

为了寻求证据而引狼入室。这可以说是积极勇敢，不过看起来这办法至今为止似乎并不能说有效。如果以前成功过，应该就不会再出现目前的状况。也就是说，这一次的作战如同以往一样失败的可能性很高。

"没事的，"格兰特挺了挺胸，"我不是还活得好好的嘛。"

这话毫无说服力。格兰特根本就是个战争狂，我摸了摸胀痛的头。对于格兰特来说，袭击已经成为日常生活的一部分了。既然如此，还不如善加利用。这种心情我不是不能理解，但会让周围的人很头痛吧。

"可是，不知道日本帝国天皇是否也是亡灵的目标——"

格兰特摆出一副目瞪口呆的表情。

"这还用问？就算是为了确认，也要请陛下亲临啊。这样也能搞清楚那些家伙的身份和目标。"

也就是说，格兰特计划把敌人引到距离自己最近的地方——我不禁对于将这样的人物当作国宾请来的日本政府产生了深深的同情。

环绕延辽馆的绿树林中，看不见的鸟儿鸣声婉转，旋即又被嘈杂的蝉鸣盖了过去。护城河包围的浜离宫恰如其名，是一座面朝大海的离宫。东京湾里也停泊了预防紧急情况的逃生艇。我目送天皇的背影离去，之后站到延辽馆的路障石上，眺望重新整队完毕的尸者们。被强烈的阳光漂白的景色中，唯有绿色格外鲜艳。

尸者暴走、亡灵。这些词语在头脑中不断构成各种形状。号称也存在于我们大脑中的安全漏洞。只要复杂度超过一定程度就必然会产生的现象，乃至社会中都有安全漏洞。安全漏洞常常以具体的事像出现。现象具备实体，成为眼可见、手可触的现象。对象大约是抽象的，而操作需要具体的步骤。

向大脑输送电信号是可以的，然而对于社会这种茫漠的存在物，能用什么与之通讯呢？就算原理上存在方法，但能否真正实行却是另一回事。如果是我们的社会自身产生的安全漏洞期望全人类的尸者化和暴徒化，那么解决的手段只有把电极一个个插进脑袋里。那样的事情想来也是无法实行的。而从社会上流行的氛围来看，恐怕也没人愿意往自己的大脑里插电极吧。

正在我进行毫无意义的思考之时，耳边传来高昂的犬吠声。

紧张的空气仿佛裂开一道缝，不安犹如波浪般在近卫军和平克顿中间扩散开来。

构成完美横列的尸者队伍出现了些许扰乱，尸者们的头像是被看不见的手捏住一样，开始依次摇晃起来。直射的阳光融化了尸者们身体中冻结的时间，军装下的肌肉松弛下来。警犬朝周围的尸者狂吠，生者近卫奔跑呵斥，试图加以控制。

我用拳头敲敲自己的脑袋，努力让自己的思绪跟上现状。

队形大乱的尸者们，似乎一个个大惑不解，像是刚睡醒的婴儿般环视周围。它们尝试挥手伸腿，双膝无力地跪倒在地，随即又歪歪扭扭地站起来。经过一段时间的尝试，颤动着无法稳定的头颅固定下来，手臂的动作也变得明确。看它们伸直脖子、双腿撑住身体的模样，仿佛是在快进观看婴儿的发育过程。

近卫军全都是一副不知所措的样子，枪口刀尖都在犹豫不决。他们被异常的气氛挤压，慢慢背靠背集中到一起。相比之下，平克顿的员工们整齐地退向延辽馆的入口，开始组成防御圆阵，不过他们本来也知道格兰特的作战方案。这里的生者数量虽然超过尸者，但距离太近了。近距离下的战斗力，尸者远胜生者。

紧张难耐的近卫开了一枪，蝉鸣一齐沉默了。我认为格兰特的策略奏效，便从路障石上跳下，跑了起来。

一边回头一边奔跑的我，眼中看到尸者们对枪声做出反应，停止了活动，张大嘴露出牙齿。吊在尸者背后的旧式滑膛枪晃动不已。尸者动了。尸者们纷纷袭向近卫的圆阵，哀嚎声四起，枪声大作，我在通往小岛的道路上转过拐角。

浜离宫的土地保留着自然形态。小径是将土地直接踩实而成的。我拐过树林，和挡在前面的尸者撞了个正着。它们像是受到枪声的吸引徘徊而来，视线游移，步履蹒跚，就像是夜里遇到的醉汉一样，朝我逼近。

我用手枪瞄准尸者的额头，它们空虚的眼睛目不转睛地迎向枪口。看刚才的情况，开枪只会吸引尸者，至于说不开枪又会如何，我也不想在自己身上实验。我试着报出识别代码，尸者的举止似乎没什么变化。

我跳进旁边的树林，尸者的头缓缓追随我的动作，慢慢摆出追赶的姿势。我在树木间穿行，微风推着我的后背，传来尸体撞击树木的声音。嵌进针叶树枝的尸者抬起头，张大嘴恐吓我。我顾不上去想哪个软件版本带有跳跃这种运动控制功能。

太多了，我把这声叫喊咽了下去。

按照平克顿的预测，会暴走的尸者最多不会超过二十个。根据是，会谈日程确定之后，软件升级和维护的尸者数量也就这些而已。就算维护员中有人企图发动恐怖袭击，也没时间向这里集中的所有尸者全部写入指令。

平克顿认为，尸者暴走的原因是尸件的安全漏洞中嵌入了定时器之类的东西。如果只有二十个，单靠手边的尸者就足以镇压了，这是格兰特的见解。按照他的计划，先消耗对方的战斗力，然后将压制下的几个引向小岛中的茶屋，看看尸者是否认识格兰特，是否会将天皇视作敌人，得到足够的信息之后，再游刃有余地将之摧毁。步骤本来应该是这样的。

我一边挥开擦过脸颊的枝条，一边奔跑。让哈达丽带着星期五一起留在延辽馆是个正确的选择。只要关上门不出声，应该不会引来尸者吧。

"不知道会发生什么，小心点。"

出发前，哈达丽一脸不安。她劝我大病初愈不用亲自上场，由她替我去。我跪在哈达丽面前，吻了她光洁的黑色高跟鞋，走出了房间。我的预想正在不断变成最糟糕的现实。

按照现状来看，恐怕延辽馆周围的尸者，包括平克顿自己的，都开始暴走了。仅靠生者，是不是能够挡住尸者，情况显得颇为微妙。我降低速度，尽量不发出多余的声音，直奔小岛。树木间窥见的尸者们都在静静伫立。枪声应该也传到这里了，不过它们暂时还站在指定的位置上，没有行动的模样。我继续小心地朝环湖小道前进。

在通向小道的斜坡对面冒出尸者的头。不知是听到了我的脚步声，还是单纯感觉到我的靠近，尸者缓缓转身，抬头望向我。我报出识别代码，这一回它听话地恢复了原来的姿势。

我拍拍心口，脚不沾地一路飞奔下去。前面就是湖泊的一侧。我在枝桠间的阳光下猫腰小跑，转眼间就到了开阔地。我在整个湖泊尽收眼底的地方转回头，只见背后的尸者开始剧烈摇头，我急忙重新去看湖泊的情况。

在视野中，几个尸者的身体开始不规则地摇摆起来，全都是安排在湖泊这边的个体。湖泊周围的近卫和平克顿开始不安地观察四周，挥动手臂，喊叫声此起彼伏。

砰——

湖泊对面响起一声枪响，我闭了闭眼。延辽馆周边发生的混乱马上也要波及到这里了吧。近卫军开始在横穿湖泊的桥上训练有素地排成纵队。我判断那边可以交给他们，便在环湖小道上跑了起来，然而并不知道该往哪儿跑。如果我的预计正确，现阶段能做的只有静观事态的发展。我的眼睛在寻找伯纳比的庞大躯体，但在约定好的地方却并没找到。那家伙要是现在在这儿，一切都会白费，所以不在反而好。路上零星设置的尸者们开始慢慢摇头。近卫的开枪声远远传来，尸者们的摇晃逐渐停止。强化了战争本能的尸者们，发出不成声音的咆哮。

前面的尸者挡住了去路，我捡起路边的小树枝，随即意识到这东西派不上用场，又扔了出去。我本来要借把日本刀，但被拒绝了，原因是怕我切掉自己的手指，真是可恨。尸者追随我扔掉的小树枝，望向湖泊中散开的波纹。然后慢慢回过头观察我，像是在猜什么谜语似的。它们朝我挥舞起手臂，我意识到自己被识别为敌人，站住了脚。既然如此，光靠识别代码是不行的了。

我一边后退，一边回头去看，只见后面的尸者脸上的表情仿佛也已视我为敌。左边是湖，右边的堤坝有点高，一口气爬不上去。我举起手枪。

扣动扳机。尸者的头在动量的直击下猛然后折。我全力助跑，朝尸者的腹部狠狠一拳，随即又奋力向前一推，把尸者推倒。尸者的手指擦过我的衣襟。不用抬头，我就知道周围的尸者都朝我望过来。

身体突然倒向前方，擦过堤坝上滚落的尸者。我索性放弃了防御，顺势奋力奔跑起来。道路敞开了，我来到草坪齐整的广场。只要有足够的空间，避开弗兰肯斯坦步态的尸者并不是难事，不过前提是要能撑得住。我虚晃一枪，突然停步换个方向，反复开展不规则的蛇形折返。现在和橄榄球的不同之处在于，一旦遭遇抢断，比赛就结束了。

和尸者们玩着缓慢的捉迷藏游戏，忽然间，我旁边的尸者倒了下去，来复枪的枪声随后传来。我情不自禁地朝枪声的来源瞥了一眼，只见守桥士兵中的一个，正在朝我欢快地挥手。

那是我认识的脸。我朝山泽猛挥手臂，让他别开枪，可山泽又端起了枪。子弹擦过我的脸颊，打穿了逼近我背后的一个尸者的肩膀。追赶我的尸者们停止了动作，仿佛聆听上天的旨意一般抬头望天，随后低下头，向山泽他们守卫的桥走去。看上去像是救了我，不过我打赌他并不是单单想要救我，其实更想自己也加入进来大打一场。

我叹了一口气。连接小岛的三座桥中，两座已经开战了。现在看起来还能挡住周围的尸者，但如果延辽馆周边的尸者前来增援，结果就很难说了。

暴走的尸者们没有用枪的样子，还算是万幸。

我留心着茶屋的情况，逆时针围着湖泊朝大海的方向继续奔跑。将茶屋和外界隔开的纸窗猛然被推开，远远显出格兰特的身影。在他后面出现的是天皇。格兰特笑逐颜开，天皇却似乎气得脸都歪了。两个人都没有畏缩的模样，傲然睥睨四周。

枪声骤然响起，来复枪弹射入格兰特身旁的木柱，碎片四溅。格兰特的表情毫无变化，笑嘻嘻地看着弹痕，挺起胸膛。天皇又踏出一步，像是要遮挡格兰特似的在胸前张开双臂。近卫军喊出近乎悲号的警告。枪声再度响起，又击中了旁边的柱子。我仿佛听到柱子碎裂的声音。顺着子弹的轨迹回溯，锁定开枪者潜伏的树林。

眼角的余光瞄到一个巨大的身影从湖畔逆时针跑向树林。

"伯纳比，太慢了！"

我叫喊起来。这样一来，我们特意分头行动就没意义了。我无视腿上传来的剧痛，迈步向前。裤子渗出鲜血，我不记得自己什么时候受的伤。

第三声枪响震得湖面泛起波纹。我看见天皇将孩子一样闹腾反抗的格兰特按在茶屋里，紧紧关上了纸窗。纸没有防御作用，但可以阻挡枪手的视线。

我拖着腿挥开树枝往前走，看见伯纳比举枪的身影，似乎没什么干劲。枪口对面是侧向我的男人，正举着双手。大概是听到了我的脚步声，他好整以暇地把脚边的来复枪踢给我。

我气喘吁吁地走到他身边。

"哎呀呀，是你们啊。"

举着双手的巴特勒感慨地摇摇头，向一脸厌烦的伯纳比问：

"为什么不开枪？"

那语气就像是在问天气怎么样。

"不想射中的家伙，射他没意义。"

伯纳比赌气般回答，以扣在扳机上的食指为轴，转了一圈手枪。对于连保险都没打开的伯纳比，巴特勒哼了一声。所以我讨厌英国人，他低声嘟囔了一句。伯纳比看到了我的疑问眼神，抬起下巴朝小岛指了指。

"故意射偏的。这点距离，又是那么大的目标，这家伙不可能射偏。等下调查弹痕就知道了。肯定是朝着柱子的同一个地方连开了三枪。为了证明自己的暗杀之所以失败，不是能力不行，只是不想。敷衍了事而已。"

所以我讨厌美国人，伯纳比大声嚷嚷说，巴特勒愉快地笑了起来。

"你太抬举我了，不过你蛮对我的脾气。"

"没这回事。"

伯纳比颇为不满。

"你讨厌我，我也讨厌你这样的家伙，所以才合得来。"

"是这样吧?"不知为何，巴特勒向我征求意见。

VII

延辽馆的一个房间，房门紧闭。我伸手握住门上的把手。

握着哈达丽房间的把手，等待犹豫的刹那过去，然后打开了门。空气压力让门朝我挤来。一身洁白的哈达丽站在黄昏的窗边，窗帘在风中摇曳，遮住了她的身影。哈达丽在窗帘中若隐若现，不带感情的眼睛扫视出现在门口的我和伯纳比。她看到在我们背后的巴特勒，从窗帘后面静静地走出来。"果然"，哈达丽叹了一口气。

她笔直盯着我：

"什么时候知道的？"

我回答说："我觉得这不是知不知道的问题。直到现在我还不是很明白。到底哪些是命运，哪些是演戏，我越来越不明白了。"

"你太高看我了。"

哈达丽露出静静的微笑。听到这个回答的巴特勒耸了耸肩。返回延辽馆的路上，满是被尸者撕碎的近卫尸体，惨不忍睹。我们一开始也曾用枪顶着他，但后来觉得太蠢，又收了起来。这个人有种让他人产生这种心情的能力。看上去玩世不恭，内心却十分认真；十分真的同时，骨子里的某处却藏着彻头彻尾的玩世不恭。

匆忙赶到桌边的星期五打开笔记本，拿起笔，伯纳比推了一把巴特勒的后背，关门上锁。巴特勒走到哈达丽旁边，视线却没有交汇。我扫视了一圈现场，将腰轻轻靠在桌角上。

"你们计划让我们成为暗杀总统的凶手，这主意不错。"

我如此开口。伯纳比在一旁瞪大了眼睛。我无视他的表情，继续道：

"你们如果企图暗杀格兰特，应该有无数机会。之所以现在动手，是因为有我们充当凶手的角色。仅仅是美国前总统被暗杀，并没有什么意思。不妨说暗杀地点可以更有效地利用。大英帝国的间谍杀害了前总统，这会成为国际问题，英国的地位会遭受严重影响，在日本的活动也会遇到很大障碍。如果连日本帝国的天皇都倒在子弹下，那就更无法预测事态的走向了。"

哈达丽礼貌地摇了摇头。

"我觉得能让你们成为凶手的证据太少了。"

"有《维克托笔记》的打孔卡副本。"

我仔细观察哈达丽和巴特勒，说出《维克托笔记》这个词的时候，两个人的表情没有丝毫变化。哈达丽向我挑衅般地断言："密码还没有破解。"

"对，还没有。你这种反应也是回答的一部分。这是无法破解的密码。而你，恐怕能从那个密文中自由创建出解读类似原文的解读方法，"我顿了顿，"足够复杂的事物，包含着几乎所有的可能性。"

哈达丽像是认可学生的成长一般，微微点头，示意我继续。

"《维克托笔记》的真身是可以做任何解释的密码。也就是说，那是随机排列的记号。但是笔记的实体如今并不是问题。重点在于，你，从这些打孔卡中，实际读出了访问尸者安全漏洞的方法。"

哈达丽立即回答。

"这个推理不成立。卡片是你们从大里化学带出来的，我听说当时山泽也在场。日本方面认定你们是凶手的材料不足。如果能够通过卡片中记载的秘密，启动尸者暴走的人就是凶手，那么罪犯就可以是与大里化学有关的任何人。"

"并非如此，"我回答，"日本没有人能够解读这个密码，哪怕只在形式上解读也做不到。只有你或者星期五这样具有处理能力的人才能解读。日本还没有培养数学家的体制，也没有大规模计算机。"

"日本的算学相当发达，不过姑且算我同意你的看法。"

"能够解读打孔卡的人，全日本只有你和星期五。如果你从卡片中读取了让尸者暴走的方法，那就意味着我们也有读取的可能。因为卡片中的确记载了那样的内容，尽管不知道为什么。"

"等等，我没听明白。"

终于跟上话题的伯纳比插嘴问：

"如果写在那些打孔卡上的内容都是乱七八糟的文字，那就谈不上有谁能解读，更谈不上解读出什么内容。"

我静静地摇了摇头。

"谈得上。事后要多少解释就能有多少解释。如果她夹杂着专业术语解释异常复杂的解读方法，整个日本恐怕没有一个人能反驳。大概连我们都不行。她提出的解读法应该谁都能验证。只要照她的指示操作，就会出现指定的文字。这样就像是解读出来了。"

"不懂。"

"对，正因为不懂。如果不知道过程，那就只能看结果。这不是解释的问题，而是人类理解方式的问题。人类总是将事物当作故事来理解。密码到底被怎样粗暴的手段破解并不是关键。破解的人是不是有趣，里面的内容够不够刺激，这才是关键。"

"可是，我们来了日本之后才拿到打孔卡，然后在里面偶然发现了尸者暴走的方法，于是我们就企图搞暗杀——这说法也太牵强了。"

"你说反了。我们原本就是为了销毁《维克托笔记》才来到日本的。我们没有告诉日本政府《维克托笔记》的内容，倒是撒过好几个谎。于是情况就变成了：我们来日本销毁自己知道内容的《维克托笔记》。所以这些打孔卡里如果写了尸者暴走的方法，大家就会认为，我们从一开始就知道。"

伯纳比用手指揪着自己的额头，像是在帮助大脑思考一样。

"我还是搞不懂。那些打孔卡是加密副本吧？既然有榎本带回来的没加密的正本，和大里化学有关的人都可能是凶手啊。"

"你说得没错，但还是说反了。这就是榎本从莫斯科带回来的正本，要么是原封不动的拷贝。本来就是用密码书写的内容，需要进行解读。就算不是这样，为了让我们成为罪犯，也会变成这样。"

"既然大里化学和初代有交易，那直接问他们解读方法不就好了？"

"如果他们知道解读方法，大里化学——也就是日本政府内的旧政府派，根本都不需要费力去搞《维克托笔记》。这也是初代的试验，为了确认他们是否有足够的能力来做自己的爪牙。"

"是吧？"我转过头去问哈达丽，哈达丽只是带着哀伤的微笑。我泄了气。

"不妨站在日本政府的角度审视之前发生的一连串事件：一群自称是李顿调查团的人从英国来到日本，逼迫日本政府销毁《维克托笔记》。日本无法解读《维克托笔记》，然后发生了今天的延辽馆事件。哈达丽出面揭示《维克托笔记》的内容，里面记录了尸者暴走的技术。于是，日本政府自然会认为，我们一直都掌握着这些内容，于是我们就成了罪犯。星期五的能力，远远超出日本计算机的能力。"

"那样的话，我们甚至都不需要打孔卡了。反正我们本来就知道其中的内容。"

"要给我们定罪，必须要有能当作证据读取的实体。如果没有打孔卡，我们就能辩解说《维克托笔记》上写的完全是其他内容。所以她之所以想到这个计划，正是因为在我公使馆的房间里发现了打孔卡。之前她并不知道我们得到了《维克托笔记》。"

"可是，"伯纳比皱起眉头，"就算我们被指控为罪犯，我们也能指责她才是真正的凶手吧。"

"她的动机是什么？"

"内讧吧。平克顿的，美国的……"

"有什么内讧会连日本帝国天皇一起暗杀？相比之下，不明身份的英国间谍所犯的罪行，这种解释岂不是更合理？重要的是，它比其他任何解释都要有趣。平克顿在推销尸兵生意，估计会很欢迎其他国家的内乱，但又不希望产生流言，说他们四处引发内乱。至少大家是这么想的。大英帝国也有对日本的不满啊。我们明明支持了革命政府，新生的日本帝国却转了方向，不断引入德国的技术。"

"就算不满，也不至于暗杀天皇吧。"

"杀鸡儆猴——也有这层意思。问题不在于英国人自己怎么想，而是在于大家认为英国人会怎么想。英军在印度殖民地和非洲大陆干过什么事，你应该很清楚。这里是岛国，实际上没什么人对这里发生的事感兴趣。状况对我们十分不利。"

"就算是英国，也不希望和美国发生摩擦吧。"

"并不需要公布罪犯。对外就说是不明原因的尸者暴走和不幸的事故，以此搪塞过去。格兰特也算死得其所。因为贪污而下台的南北战争英雄，为了美国主导的世界和平，在环球之旅的终点中弹倒下。合众国和日本政府拿到了外交牌。日本政府再给个说得过去的解释就行了。"

——没说错吧。

我问哈达丽。她用提问回答我。

"尸者暴走的方式还没听你解释。"

我的脑海里浮现出大里化学中的死者身影。如果在那里操控尸者的是金属球中的大脑，并且这一次事件的罪犯是哈达丽的话，那么要驱动灵素暴走，就不需要什么利用安全漏洞的定时器之类的设置。

"我没有确切的证据，应该是声波吧。不知道是低频还是高频，总之是人类的耳朵听不到的声音。注意到尸者异变的首先是警犬，而且暴走是以延辽馆为中心扩散的。"

"有什么音源能从这里一直波及到小岛吗？"

我微微抬头，指向哈达丽的脚。

"事发前你穿的是黑色的高跟鞋，现在换成了白色的靴子。音源就是你吧。换掉了沾满泥土的鞋子。你有没有出过这个屋子，查一查星期五的行动记录就知道了。在发生骚乱的期间，你应该有段时间不在这里。"

正说着，我忽然反应过来了。哈达丽完全可以让星期五暴走，抹去那段时间里的行动记录。

"你是说我一边走一边吹犬笛吗？"

"我想，你这样的人物并不会留下可以成为证据的东西，所以估计没那么容易找到。不过，真要找还是能找到的吧。"

"如果找到了那样的东西，就可以成为关键证据了呀。"

"还有旁证。在开伯尔山口，你坐在巴特勒驾驶的马车上。真是位无谋——但却勇敢的女士，我那时认为，然而事实并非如此。你在马车上是为了紧急时刻保护巴特勒，为了在遭遇危险时让尸者暴走，争取逃跑的时间。你具有让尸者暴走的能力。"

——不错呀。哈达丽缓缓点头。

"动机是什么？"

伯纳比再度插嘴问道。我皱起眉，看看巴特勒那略带微笑的脸。巴特勒轻轻挥了挥手，仿佛在说"还是你来解释"。

我一边回想沃尔辛厄姆发来的资料一边说：

"巴特勒是南方人。他因突破北军的封锁线而知名，但也最早意识到工业和产业的重要性，预言了南军的失败，所以受到守旧地主们的强烈敌视。他是个奇异的人物。相当讽刺的是，他作为一名士兵，投身在注定失败的南军阵营，经历了败北的体验，战后通过大西洋间的贸易事业再度发达。他从南北战争时期就着手开展武器的进出口贸易，后来借助那些人脉关系，进入了平克顿。他的目的——"

巴特勒举起右手打断了我的话，打开星期五面前的箱子，取出一支雪茄。他跷起腿坐到沙发上，用优雅的动作切掉雪茄帽，点上火，在所有人的注视中缓缓吸了一口，又在我们的注视中吐出烟圈。我用眼神拦住正要上前的伯纳比，巴特勒终于开口了。

"说来惭愧，我的婚姻生活并不顺利。和平克顿的接触，是在女儿——"

巴特勒停住了，仰头望向哈达丽，两个人对视了片刻。

"是在女儿过世了一段时间之后。女儿过世之后，我突然什么动力都没有了。我整天就想，这辈子自己到底在做什么啊。我是工业和产业的信徒，对于南方人的感情无法理解。我始终不能理解在步步进逼的北军尸兵面前为了名誉骑马冲锋的愚蠢行径。但是，我体内流淌着的是南方的血。这个事实甚至让我从心底感到厌恶。对于受到激情鼓舞、超越了得失计算而爆发的正义与崇高感，我也很讨厌。沉浸在那些感情中，心情会很舒畅，然而我对那种舒畅感到羞耻，于是将目光投向了尸者。不带感情的、仅会默默执行命令的尸者们。"

巴特勒吐了一口烟。

"遇到哈达丽也是在那个时候。当我自暴自弃时，我在爱迪生的研究所遇到了她。那时候我的想法已经变得有点怪异了。我去问那位著名的发明家，能不能把活人变成尸者。不是死过一次再复活，而是活着死去，这样是否可能。因为我其实已经是这样的状态了。我知道自己在恢复，所以想要维持这种状态，作为自己应受的惩罚。爱迪生对我的想法一笑置之，告诉我说，'自由就是没有选择'。然后他把哈达丽介绍给我说，'如果想要找到死亡，就带上她去长途旅行吧'。虽然开价是我的一半财产，不过钱根本不是问题。"

巴特勒的双手落在腿间，视线飘浮在紫色的烟雾中。

"我需要战场。之后我和哈达丽一起去过许多内乱之地。不久，我开始为平克顿工作。我逐渐理解尸者了，就像逐渐理解马一样。我开始能够清晰分辨尸者的个体区别，开始理解它们也有它们的秩序。尸者不是单纯的受控木偶，只是与生者的生活方式不同。它们也只是遵从自然的法则而已。在这个意义上，尸者和我是一样的。在面临的状况前，一边思考最佳策略，一边唯唯诺诺遵从命令，仅此而已。不是来自生者的命令，而是来自自然的命令。生者与尸者的不同之处只在于生者自己欺骗自己，以为自己的行动是基于自己的意志，仅此而已。既然如此，我想变成尸者的想法，并没有意义。"

刚才说到哪儿了？巴特勒缓缓摇着头说。

"——啊对了，说到她，哈达丽。"

巴特勒盯着哈达丽，仿佛当她不在房间里似的。

"她是——速算者。对，速算者。"

不知为何，巴特勒似乎有些欲言又止。

"她之所以制订这个计划，也可以说是我的错。她一直不能放弃这样的理解：认为我憎恨格兰特，认为我恨不得杀掉他。麻烦的是，这是事实。但这并不是我的愿望。毁灭南方的人，我绝对无法原谅。但是，这一点并不妨碍我与实际人物觥筹交错、把酒言欢。这甚至并非欺骗或者虚伪。作为速算者的她，无法理解的就是这一点。她不能放弃这样的想法，一直在寻找杀死格兰特的机会，用她冷酷的计算能力。说起来，这也算是灵素的性质吧。单纯杀他并不够，哈达丽要等待可以最大限度利用的状况，同时也会计算成功的概率。但也仅此而已。如果格兰特想要决斗，我会像个南方人一样拿起枪的。但是她无法理解，因为决斗毫无利用价值。我不想暗杀格兰特，但这话对她没用。即使是现在我这番话，她还是会用她那超越人类的计算能力计算出这番话背后的'潜台词'，帮我找出连我自己都没有意识到的'意识'。"

你们能相信吗？巴特勒朝我们投来最大限度的讽刺笑容。

"在环游世界的旅行中，是我在哈达丽不断设立的暗杀计划中保护了格兰特。当然，真正的暗杀也有很多。和你们在开伯尔山口的相遇，也是因为我担心孟买充斥着各种旧版尸件的尸者，会导致我无法周全地保护格兰特，"他盯着已经熄灭的雪茄卷，"当然，顺便也想见一见传闻中正在追踪初代的愚蠢英国谍报员。"

"她知道吗？"我问。

"当然知道。而且她不是也正听着吗？作为信息她是知道的，但她的理解方式和一般人不同。她认为是自己设计的计划欠缺美感，我才没有扣下最后的扳机。当然，在她设计的舞台上，扣下最后扳机的这个角色，必然要由我来扮演。我放弃暗杀，在她看来，就是计划有待改善。"

伫立在窗边的哈达丽静静地微笑，透出一股凄凉的气息。她与常人大相径庭的思考中隐藏的是什么呢？

"那么，你为什么刻意潜入现场？"

对我的问题，巴特勒说：

"为了在发生不测事态时保护格兰特和天皇，这是表面上的理由，但我自己也说不清楚。哈达丽也许可以用她自己的逻辑做出很好的解释吧。如果有机会，我当然也会产生射杀格兰特的想法。自己的意志到底想做什么，我也不知道。"

我重复了回答哈达丽的话。

"我觉得不是知不知道的问题，而是感觉会发生点什么。就像看到你简历时候的感觉，又像是哈达丽用手指触摸打孔卡时候的感觉。但是无论如何，以诱捕初代为名目的作战，原本就太过危险，不管格兰特是怎么想的。"

巴特勒抬起头，怪异地看着我。

"用格兰特做诱饵引出初代，这个计划是真的。只是因为这个计划和暗杀格兰特的机会刚好重合，所以让事情变得复杂了。

"对阿拉拉特来说，初代是最优先的任务，一直有精锐部队在追踪他。我和阿拉拉特之所以发生联系，也是因为我在浪迹于各个战场的时候发现过初代的痕迹。总统也有绝密令，允许在无法捕捉的情况下射杀。哈达丽使用的尸者暴走技术，你们以为是我们从哪儿找到的？当然是从被放弃的初代研究机构。"

收容在金属半球中的大脑。

"也就是说——和这次相似的尸者暴走事件中，有若干比例是阿拉拉特为了诱出初代而故意引发的？新天鹅堡事件也是你们——"

"那个不是，初代确实在活动。这段时间，尸者暴走事件不断增加。其中一些——"巴特勒凝视着沉默不语的哈达丽，"我不否认有些是她引发的，但并非全部。我保护格兰特，不仅是哈达丽和各地职业恐怖组织发动的袭击，应该也有来自初代的袭击。"

"初代能从远处随意引发尸者的暴走吗？"

我看看哈达丽。

"你应该也看到了。"

巴特勒朝我冷冷一笑，短短地说：

"在大里化学。"

我在大里化学看到的东西。《维克托笔记》，两名卓越的剑士。身为新型尸者，竟然能与山泽和伯纳比旗鼓相当。还有书写球，以及封在里面的大脑。

超越了人类计算能力的大脑，强化了从外部操控尸者的功能，以有线方式与初代连接，成为初代具有自律机能却无法移动的分身。我意识到，如果是初代在大里化学操控尸者，那他的能力绝不只是扣动暴走的扳机那么简单。如果两个尸者连山泽和伯纳比都不遑多让的能力是受到外部计算支援的话……

"外部脑——"

我吐出这个词。巴特勒难得地露出认真的表情，点点头。

"特化的尸者大脑，搜索并销毁它，是我们的任务。引发暴走的频率和旋律，必须配合每个尸者的所在地进行精密的调整，甚至会受到当时的气温、风向影响，并且必须根据尸件版本进行调整。只有能够进行大规模实时计算的人才能处理。所以必须身在现场，远距离操控或者委托他人都是不可能的。但初代却用外部脑的办法解决了。"

"那种东西——"

"纯粹的技术而已。"

巴特勒说着，把雪茄烟按进烟灰缸里，淡淡地问：

"那么，你们打算怎么处置我们？"

房间里的气氛一下子变得沉重起来。

"做个交易。"

我回答说。巴特勒朝哈达丽伸出手。哈达丽的目光在空中游移，像是在计算什么，然后点点头。她的暗杀计划粗看起来所需的偶然因素太多了，可以说太过依靠事态自身的发展。我之所以没有及时发现她的计划，差不多也是因为这个原因。只要任何一个环节发生差错，整个计划就会失败。我一直没想到为何会如此，不过现在却意识到，站在不同的视角来看，情况就会完全不同。我们只能隐约把握的因果之细线，对她来说也许正如粗绳之于蚂蚁一般。

"哈达丽。"

对我的无力呼唤，哈达丽宛如机械般浮现出经过计算的温柔笑容。尽管是虚伪的笑容，我的身体还是情不自禁地感受到些许安慰。

这一天的延辽馆事件，导致死者二十六名，轻重伤者五十六名，遭受破坏导致丧失机能的尸者五十二个。

残肢断腿还没清理完。我们站在延辽馆的路障石上，眺望运送死者的担架队伍。伯纳比静静地问：

"我说，如果这事发生在伦敦，你也会做同样的交易？"

我没有回答这个问题。我不知道自己的意志到底在计划什么，到底在考虑什么。

伯纳比似乎并不想责备我，他在胸口画了一个大大的十字。

VIII

接下来就是顺便捡个便宜。

我们借了公使馆的轻型马车，驶上环绕皇居的道路，在锻冶桥前转弯，前往砖瓦结构的建筑。在下马处，一个面无表情的男人在等我们。川路利良大警视。

"真是搞了个烂摊子。"

川路的声音毫无起伏，语气里却没有责怪的意思。可以想象他的如释重负。我也逐渐习惯了日本人含而不露的表达方式。

"秘密活动的一环嘛。"

不知道他是否明白我真正的意思，川路重重地点了点头。

"回了我的信，又亲自来迎接，"我故意含糊其辞，这是我在日本学会的交涉术，"可以认为这是承认了吧？"

川路的眼睛闪烁着包含苦笑的钝光。

"如你所想，改善日本尸者技术的确实是初代。不过他已经不在日本了。"

川路领我走向入口。

"戊辰战争前夕，初代得到了幕府的秘密保护。那是 1867 年巴黎世博会上的事。随同德川昭武公访欧的涉泽荣一，从以色列的秘密警察手中救下了他。对于日本来说，幸运的是，初代掌握着对于日本的富强而言必不可缺的技术。涉泽认为，即使会触怒以色列，日本也需要开发独立的尸者技术。"

根据星期五添加的注解，戊辰战争是指十年前旧政府与革命政府的战争。

"以色列……阿拉拉特吗？"

"你们大概看不出来吧，同样缺乏资源的人，意气相投的地方其实不少。"

阿拉拉特的秘密警察。实体大概就是平克顿吧，但欧洲还没有哪个情报机构意识到这一点。不过我对此保持沉默。

"初代加入了旧政府势力？"

"因为他是从法国来的，自然加入了旧政府势力。他本来也在寻找逃离巴黎的路径。极东的岛国，同时也是面临内战的岛屿，正合他的心意。"

"他的研究对象是尸者和濒死之人——"

川路无视我的问题，走进官署。他穿过中庭，打开门。在道路尽头出现的是监狱，就是伯纳比打听到幽灵传闻的地方。尸者实验和监狱的联系，让我产生不祥的预感。川路在监狱前面左转，来到一幢砖瓦结构的小房子面前，停下脚步。

"对于情报人员，这么说确实有点奇怪……但还是请你保密。"

我对表情僵硬的川路说："只要是能够保密的事。"

足够了，川路说。他推开没上锁的门，领我们上了二楼，恭恭敬敬地敲了敲门。

房间里传来含混不清的声音。我连单词都分辨不出来。川路静静地推开门。

朴素的房间里，靠窗放着一张床。书桌和旁边的书写球，金属球上伸出的导线半路切断了。室内的陈设只有这么多。一个奇异的人正半躺在床上等待我们。奇异的是他的相貌，额头的长度超出了常识。有两个手掌竖排那么长的额头，迎上我的视线。如果被面相学者得知消息，大约会想尽一切办法把他的骨骼标本搞到手吧。

我倒吸了一口气。他饶有兴趣地观察着我。

"久仰大名，华生博士。"他用带有浓重口音的英语说，"我是大村。大村益次郎——以前人们这么叫我。"

"以前这么叫——"

我略感不解地转头去看旁边的川路。

"大村阁下是日本帝国陆军的奠基人，是新政府第一任兵部大辅，推进了以尸兵为主体的近代兵制改革——直到十年前被暗杀为止。"

"被暗杀——"

我问了一句，随即又意识到这是很蠢的问题。自称大村的这位却毫不介意地点了点头，川路继续说：

"尸兵袭击。额头、左侧颞颥，以及右膝的伤尤为严重。右腿做了截肢，但大脑的损伤太大，人类医师束手无策。"

"大村先生是新政府一方的人？"

"生于长洲。"

川路的回答，我认为是肯定的意思。人类医师——他刚刚说。

"旧政府一方的初代治疗了他？"

对于我的问题，川路回答说：

"日本是小国，敌我其实并没有那么泾渭分明。巴黎世博会的时候担任涩泽翻译的是亚历山大·冯·西博尔德，在大村先生负伤时刚好在日本。治疗大村先生的是楠本稻。"

川路似乎省略了日本人习以为常的常识部分，以至于在我听来有些跟不上思路。

"西博尔德……听说他是把德国医学引进日本的人物？"

"亚历山大是那位菲利普的儿子，楠本稻是菲利普在日本的女儿。"

我的脑海中亮起一个名字。菲利普·弗兰兹·冯·西博尔德。和我类似，他是德意志联邦的间谍，带着密令潜入日本，在这里生活了五十多年。他身兼医师和间谍的身份，因而被我视为前辈，留在记忆中。不过我的医术远不如他。

"自那时起，我就死了，"大村爽朗地一笑，"头部的损伤太重，常规的治疗方法根本无从下手，于是就加入了尸者的行列。我也当过医生，所以很清楚自己身上发生的事情有多怪异。"

"让初代写入了尸件？"

这可能吗？——对他来说，这个问题应该毫无意义吧。

"写了一部分，至少一开始是这样。到现在，还有多少是原来的我，多少是尸件的思考，我已经不知道了。总之这是走投无路下的尝试。我的大脑承受不了尸件的负荷，正在逐渐崩溃。我能活到今天，反而是一件奇怪的事。不远的将来，我就会完全尸者化吧，或者会被判定为完全的尸者。不过在那之前我计划自行了断。我该做的都做完了。兵制改革，镇压萨摩叛乱。没什么遗憾了。我很满足，即使这是尸件让我感到的满足。"

大村淡淡地说。川路严肃地瞪着大村。

"阁下是新政府不可或缺的人物，并且你的能力也是必需的。俄罗斯帝国的动向紧急，大清帝国恐怕不能长期承受俄国的强大压力。大清一旦沦陷，下一个就是日本了。"

川路的语气有种奇异的强硬，似乎显示出新政府内部的倾轧。不过我对此并没有什么兴趣，轻轻点了点头以示回应。

"初代失踪是在什么时候？"

"大村阁下的治疗结束之后不久。大概在我们国家的研究已经都做完了吧。我们一直都在找他，可惜世界太辽阔了。我们向各国派遣观察武官，也是追踪初代的一环。他是动乱的中心。"

我的脑海中浮现出山泽的面庞。对于未在普列文要塞发现的初代，虽然隔着电线，他却在本国见到了。

"那个书写球是?"

"初代的分身，临别纪念。"

"日本政府接受初代的指令——"

"是大里化学。"

川路的话像是个借口。我挑起眉头。

"得到《维克托笔记》也是初代的指示吧。"

"那是大里化学的独断专行。当然，初代暗示了它的存在。'不能由通讯线路传输的情报'，机密文件，我们追求革命性的尸者技术也顺理成章。"

延命技术也是一样的吧。既然无论采取何种手段都要拯救大村的性命，那么前些年据称被暗杀的内务卿大久保，自然也可以通过初代的手段存活下来。虽说当事人是否愿意则另当别论。在以异形的技术延续生命的大村面前，我点点头。

"但是无法解读《笔记》。"

"对，密文的解读远远超出了我们的能力。这时候你们出现了。保留无法解读的文本并无意义，转交过程本来是很平稳的。"

"直接交给我们就好了。"

川路望向大村。大村接过话题。

"我们有我们的苦衷。直接把《维克托笔记》交给你们固然是上策，但那等于承认初代和日本政府确有交易。大里化学的研究机构在初代的指挥下完成了任务，但正如你们所见，他们也逐渐失控，开始转向生物武器的开发。国际社会不可能允许那种东西存在。仅仅是我们进行过研究的消息泄露出去，就会成为将来的祸根。"

"为什么？"

"因为我们并不知道《维克托笔记》中记载了什么内容。"

这个说法让我有种奇异的熟稔感。大村淡淡地继续："我们突然产生了疑问：《维克托笔记》中记载的内容真是尸者技术吗？初代在日本研究的不仅是传染病或地方病，还涉及了对于动植物和人类无害的菌株。如果《维克托笔记》中记载的是人类禁用的科技，该怎么办？比如说，不妨假设是民族净化细菌的培养法。如果你们解读成功了，发现里面写的是那样的内容，该怎么办？真相一旦被确定，就算我们说自己不知道解读方法，也只会被当成借口。"

这种思维模式，与我在千钧一发之际识破哈达丽是一样的道理。

"阁下何时产生的这个想法？"

"何时呢……"大村望向远方。

"是在阁下——"我慎重地吸了一口气，"直接接触过打孔卡之后？"

大村点点头表示肯定，显得有些迷惑不解。他的视线游移不定，我知道他心中困惑，挥了挥手示意他不用介意，大村的视线恢复了稳定。

"大里化学里也准备了伪造的《维克托笔记》，其中的内容我们能够解读。本打算做一番形式上的抵抗，把你们打发走。不过这样的手段只是浪费时间。但是，谁也没想到初代会引发尸者暴走，而我也会亲自给你们指路。"

"初代安装了引发警卫尸者暴走的尸件。"

我撒了个谎，心中多少怀着一点内疚。大村丝毫不显怀疑，点点头。

"大概用的是脑炎。逐渐引发全世界关注的尸者暴走事件都是初代干的吧。我们在不知情的情况下协助了他的研究。"

日本政府获知大里化学和浜离宫暴走事件的真相大约还要一些时间吧。

"大里化学的事件导致你们与初代的协作关系解除了。"

我看着地上的书写球。与初代保持着联系，同时具有一定自律功能的机器，这种存在是生命吗？初代说过，与日本政府的契约结束了。切断的线缆应该也曾是以扭曲的方式维持大村生命的热线。

"没错。日本渡过了内乱期，进入了真正的成长期。也该放弃诡诈之类的权宜之计了。我们不想再靠引进现成的技术来提升，而是选择从基础开始，走自主研发的道路。日本必须走一条自己的路。我的工作，结束了。"

川路朝我递了个眼色。不用他示意我也能发现，大村的症状已经十分严重，全凭意志维持行动而已。我不再反驳。大村振作精神，微微挺了挺背脊。

"好吧，我想问问你为什么会发现大里化学的背后是内务省。"

我写给川路的信中说，准备将日本政府内务省借大里化学的"壳"与初代保持密切关系的证据公开。

"并没有，"我微微一笑，"我乱猜的。赌大一点才好玩。"

两个人瞠目结舌。日本民族还很淳朴。其实可以选择怀疑军方，不过首先选择内务省的原因也很简单：伯纳比打听到的幽灵传闻。

大村咳嗽不已，同时发出嗤嗤的声音。我知道这是他在笑。

"原来如此。"

大村说，然后又重复了一遍"原来如此"。我判断不出这是尸件和生物大脑功能相互融合而产生的笑声，还是单纯的发笑。

"阁下没读过推理小说吗？里面经常有这种手段。"

"因为我这一生都很劳碌……"

大村的声音中包含着淳朴之情。在战乱时代生活过的人心中究竟有着怎样的波澜，我怕是远远不能理解的吧。

"我推荐埃德加·爱伦·坡。"

"谢谢。我也会告诉寺岛，他预定接任下届文部卿。"

就这样，我们的日本访问宣告结束。

格兰特允许我们搭乘自己的列治文号。当然，哈达丽和巴特勒也在列车上。尸者暴走事件的原因不明——这是公开的说法，也是我们与巴特勒做的交易。巴特勒射中柱子留下的弹痕，被伯纳比一边抱怨一边趁夜连柱子一起处理掉了。巴特勒把我们加入到阿拉特追踪初代的行动中，换取我们保持沉默。格兰特也会一如既往地认为，这次暴走事件同样是初代操控亡灵的结果吧。

伯纳比打开行李，拿出装有打孔卡的盒子，抱怨说："不但白跑一趟，而且事情变得更复杂了。"

向生者的覆写、生物武器、尸者暴走、向生者大脑的一部分安装尸件、亡灵。事态确实不断扩大，看不到收敛的迹象。伯纳比的感叹也是自然的。不过，那是我们的知识不断增加的结果。我们只是重新认识了既存的事实而已。

"并非如此。"

我回答说。

"我们拿到了《维克托笔记》，也确认了初代的存在。"

"这种随机符号的排列，就连我都写得出来，而且线路那一头到底是谁也不知道。"

伯纳比作势要将打孔卡扔进垃圾箱，被我拦了下来。打孔卡上是不是纯粹的随机文字，这个问题大约超越了伯纳比的脑容量，我也就不再提起。也许只是因为文章太过复杂，我们无法找到解读方法，才将之视为随机文字而已。

阿辽沙他们俄罗斯的技术人员解读了这些打孔卡，找到了向生者覆写的技术。触摸过这些卡片的大村，产生出民族净化细菌的怀疑。触摸了卡片的哈达丽，设立了暗杀格兰特的计划，并试图将我们塑造成凶手。而我识破了她的计划。插入过卡片的星期五身上又发生了什么呢？

亡灵。我用伯纳比听不到的声音喃喃自语。

——这些打孔卡，会不会是将人类的欲望和恐惧感增大之后重新返还给阅读者？会不会是具有特殊性质的神秘文字，能够呈现出符合阅读者期望的内容？进一步说，会不会是指挥人类执行卡片意志的指令？会不会卡片已经觉醒，它变成了"自律的故事"，变成了"具有自主意识的卡片"？

当然，这些纯粹是我的妄想。

即便如此，但我并不知道自己为何会产生这样的想法。不知想法的由来，这让我的心中充满不安。是不是卡片让我产生了这种想象？

集合了巴伐利亚的科学、医学、神秘学的《维克托笔记》。

事实是——如果我们能找到初代，可以直接问他。

第三部

"母鸡仅仅是一个鸡蛋制造另一个鸡蛋的方式。"

塞缪尔·巴特勒——《生命与习惯》

I

机械的键盘敲击声不绝于耳，像是机关枪扫射一样冲击鼓膜。

西海岸的阳光洒在以柔和的白色为基调的天花板上，仿佛在敲击声中如细雪般晃动。垂直伸展的巨大空间被螺旋状走廊包围，抬头去看的时候，距离感都会发生紊乱，甚至以为自己是掉进螺帽中的蚂蚁。沿着走廊排满了尸者操作员，个个都在埋头敲打莫尔斯通讯机。

我从铸铁栏杆探出身子，哈达丽在我身边。耸立在天井中心的是现代文明催生出的最复杂的人工制品：分析机。机器犹如冰激凌一般尖尖地伸向天空，表面没有管道和线缆，组合在一起的光滑多边形看不到接缝。在这个庞然大物的内部，巨量情报恐怕如同沸腾的火山。这是以蒸汽与电能的力量进行思考的机械巨脑。

"保罗·班扬分析机。"

青年双臂张开，插入我和哈达丽之间，亲昵地搂住我们的肩膀。威廉·斯沃德·巴罗斯。年仅二十便成立了这个米利莱恩公司的人物。出生于罗切斯特，对计算机抱有兴趣的少年，在因淘金潮而飞速发展的西海岸找到了新的商机，成为追寻美国梦大潮中的一人。还留着几分稚气的巴罗斯，面朝被敲击键盘的暴风塞住耳朵的我，双手拢在嘴边叫喊。

"这是西海岸——不，是合众国第一，也就是世界第一的设备。全球通讯网的全长已经超过了112万千米，海底线缆也接近6.4万千米，连线的城市超过2万个。扩张势头还在加速，可设备还是不够用。"

巴罗斯在键盘声中忽隐忽现。我茫然点头。数量就是力量，虽然知道这个道理，但亲眼目睹如此众多的尸者操作员，还是不禁对美利坚合众国这个国家的未尽未来感到震惊。英国虽然也在推进尸者产业设施，但要实现如此巨大规模的运用，还是有着无数难以解决的障碍。这里的尸者已经成了巨型机器的组成部分。安装的尸件恐怕也放弃了通用性，针对单一项目作业做了强化吧。因为从敲击的速度来看，只有大胆放弃其他功能才可以实现。我不甘心地提高嗓门喊出这个问题，巴罗斯也叫喊着回答我说：

"现在确实有点一次性的意思。手指的损伤始终都很严重。不过，考虑到经济效率，更换新的尸者要比修理更快。不管怎么说，尸者就算没了手指，还是能做很多事。"

我再一次意识到这个青年已经是下个世代的人了。

1879 年 9 月 23 日。我们在旧金山湾深处流连，于山景城留下足迹。离开横滨，越过日期变更线，穿过金门大桥，整个邮船之旅持续了两周。我们早早逃离在路上举行的欢迎格兰特的仪式，坐船横穿旧金山湾。在山景城，米利莱恩公司的基建急速推进，城市本身正在化作一个企业都市。

"你们在找人吗?"

巴罗斯啜饮着咖啡问。参观过大楼后，我们来到一间配备了隔音措施的房间里。我寻找着耳朵里残留的键盘敲击声化作的飞虫，发出的咳嗽不是因为巴罗斯的话太过意外，而是因为咖啡太难喝了。巴罗斯若无其事地完成了将咖啡杯放回碟子上的壮举，抬起头。

"是我们公司的员工?"

巴罗斯请我们品尝包裹了五彩糖衣的甜甜圈，逐一观察哈达丽、巴特勒、我、星期五和伯纳比的脸庞。他敏锐地发现了星期五搭载着最新式双重引擎。为了将他的注意力从这上面引开，我们浪费了不少时间，不过巴罗斯还是饶有兴味地观察着星期五的行动。巴特勒假咳了两声，巴罗斯看了看他胸口的独眼标记。

"我不是拒绝提供帮助，不过刚才也说过，对分析机的访问是禁止的。就算是联邦政府的要求，我们也有义务为通讯内容保密。查阅过去的通讯记录也是一样。而且……"他微微一笑，"没人能从如此巨量的记录中找出所需的信息。"

美国传说故事里的巨人，伐木工人保罗·班扬。这个名字确实给人一种和原木打交道的印象。然而保罗·班扬的规模远远超出我的预想。在这里，整个城市都奉献给分析机，正在成长为巨大的机械工厂。仅运算量就已经超乎想象，说到记录，到底需要多少设备，更是无从想象。我有点泄气地问：

"所有通讯都留了记录？"

"对。也是因为这个原因，才需要扩建。我们计划把整个城市都用作记忆仓库。这也可以说是新的生命体了。费用确实不少，但这毕竟是人类的活动，无论如何都应该记录。我们使用分析机之间的基础交互通讯，把各国分析机的记录都集中到这里。等到将来的某一天，人们可以轻松阅读巨量文本的时候，就能知道过去的我们在想什么、如何行动。保存在这儿的都是未来的珍贵资料。人类讲述故事的时候遗漏的细节，会在这里展现出本质。"

"本质……"

我心不在焉地应了一句。巴罗斯短短地说了一声"人类的本质"，又接下去说，"我们能够理解的故事，只是大脑活动中的一部分，是对自己有利的借口和谎话的集合。我们眼中所见的信息，是遮蔽了背后处理过程的东西。通讯记录的公布，等于公布人类思维的秘密。这对于今天的人类还太早，我们还没有做好准备去面对真正的现实。它不是故事，而是单调而无限的清单。大脑是在画布上作画的机器，我们只是随意眺望画作的观众而已，看不到画家的身影。"

诸位若是能够理解我的立场，那就再好不过了——对于以这句话作结的巴罗斯，巴特勒挥了挥手说：

"我们只是想找在东海岸工作过的操作员问点事情。当然，是生者操作员。"

巴罗斯的表情不知道算是缓和还是意外。"仅此而已？"对这个问题，巴特勒故意露出"其他还有什么吗？"的笑容。气势汹汹的先入之见落了个空，巴特勒降低了音调。

"刚才各位也看到了，我们公司的操作员正在逐步更换为尸者。不过，如果是想了解关于操作员的历史……"

巴罗斯在纸上飞快写了几个字，起身拿起挂在墙上的一排金属筒中的一个，把纸塞了进去。气送管中响起轻微的蒸汽声。

初代追踪作战。

以平克顿为执行部队的初代追踪作战，认可了我们的加入。我们获得了权限，得以访问阿拉拉特掌握的初代相关情报。我给沃尔辛厄姆发去报告，告知"继续追踪真相"，并汇报了之前的经过，而我的身份则悬而未决。表面上接受了格兰特的邀请，实际上是由一线实战人员进行现场判断。

"初代的情报啊……"

我很快明白了巴特勒在横滨的简陋港口嗤笑的原因。因为哈达丽提供的初代相关情报仅概要就已经堆积如山了。全世界不断扩散的尸者事件——新天鹅堡事件、南美的贡赛也罗事件等等。怀疑初代插手的事件数量早已不是单个人所能处理的了。

在前往旧金山的列治文号上，我将平克顿提供的情报逐一输入星期五，不断尝试解读《维克托笔记》。星期五茫然凝望另一个世界的头脑中，正写入许多尸者引发的事件。这工作让我产生出在无限虚空中铺设文字的徒劳感。星期五那仿佛略带困惑的表情，不知不觉感染了我。我意识到自己正在失去自己的表情，感情的幅度也在衰减。

我在星期五的大脑中编撰尸者事故大全。控制马车出错，闯入孩童队列的尸者；把主人推进壁炉，踩踏婴儿的尸者。大部分都登在报纸的一角，算是过目即忘的新闻。维护不良或错误使用，无法避免的事故，注定发生的事故。

阿拉拉特的资料是故事的罗列，没有按照重要度分类。大约是缺乏评判重要度的标准吧。就像是按照字母顺序排列的词典，遵从文字的秩序，切断了事物的流程。

被生者们的无边欲望扭曲的、撕裂的、缝合的、拼凑的、赋予了永恒死亡的、将永恒之生持续于永恒之死的尸者。列表延绵不绝。

"人类的幽默感真是无边无际啊。"

在我身后浏览列表的伯纳比发出由衷的感叹声，我抬起眼睛，露出责备的神情。"别这么生气嘛，"伯纳比耸耸肩，"这和大英帝国在世界各地干的事情一样。虽说也不光是我们的祖国这么干。"伯纳比用手指划过列表，"哎，在非洲是生者。一样的。"

根本完全不一样。

伯纳比伸手弹了弹列表。

"个人的欲望不管怎么黑暗，至少可以推测出动机。和国家的欲望相比起来，只不过是有点显眼的喧嚣而已，"伯纳比盯着我浮现非难之色的眼睛，"当然，我不是说英国军队都是疯子，就喜欢到处干些伤天害理的事。都是因为没办法。士兵不了解动机，不了解目的，什么都不了解。只是必须服从命令，不得不遵守命令。但是这更可怕。"

的确，在我面前摊开的人类欲望列表中记录的行为，都是会同样发生在生者之间的事。以获取情报的名义、以惩戒后效的名义，抑或是以单纯消遣的名义，反复犯下的邪恶行为。能发生的事情迟早都要发生，能想到的事情迟早都会实现。改造尸者并不违法，而且物质本身没有感受痛苦的能力，所以伦理道德可以被轻松颠覆。廉价的尸者们代替生者支撑起庞大的产业，也同样如此支撑起人类的欲望。

"不过，这样子追踪一项项事故，就能发现初代？"

伯纳比用力摇了摇头，关节咔嚓作响。

"没别的办法。"

可是啊，伯纳比摸摸脖子说：

"这是人类的欲望吧，和初代的存在没关系。"

确如伯纳比所说，无论初代存在与否，这些事件迟早都会发生，并且实际上发生了。从数量上考虑，确实初代参与的事件，在列表中恐怕还不到百分之一吧。

"另外我只是随便说说。"伯纳比抛出这一句，大概表示他并不想干扰我。

"要是你抓到了初代，打算怎么办？消除原因并不会让结果消失，结果又会变成新的原因。而且本来一切的开始都是弗兰肯斯坦，初代连原因都不是，"他顿了顿，"虽然也不能说他是受害者。"

"所以也不能放任不管吧。初代有可能在疯狂散布新技术。"

"是有可能，"伯纳比笑了，"可那只是技术嘛。"

"正因为是技术。"

我回答。

尸者的复活不是魔术。只要理解原理并有足够的实验设备，谁都可以实现。有人能想到的理论，其他人也能想到。牛顿力学和华莱士的进化论的确是伟大的业绩，不过就算他们早早亡故，其他人终究也会发现的吧。从原则上说，谁都能理解的理论，谁都可能想到，而初代仅仅是将时间提早了而已。

钢铁的世纪。自己铺设铁轨，自己在铁轨上飞驰。自由的时代，自由经济的时代。就算修建铁轨的材料耗尽，也会有汽车飞速发展。

我对拿到的材料数量叫苦不迭，深切感受到初代在数字面前也不过是一个符号而已。在充满了惊涛骇浪的太平之洋上，我沉溺在情报的海洋中，效仿前辈约翰·斯诺所做的霍乱感染地图，制作了事件地图。地图在软木板上铺开，用大头针依次标出尸者事故的发生地。用线串起全球通讯网，将彼此具有关联性的大头针用线连在一起。我沉在椅子里，凝神细看地图上显出的图案，忽然又想起一件事，于是用红线连接格兰特环球之旅的路线。我默默地望着哈达丽引发的暴走事件与衍生事件，再用蓝线标记亡灵的活动，给各国分析机的位置插上大头针。

展现在我面前的是色彩缤纷的几重网络。网眼大小不一，粗密的界限难以区分。小的结点连接大的结点，两者形状相仿。不知不觉中我生出错觉，仿佛在窥探自己大脑的线路。

路过的哈达丽和我并肩站立，凝望地图，似乎颇为感慨。

"巴兰。"

对我的问题，巴罗斯喊来的女性沉思了半晌，给出了一个名字。巴罗斯已经离开了房间，巴特勒背靠墙壁，右脚脚心抵在墙上，视线在空中彷徨。星期五继续记录，哈达丽和伯纳比不在。

管自己叫"大拇指"的中年女性一边嚼着碧绿的甜甜圈，一边用亲切的眼神看我。"当然，"她笑着说，"大拇指不是本名，只是绰号。"因为她的手指敲键盘很猛，人们说她手上全是拇指，所以起了这么个绰号。

"尸者先生们……"她亲切地说，"以前没这么多尸者，打字一直都是生者的工作。虽然说尸者先生们的准确率可能比较高，还能直接用大脑接收通讯，但是没有情趣呀。以前的时候，从打字机的敲击方式就能感觉到对面是谁，还能趁着监工不注意的时候聊天。对线缆另一头的人，了解得比自己家人还清楚。大海对面某个操作员好久没出现，某一天突然得知她生了孩子，整个交换所都会欢呼，各种语言的祝福缩写纷纷发过去。可惜现在都成了尸件的数据，要么是分析机之间的交互通讯，搞不懂意义。生者操作员的空间越来越小，不过说到人类语言的交互通讯，到今天还是人类的速度远胜尸者，差错也少。因为人类的语言讯息有可能在发送时就搞错了。"

最新技术的执行者很稀有，所以薪水很高。大拇指大概也是从小就离开了家，一直靠操作员的工作安身立命的吧。技术需要相应的执行者。执行者确定步骤，随后被更换为尸者。由此失去工作的生者又靠新技术来养家糊口。正因为如此，技术才需要不断革新。这是经济学家的解释。

照这样子下去，光是通讯线路上的朋友轶事三天三夜都说不完。我打断她问：

"巴兰是'巴兰之驴'的巴兰吗？"

"什么？"

她回问了我一声。圣经·旧约里的，我说，她还是回了一声"什么？"巴兰之驴就是所谓能说人言的驴。巴兰身负诅咒以色列的使命，而他的驴子开口向主人抗议。

"巴兰敲击键盘很特别。速度很快，不过并不是最快的。它特别的地方是节奏。每个人都有自己的节奏，对吧？而巴兰——该怎么说呢，像是有点沉不住气似的，一会儿慢一拍，一会儿慢一拍。有人开玩笑说它该不会是人类假扮的吧。不过说实话，确实跟其他的尸者先生不一样。工作时间很长，访问地址也很多。

大家都以为那样的尸者很多，其实不是。我能分辨出每个尸者先生的不同。说是统一规格的齿轮，其实不是。不管什么东西，都有自己的个性。"

"你和它说过话吗？"

"我喊过它好多次，但是从没回过我。"

"它——"

嗯，嗯，大拇指亲切地频频点头。

"十年前，和日本的通讯中，它是最特别的。"

在东海岸工作过的人，这就是我对巴罗斯提出的要求。日本和北美大陆的联络，至今依旧需要穿越大西洋。这条线绕过了三分之二个地球。

"巴兰连线的地点在哪儿？"

"有很多。"

大拇指逐一报出地名，我给大脑里的地图打上标记。数量超过二十个的时候，我投降了。

"最频繁的是哪里？"

大拇指带着一副专业人士的骄傲，当即断言说："普罗维登斯。"

眼神在空中游移，侧耳倾听的巴特勒，后背离开了墙壁。与此同时，房间的门被推开了。不知为何一身灰尘的伯纳比和丝毫没有汗水的哈达丽站在门口。远处传来悠长的警报声。"果然。"伯纳比说。

"感谢你的协助。"

我慌忙起身道谢，大拇指微微一笑。

"请代我向它问候，"她说，眼神里闪烁着好奇心，"巴兰它一定是个好人。我知道的，我看得出来。"

"怎么会变成这样？"

伯纳比从走廊上抛下去一根不知道从哪儿搞来的绳子。我朝他的后背叫喊的时候，子弹从我面前飞过。尸者警卫从走廊两侧缓缓出现。

"喂，别把我丢在麻烦里啊。"

哈达丽提起衣裾，压住礼服，轻轻越过栏杆，抓住绳子的一头。

"费了不少时间。"

"什么东西？"

"这几个月的通讯记录。你知道我在船上做了什么吗？尸者相关事件的通讯记录解析程序。也参考了你的地图。要找初代，只跟踪事故是没用的，还要跟踪通讯线路。我排查了延辽馆事件后通讯量增加的地点。各国分析机之间的基础信息交互也在飞速增加，值得注意。其中有几个地点的通讯量变化尤其显著：开罗、柏林、维也纳、莫斯科、水牛城和普罗维登斯。"

"普罗维登斯！"

哈达丽对我的断言点点头，递给我一个无比精确的秋波，从绳梯上滑了下去。

伯纳比背着毫无抵抗的星期五跟在后面。

II

只有半天时间伪装。

从平克顿借了体型相似的尸者做了化妆，勉强给它们穿上我们的衣服。这种伪装只能算是临时应付，不过也总比什么都不做要强，至少眼下是够了。格兰特看到我们的替身，当即做出极其正确的决定，称病拒绝一切会见。

我们迅速行动，从山景城回到旧金山市区，赶着马车向铁路站飞奔。钢筋搭建的月台上停着长长的列车，车头已经冒出蒸汽了。合众国的火车头上都有防火器，像是搭在烟囱上的滑稽帽子。火车头前方还有凸出的巨大清障器，十分醒目。月台和火车的各个部件都极其庞大，比例感混乱。

"不用这么急吧。"

一只手接过行李的伯纳比慢吞吞地说。

"要是初代转移了据点，又要从头来。"

我一边喘着粗气一边说，不过也承认自己太焦急了。通讯速度与人类的移动速度有着巨大的差异，如果晚了，那早就晚了。不管我们的行动怎么迅速，初代总有足够的时间转移。

哈达丽坐在包厢的座位上，脸上没有一滴汗。她朝我递来手帕，说：

"没关系。在这两年间，他也应该注意到我的存在了。除他之外还有人能控制尸者，而且那个人还要闯进他的地盘，这样的机会我想他是不会放过的。我猜他恨不得给我发邀请函吧。恐怕通讯记录也是他故意留下的，这是为了让尸者控制者发现的痕迹。他似乎有话要对我说。"

哈达丽用生者与尸者的血绕着地球画了一个圈。那个圈是为了实现巴特勒对格兰特的复仇，但同时也是写给初代的挑战书。哈达丽用自己作诱饵，试图钓出初代。既然追了会逃，那就让他来追自己好了。车窗里映出哈达丽的冰冷侧脸，在光线的影响下犹如骸骨。

横穿大陆的铁路在险峻的内华达山区延伸。

我的眼睛适应了无休无止的上坡，水平感发生了错乱。眼睛开始把大地当作平坦，带给我火车在倾斜的错觉。一成不变的景色有着催眠般的效果，犹如在荒野中迷路的人一样，原地转圈的错觉折磨着我。

明明有如此辽阔的国土，横穿大陆的铁路却只有短短的历史。在东部铺设铁路的联合太平洋公司，在西部拓展土地的中央太平洋公司，直到十年前，才终于在犹他州的普罗蒙特里丘陵相互连接起来。合众国的铁路事业没有置于联邦政府的管理之下，所以直到今天，私营企业也是追随利益铺设铁轨。迫使历来不愿联手的东西铁路联系起来，据说也是格兰特的功绩之一。

铁路改变了地球的形状，让它更接近球形。据说，之前的东西部交通主要依靠巴拿马地峡，令人难以置信。沿海岸线南下，乘火车穿过巴拿马地峡，再沿海岸线北上。当年在淘金热中沸腾的旧金山湾中，至今仍沉睡着当时人们留下的船只。铁路的出现使得终点站成为事实上的边境，西部还是尚未开垦的土地。

要在陆地上通行，只要修建道路不就可以了么？我这种简单的想法，在山脉无边无际的单调险峻中灰飞烟灭。

窗户外面接连飘来黑烟和油烟，让我们忙着擦脸。据说火车头前面凸出的清障器从铁轨上清除的是野牛，颇为古怪。原来，铁路沿线的居民中流行一种骗术，会把牛的尸体放到铁轨上诈取赔偿金。

遍布荒野的铁路自然也是尸者们铺设起来的。从中国大量进口的尸者劳动力使得这条线路的建设成为可能。西部多处的唐人街大约就是它们遗留下的痕迹。当然，那不是尸者的社区，而是由尸者的亲属设立的。

推说腹痛和疲劳，故意错开了吃饭时间的我，走向餐车。现在不是用餐时间，餐车里只有咖啡和点心。不过，这个国家不管什么东西都是同样的味道，而且看起来也不像是能吃的东西。英国人就别挑三拣四了，巴勒特半真半假地说。

我往难喝的咖啡里一个劲倒砂糖的时候，伯纳比大踏步走了过来。我问他去哪儿闲晃了，他精力十足地说："和女士谈话。放到三十年前大概也是千金小姐吧。"

像是故意要看我的反应似的，他把一个褐色的纸袋放到桌子上。

"搞了点像样的食物来。"

从袋子里冒出来的是厚厚的芝士、火腿和巨大的面包，还有像是自制的柠檬汽水。伯纳比从口袋里掏出折叠刀，哼着歌开始切，显示出他有着出人意料的良好家教。伯纳比像孩子一样瞪了我一眼说"我可不给你切"，我挥挥手说"不用"。在我看来，三明治可不是这样吃的。总之，我不想去思考伯纳比为了搞到这些猎物付出了什么代价。

伯纳比满嘴都是肉，打了个响指，用油腻的手指探进胸口，口齿不清地说：

"这是环球贸易发来的邮包，平克顿转送过来的。在刚才的车站拿到的。"

伯纳比用粗大的手指摇晃着一张纸，上面写着"你们是不存在于公开信息中的幽灵"一行字。再次强调谍报员是不存在的幽灵，多少有些滑稽，不过这样也导致我们无法从沃尔辛厄姆获得支援。我耸了耸肩，伯纳比点了根火柴，烧掉了纸。他把灰烬扔到地上，踩了几脚，拿起我面前的杯子，倒进泥土色的砂糖水。

"真头疼啊。"

伯纳比抱怨的似乎不是沃尔辛厄姆的决定，而是车厢的狭小。

"到普罗维登斯还要一百二十个小时。"

"真头疼啊，"伯纳比又抱怨了一句，"你对初代有什么仇恨吗？"又开始问我重复了无数遍的问题。我盯住伯纳比的眼睛。

"金属球中的大脑你也看到的。"

将人类知觉和运算速度组合进人类大脑，收纳到金属球中。令尸者暴走成为可能的新时代技术，出色的武器。这种东西甚至都不需要保持人类形态，让人无从寻找。在今天，尸者与生者早已在日常生活中紧密联系在一起，所以这种东西会比尸者炸弹更可怕。初代可以轻松摧毁近代文明的推动力，如果他真有心这么干的话。而且如果这种发明落入各国政府的手里，更无法想象将会引发怎样的混乱。我逐一罗列自己的理由，然而伯纳比怀疑地问：

"初代为什么不用呢？"

"他在用啊。"

"为什么不在城里用？"

"因为还在实验中吧。那东西的力量，你在大里化学也见识过了。不过估计维护起来会很麻烦。初代大概还在探索量产的办法。"

"话是不错，"伯纳比含混地说，手指在半空中比划，"如果初代的目的是让尸者暴走，进而毁灭世界的话，那他的研究是不是进展太慢了？好多研究都是多余的。你看，他还研究病原体和菌株，这又是为什么？话说回来，其实我很不明白他为什么不干脆公布这种技术。"

"这种技术一旦公开，谁能受得了？"

我一边在第二杯泥水中实验砂糖的饱和度，一边回答。

"那都是令我们头疼的事。如果初代企图毁灭世界，只要迅速公开技术就行了。就算完善技术需要天才的智慧，但参与的人越多，进度就会越快。各国政府竞相开发，他就可以坐收渔利，没必要把这项技术当成机密来保护。"

"也许是为了当作失败时的退路。"

"怎么会失败？我们都看过尸者大规模暴走的情况了。那个女人——"伯纳比回头看看客车车厢，"简直就像表演给我们看的一样。"

"——你是说，有别的原因？"

如果尸者开始与生者战斗，结果如何显而易见。生者数量不断减少，尸者战力不断增加。这场游戏越往后，胜利就越渺茫。如果初代想要建立尸者的帝国，这条路无疑是最便捷的。当然，尸者并不会自发增加自己的伙伴，但生者能执行的步骤，基本上都能用尸件来执行。换句话说——我想打个响指，却没打出来。

"也许初代是想等到尸者能够生产尸者的时候再公开暴走技术——"

伯纳比叹了口气。

"何必那么麻烦？喜欢增加尸者的人，我见得多了。只要想这么干，开发起来应该花不了多少时间。"

我想起孟买地下城中李顿的抱怨，觉得也不能如此断言。不过让尸者自己给自己做维护，确实是可能的。这是很简单的工作，比驾驶马车容易多了。完全由尸者构成的王国之所以没有出现，只是因为还没人尝试而已。即使维护很费时间，尸者也不会抱怨，就算整天都忙着给彼此做维护也不会介意。

"如果初代的目标是毁灭人类，他早就能得手了。"

伯纳比又说了一遍，像是给理解力很差的学生上课一样。

"也许他是想率领自己的军队堂堂正正地击溃人类。"

对于我牵强的反驳，伯纳比不屑一顾。

"不对。"

"那你说是为什么？"我问。

"我觉得他是在找什么东西。他对寻找过程中发现的技术及其影响并没有兴趣。为了找这个东西，他打了个赌，然后找到了。"

赌局——在大里化学的顶楼，疑似初代的人留下过这个词。沃尔辛厄姆与初代的赌局。我原以为那是要令世界趋向混沌的初代和试图阻止的沃尔辛厄姆之间的赌局——

我陷入沉思，伯纳比说：

"他不是说他赢了吗？但是世界并没有毁灭，虽然不好说这是好事还是坏事。如果金属球中的大脑表示胜利，那他的胜利宣言也未免太晚了。初代不会毁灭世界。也许——"伯纳比露出一种前所未有的严肃表情，"也许他是在守护世界。"

"凭什么这么说？"

对于我的问题，伯纳比开心地笑着回答："不知道。找出解释是你的工作。"

我开动大脑。

"哈达丽说过，分析机之间的基础信息交换量正在增加，是不是与此有关？"

"想用全球通讯网包裹地球的不是初代，是大英帝国。制造出分析机的也不是初代，是大英帝国。"

伯纳比毫无笑意。

所谓基础信息通讯，简单来说就是分析机彼此之间的交流。就像是人类相互沟通一样，各分析机所持的基础信息置换成可翻译的形式。这是彼此通讯时必需的信息，是通讯时的条件反射，也可以说是分析机之间的握手。得益于这种机制，人类可以不必考虑各分析机之间的巨大差异，直接书写通用程序进行计算。基础信息交换是分析机的自律机制，分析机正在为某种东西做准备——格兰拿破仑分析机不断产生梦境。我想起哈达丽在日本说过的话。

　　"那可能也是初代的操控。"

　　伯纳比用小刀插了一块面包伸到我面前：

　　"远程入侵分析机，引起错误动作，执行毁灭程序……"伯纳比笑了起来，"不管初代怎么天才，这些事情大概还做不到吧。想摆弄分析机的候选人名单可长着呢。"

　　"大英帝国，"我回头看看乘客车厢，"阿拉拉特。"

　　"你需要分辨出谁才是真正的敌人。"

　　伯纳比说的这句话，和当年李顿说的一样。我问：

　　"那你呢？对你来说，敌人是谁？"

　　"我只是喜欢打架。因为好玩，所以陪你玩玩而已。"

　　他嘴里叼着一根莴笋，笑嘻嘻地说。

　　"那，作为喜欢打架的人，你的意见呢？"

　　"我的意见是，先解决麻烦。"

　　他用眼神示意哈达丽他们所在车厢的反方向，站起身来。我点了点头，跟在他身后，忽然想起一个问题。

"你觉得生命是什么？"

我本以为伯纳比会一笑置之，没想到他回过头，带着奇异的表情淡淡告诉我说：

"致死疾病。"

　

我们走进排列着包房的客车车厢，伯纳比在一扇门前停下脚步。我们摆出左右夹击的态势，后背贴在墙上。伯纳比拿大拇指比划了一下，用眼神示意。我用枪口示意他先上，但不幸的是门把在我这边。

伯纳比伸出手，用手指关节噔噔敲了两声。我后背靠在墙上，手枪举在胸前，摆好了姿势，不过大门里并没有子弹射出来，室内一片安静。我数了两下呼吸，伯纳比抬起手臂，水平捶上房门。门锁弹开，我侧身闪进房间，双手握住手枪，枪口对准的却只有打开的车窗和飘向窗外的窗帘。我跑到窗边，突然感觉到背后有个人跳下来。我忍住向后看的冲动，双手握住窗框，借助体重向后踢去。我感觉到匕首划破靴子，伯纳比的重拳呼呼生风。

"辛苦你们跟踪了！"

伯纳比嘴上说着话，手上重拳连绵不停，丢了匕首的小个男子左躲右闪。狭小的房间里，伯纳比的战斗力急剧减低，就像在室内挥舞长枪一样，不能充分施展拳脚。胸口挨了伯纳比一腿的男子朝我倒来，我用身子抵住窗框。忽然间，我想起在阿富汗殒命的素未谋面的前任。

我用手枪瞄准对手的太阳穴。响起两声枪响。

我射向男子的枪声，以及窗外射向我头颅的枪声。贴在车厢外面的男子上半身探向房间。

"对了，有两个人。"

现在才说这话，我瞪了一眼伯纳比。发现有人从旧金山一直跟踪我们的当然是伯纳比，但这样的信息还是希望他早点和我分享。伯纳比的本能太强了，根本没有作战方案。

"是 M 的命令吗？"

伯纳比问，但是两个人都没有回答。

"要是查过就知道。可惜。"

我不明白伯纳比为什么用了"查过"这个词，微微一怔。伯纳比弯下身子，朝我腿边一个擒抱，无视目瞪口呆的对手，把我和我抱住的男子一起拎了起来。他轻轻侧头躲过窗外男子的瞄准。子弹射进地板的声音和我的手枪击中窗外男子脸颊的声音一同响起。在我怀里挣扎的男子踢向伯纳比的肩膀。

伯纳比毫不躲避，笑嘻嘻地受了这一脚，还朝前方大大跨出一步。借助伯纳比的势头和自己那一脚的反冲力，男子的头和窗外的男子重重撞在一起。窗外的男子死死抓住我的衣襟当作支撑，我的手臂也条件反射地抓住他的胸口。对方似乎并没打算消除证据。

"好了，放手吧，不然你也一样了。"

伯纳比挥起拳头。不晓得哪个人的血溅在我脸上。四只手在我身上乱抓。

伯纳比的下个举动大概远远超越了两个人的预想。他双手抄起我的脚。耳边风声大起，我这才发现自己的上半身已经到了窗外。五只手抓住的窗框，被伯纳比一脚踢碎，我的身体和木头碎片一起飘上半空，随后顺着车厢的外墙滑下去，又不知道撞到什么东西弹了回来。在黑暗中摸索的手触到了车厢连接部的控制杆。在荡向后方的两条腿之间，我看到那两个人死死抓着车厢的外墙。

伯纳比从窗户里探出上半身，双手各拿着一个花瓶。他转了转头，像是在估算风向，随后把手里的花瓶扔了出去。我侧过头，总算及时躲开了花瓶。在我把身子拼命拉向连接部的过程中，听到钝器撞击的声音，后面还跟着两声惨叫。

我大字型瘫在客车走廊里，伯纳比瞅了我一眼，笑嘻嘻地朝我打了声招呼。我喘着气，朝他投去谴责的目光。

"别那么瞪我嘛。"

我不理他，只管喘气。伯纳比说：

"对手可是专业人士，没时间慢慢搞，那样子大概都死不了。我也只是争取点时间而已。"

在那种情况下被人从火车里扔出去，还能心平气和吗？我都懒得这么吼他。伯纳比设定的安全系数异常之低，至今为止我已经有过无数次深刻的体会。他看了看我的身体，又按了按我的脚，嘟嘟囔囔说了句"没骨折"。

"你看，我等到火车转弯降速的时候才动手。"

"扯淡。"

"那就当是过河的时候吧。"

哪儿来的河，我嘟囔着忍痛支起身子。如果说跟踪者有疏忽的地方，那就是把我当成伯纳比的同伴了吧。虽说确实是同伴，不过我们之间的距离比生者和死者的距离还大。

"房间里没有东西能确定他们的身份。"

伯纳比用遗憾的语气说。可他应该没有遗憾的资格吧，毕竟是他把最重要的证据一起扔到窗外了。

"那，"伯纳比低头看我，"你右手抓的是什么？"

我这才意识到自己紧紧握着右手。我用左手把手指一根根掰开，手掌里出现的是一个毫不出奇的小小金色薄片，薄薄的月牙形小片散发出金属光泽。我举起来对着光看了看，表面上没有任何纹理。

"唔……"伯纳比沉思着说，"就是说，不是阿拉拉特的人，也不是初代的。"

伯纳比露出一脸苦相。

"不是专业人士啊，那我下手重了……"

我站起来，露出疑问的眼神。伯纳比对我说：

"是月光社的人。但愿他们没事吧。"

"月光社是什么？"

伯纳比严肃地盯着我，却只含糊地应了一声"那个……"随后又说，"就算你现在还不知道，很快也会知道的。"

伯纳比望向火车后方，挤了挤眼睛。

III

1879 年 9 月 27 日。我在黑暗中醒来。

在官方记录中，我现在所在的位置应该十分混乱。

依照一贯的保密工作要求，我在官方记录中应该还在旧金山游山玩水。不过我不知道沃尔辛厄姆会怎么处理我的记录，也许是继续以李顿调查团中一员的身份停留在日本，或是干脆改成没有离开过阿富汗吧。甚至我这个人根本都没出现在沃尔辛厄姆的记录中。

此刻我正位于罗得岛州普罗维登斯市区环绕联邦山的丛林中。没顾得上欣赏在建筑热潮中冉冉升起的世界最大都市——纽约的仪容，就拖着精疲力竭的身躯坐进马车，转眼便沉入深深的睡眠中。

巴特勒摇醒我的时候已经快要天亮了，四周聚集了好几辆马车。从马车中默默搬出行李的，是巴特勒招来的平克顿的人，都用黑色兜帽遮住了脸。这种帽子本是英国士兵用来抵御克里米亚寒风的，后来却偏离了原本的用途，广泛用于诸如此类的隐秘行动，因为它的便利性大受好评。

圆丘形的联邦山顶上探出的哥特复兴式尖塔奇异地弯曲，仿佛在窥视丛林上空。

即使处在黑衣裹身的人们中间，我们依旧是异类。始终身穿西服套装的巴特勒，晚礼服装扮的哈达丽，我，星期五，伯纳比。

二十多个人悄无声息地排成一排，随着巴特勒的指示，迅速消失在丛林里。伯纳比连身子都懒得弯，哼着"爷爷去世了手表也停了"之类的歌，一路踩着树枝往前走，弄出很大的声响。早知道如此，不如干脆走正经的道路，声音还能小点。

森林里没有发现类似警卫的人员，不过这里是市中心的山丘，没有警卫也很正常。山上有几间房子，不过即便是在黑暗中，那些房子看起来也比周围更黑。大约是我太疲劳了，窗户和门的搭配不禁让我联想起在痛苦中扭曲的人类面孔。

很快我们就抵达了丛林尽头的教堂。教堂坐落在圆形山丘顶上的高台上，周围围着铸铁栏杆，广袤的土地比周围高出近二米。巨大而漆黑的教堂，在月光下映出玫瑰花窗。教堂的花窗玻璃前浮现着一个踩着众死者的巨大男子雕像。据巴特勒说，这个教堂在很久以前便是自称为群星智慧派的异端结社根据地。提倡个人能够直接与上帝对话的新教伦理和精神，给美国带来了各种分支信仰。

"尽末了所毁灭的仇敌，就是死。"

巴特勒低声念诵的，是《哥林多前书》中的一段。

"这样的工作做得多了，这些事情自然就熟悉了。"

不等我开口问，他便解释起来。

"《圣经》上说，'首先的人亚当成了有灵的活人。末后的亚当成了叫人活的灵。血肉之体不能承受神的国，必朽坏的不能承受不朽坏的。'"

巴特勒说，这是群星智慧派最崇尚的一段经文。文中"末后的亚当"这个词让我的脸不禁微微抽动，重新观察那座雕像。"血肉之体不能承受神的国，必朽坏的不能承受不朽坏的。"按照通常的解释，末后的亚当指的大约是重新降临大地的耶稣基督吧。群星智慧派将谁视作末后的亚当，雕像的形象做出了解释。踩踏死者的巨人。与其说这是带来救赎的救世主，不如说更像是勇猛的士兵。伯纳比用力握住铁栏杆，在他身边，平克顿的人将裹着布的钩绳灵巧地逐一投出去。

"这么异端的教会，为什么没人管？"

我低声问。巴特勒冷冷一笑。

"这个国家有信教的自由，不管崇拜谁都合法。异端教会采购蒸汽机也罢、建设科学研究的设施也罢，都是自由的。"原则上如此，巴特勒补了一句，顿了顿又说，"这是巴拉拉特禁止动手的众多场所之一。"

我眨了眨眼睛。

"秘密结社的相互勾结？"

"这个嘛，阿拉拉特的委员会和群星智慧派之间有什么交流，我可不知道。单纯的共生吧。阿拉拉特相信生命树包含了生命的创造，但创造生命的方法不止一个。至少心灵主义者大概会这么说吧。信仰不同，关于生命的创造方式及其未来的思考方式也会不同。大概谁也不想派出具有神秘力量的战士拼个两败俱伤吧。"如果——巴特勒笑了笑，"真有可供施展的神秘力量的话。"

"就像是一边念诵咒语一边战斗的驱魔人和拉比？"

唔，差不多吧，巴特勒皱了皱眉。

"不管科学还是宗教，理解世界的方式都是不变的。语言不同的信仰者相互争执并没有什么好处。这也是十字军和圣战教给人类的。据说群星智慧派拥有更棘手的知识。他们在谱系上可以追溯到古代埃及的神秘仪式，常常和中东的魔法结社与光照派混为一谈。"

"光照派——"

"巴伐利亚的。"看我瞪大了眼睛，巴特勒苦笑着说。

"自称是光照派的结社，你知道全世界有多少？就连刚出现不久的布拉瓦茨基夫人创立的神智学，也声称自己的谱系与光照派有关。那些当然都很可疑，但是它们的数量太多了，远远多于尸者暴走的发生地点。只要有百年时间，人类就会给神秘事物恣意加上新的色彩，创造出更加神秘的东西。"

"也就是说，你现在正在违背阿拉拉特的命令。"

算是吧，巴特勒点点头，指了指教堂。

"看他们也像是胸有成竹的样子，估计打算和我们对着干。到现在还不跑，还留在这里，显然是想动手。真动起手，阿拉拉特也没什么能指责的。这些家伙已经不打算隐藏自己的行动了，至少在全球通讯网上。哈达丽发现的情况，阿拉拉特也能查到。不管阿拉拉特在隐瞒什么，都已经藏不住了。他们也想做个了断吧，谁叫我们在全世界到处惹事呢。不知道是想坐下来谈，还是直接动手。"

看着平克顿的人都翻过了栏杆，巴特勒瞪着教堂正面的三扇大门，点了支雪茄。

"哎，人类这种生物，就是喜欢给故事找结局。"

他不知道从哪儿摸出一个圆球，在上面摁灭了雪茄。导火索上火花溅射，缓缓燃烧。包围教堂的人影摇曳，栏杆内侧陆陆续续亮起灯光。巴特勒把圆球举过头顶，直直挥动胳膊，朝教堂的墙壁扔过去。同样的圆球接二连三地拖着赤红的尾巴飞去。含有松脂的球体燃烧自身照亮了周围。巴特勒用夹着雪茄的手在空中横着划了一道，低着身子的平克顿员工跑过草丛，教堂的墙壁上一齐闪起子弹的火花。

黑暗中散布着白色的星光与白色的火光。在中弹倒地呻吟不止的黑衣平克顿之间，飘舞着一个白色的纤细身影。哈达丽前进的身影中看不出丝毫介意子弹的模样，她轻盈地踏上台阶，伸长的双臂仿佛操控提线木偶般上下飞舞。弹雨被看不见的力量扭曲，纷纷避开她。

依据陆军军医学校的报告，生者在战场上的开枪率并不高。即使开枪，也只是瞄准没人的地方，装成战斗的模样。大部分战果都是不介意屠杀同类的一部分特殊人物获得的。这份报告让军方高层大为震惊。不过，如果是尸者，开枪率就会接近100%，也会瞄准要害。在这一点上，尸者也比生者优越。不管对手是尸者还是生者，尸者都不会犹豫。能够瞄准女孩子扣动扳机的生者并不多，这是本能的限制。

但是，哈达丽的前进并不是因为这样的犹豫。也许应该说正是因为枪口瞄准了她的缘故，她才能避开子弹。瞄准路径在开枪的时候就被扭曲了。

平克顿扔出去的松脂球上发出的火焰，映照出她雪白的侧脸。半开半闭的眼眸宛如梦游，仿佛在眺望另一边的世界，只有脸颊到嘴角的肌肉才像具有生命似的颤动着。她低吟轻唱，转头伸手，张开嘴巴，颤动声带。

枪声中听不到哈达丽的声音。并不是被盖住了，而是原本就没有歌声。那不是人类的耳朵能够听到的旋律。

——你是说我一边走一边吹犬笛吗？

延辽馆事件之后，哈达丽曾经这样问我。如今我知道了真相。她不需要那样的东西，她自己就能操控尸者的暴走——不，是具有操控尸者的通讯机能。尽管我在知识层面上了解哈达丽的能力，但实际见识到这股力量时依旧让我震惊。她也变成了能够毁灭世界的武器。

哈达丽无视周围倒地呻吟的平克顿伤员，缓缓前进，走到教堂大门前。她继续哼唱着，回头朝我们招手。巴特勒丢下叼在嘴里的雪茄，悠扬地向前走去。我也小跑跟在后面。伯纳比大踏步前行，星期五用一如既往的僵硬步伐走在最后。在躲避我们的子弹中，我指着周围叫道：

"既然有这种本事，只要哈达丽一个就够了吧。"

巴特勒遗憾地摇了摇头。

"哈达丽无法操控隐蔽的尸者，她必须知道对方的所在地点。而且谁也不知道这里是不是只有尸者防守。哈达丽的能力对生者无效。"

他一边说，一边朝上开了一枪。一个人从雨水槽掉到地上，哈达丽朝巴特勒露出神秘的微笑。

"某种程度上，"她对踏上石阶的巴特勒说，"都在我的控制中。"

巴特勒点点头，推开门，踏入教堂。一盏孤零零的油灯，映照出教堂尽头昏暗的布道台。油灯后面有个影子动了。

影子摇曳，室内的瓦斯灯一齐点亮，从四方投下空虚的影子。信教者用的长椅排在左右，尽头处的布道台后，站着一个高个子的男人。他长了一脸花白的长须，光秃秃的前额上刻满了皱纹，仿佛思虑深邃的样子。

男子的容貌，与玛丽·雪莱记录的创造物相去甚远。那种年月积累的威严感压迫着我。他的动作极为自然，有一种习惯了在无数听众面前演讲的从容。冷峻的表情后面仿佛隐藏着慈爱，皱纹中充满了活力，只有锐利的目光显示出贯穿一切的冷酷。

"欢迎光临。"

面对男子的欢迎，我们沉默不语，在火焰与黑暗的奇异摇曳中环视周围。男子仿佛聊天一般地说：

"你们花了很长时间啊，我都等得不耐烦了。剩下的时间不多了。虽说各种欢迎的准备都做好了，可是这样不就没时间再体会一次我逃你追的乐趣了吗？"

男子遗憾地摇了摇头。

"就像是被维克托追逐那样？"

对我的问题，男子挥了挥手。

"人类这个物种到底有多蠢啊。你知道我留下了多少线索吗？不要说理解人类，就是要调整人类，你能想象出花了我多少时间吗？然后最终能派上用场的，只有四个人。"

"五个人。"

男子盯着反驳的我。

"呵，看来意见不同啊。"

他转过头，像是观察标本一样观察我们。他的视线与哈达丽有过刹那间的交错。

"平克顿也不在乎被人看成是皮格马利翁的后裔嘛。"

男子自言自语般地说。他打开布道台上的巨大书本，飞快地移动手指，那动作让我们摆出防卫的态势。男子将视线转到巴特勒身上。

"我可以认为，门洛帕克的魔术师爱迪生也下定决心了吗？"

巴特勒无视他的问题，好整以暇地说：

"老人家，你的抵抗被哈达丽完全抑制了吧。"

男子继续在书页上移动手指。

"如果我是尸者，或者也许我已经是尸者了——"

他用流畅的动作举起左手。那动作让人联想起与哈达丽同样的无机质，但在根本上却有某种差异。身体各部分犹如演员的动作一般，自然而然地吸引观众的目光。像是受到他左手划出的弧线吸引一般，尸者们在走廊里出现。我想起在大里化学的战斗。伯纳比正要抬腿上前，哈达丽笔直伸出胳膊，拦在他的胸前。

"别动。"

伯纳比瞥了一眼哈达丽的嘴角，耸了耸肩。从三个方向包抄过来的尸者们，身体开始扭曲，动作痉挛，仿佛身体各部分收到了不同指令似的。男子再次低哼了一声。

"原来如此，不愧能在世界各地引发尸者暴走，果然能控制尸者，"他的语气转为赞赏，"然而你不认为这样并不能解决问题吗？"

"引发尸者暴走，你也应该一样。"

对于我的插话，男子解释般地说：

"对我而言，那只是自卫和赚取生活费的手段而已。不像那位小姐，把它当作消磨时间的工作。而且，我一个贫弱的老人，要想保护自己、继续开展研究，还能有什么别的办法赚取所需的资金吗？某种程度上说，这是我的自我保护——"

老人的视线尽头传来一阵嘎吱的沉重声音，一个无法同时响应两个相反命令的尸者，腰折了。老人微微眯眼：

"小姐，我已经掌握你的能力了。再这样较劲，只会对你越来越不利。"

"是啊。不过，总要试试的。"

即使是在发出声音说话的时候，哈达丽对尸者的控制也没有丝毫减弱。她嘴唇的动作和声音之间有明显的间隔，应该是她同时处理听觉领域和非听觉领域的缘故吧。

"你应该也明白，这只不过是数学的计算问题而已。你要打开局面，只能引入不确定因素。"

男子用授课的语气说，拿起布道台上的书。

"是啊。"

哈达丽的话很少，不过白皙的脸庞上没有显出任何表情。我扫视周围，试图寻找男子用来操控尸者的外部大脑，可惜能够藏匿外部大脑的地方太多了。也可能这个老人具有和哈达丽相同的能力吧。

哈达丽与男子对视，同时点头。尸者们摇晃着，像是挣脱了从相反方向拴住自己的锁链，开始跨出步伐。双方都想操控所有的尸者，结果造成了僵持状态，现在他们大约改成控制单个的尸者了吧。尸者们抬起头，发出无声的咆哮，弯曲膝盖，飞快地跳向长椅。

在尸者们的惊人速度面前，我呆立在原地，看它们踢翻长椅，跳跃交错。伯纳比和巴特勒隐身在长椅之间，摆好了射击姿势，但看上去十分困惑，分不清哪个尸者是谁控制的。哈达丽和男子频繁切换操控对象，尸者们的群舞逐渐发展成一片混沌。就像是在滴溜溜旋转的象棋盘上用频繁变色的棋子下棋一般。

男子打开书本，抱着它从布道台后面横跨一步，一脸淡然地观察事态的演变。厚厚的书本封面上卷着铁链，用钉有铆钉的铁板加固。在他飞速翻页的刹那，我看到书页上满是孔洞。

尸者们遵循着超越我认知的秩序，突然间停止动作，一齐蹲下。随后的刹那，又以整齐的动作全体举枪，分别指向布道台上的男子、哈达丽、巴特勒、我和伯纳比。教堂里一片寂静。男子无视僵直不动的我们，悠然走下台阶，几个尸者的枪口紧随着他。

"原版《维克托笔记》。"

我的声音让男子微微挑了挑眉毛。

"——是有人这么叫它，"他抬头看了看绘有融合多种风格的异形图案的教堂穹顶，"不过在这里，它被称为《多基安之书》，或者《维基格斯咒语秘典》，是非常非常古老的书。"

男子的手指在书页上划过，尸者们的枪口方向一齐变换。男子仿佛担心哈达丽似的说：

"你要保护的人太多，不觉得很不利吗？"

哈达丽优雅地回了一礼。男子静静地耸了耸肩。

"既然如此，那就抱歉了。"

在男子的手指重重按压书页的同时，枪声大作。巴特勒踹翻长椅飞跑起来，伯纳比举起长椅扔了出去。子弹在空中纵横交错，一颗子弹擦过我的鼻尖。男子朝旁边走了一步，子弹擦过书籍表面，火花四溅。

"别动！"

哈达丽叫喊。男子以悠然的步伐在枪林弹雨中前进。被哈达丽不断干扰的尸者们，射出的子弹逐渐逼近我们。巴特勒不再跑动，伯纳比把长椅挡在胸前，一颗子弹擦过他的肩头。伫立不动的我本来是最容易中弹的目标，不过看来我对哈达丽造成的负担最小。在枪林弹雨中出现的诡异场景里，我放声叫喊。

"赌局——到底是什么赌局？"

男子迈出的脚步微微一顿，朝我看来。一颗子弹击中他的脚边，弹进了墙里。

"你们连那种事情都不知道，就闯到这儿来了？都不知道自己是谁。沃尔辛厄姆还打算与真理为敌吗？"

子弹越来越近，构成掠过我们身体的牢笼。

"你可以毁灭世界，为什么没这样做？"

"因为没兴趣。我只是一个学者而已，没时间搞那种麻烦事。"

"染指生物武器的开发，在世界各地散播疯狂的发明，这也叫没兴趣？"

男子侧着头，仿佛在头脑中搜索什么似的。一颗子弹穿过旁边。

"是日本的 B23 吧，那只是副产品而已。确实是个多余的派生物，不过对于推进研究也是必须的。我感谢你们帮我处理了日本的事情，虽说也是给你们捡了个便宜。"

"你知道什么？为什么被追赶？"

男子的手在半空中挥了挥。

"追我的是你们，你们总不至于连这种事情都不知道吧，"他怜悯地看着我，"我不了解你们的想法，你们感觉到什么了吗？为什么阿拉拉特和沃尔辛厄姆要追我？能不能放过我啊？哎，无所谓了。赌局结束了——剩下的只有清算了。"

"说出真相！"

"对谁说？"

男子弹了弹手指，攻击停止了。尸者们的动作恢复到全体抗衡的状态。我的头盖骨里依然还有枪声回荡。哈达丽轻轻垂下肩膀，拨了拨凌乱的头发。男子继续说：

"如果对你说，你能理解吗？说到底，又是谁在问？不知道。我的研究还没有进展到那个程度。提问的到底是谁？"

"——你在说什么？"

维克托的笔记。我回想起曾经梦见这本书能够操控具有自主意识的人。我叫道：

"笔记，我在问你笔记的名字。"

男子眼中刹那间闪过一道精光。哈达丽的手臂像是支撑着什么重物一般微微颤抖。

"哎——算了吧。"

男子点点头，瞥向星期五。哈达丽吸了一口气，弯下身子，尸者们像是突然失去了支撑的手臂一般，纷纷歪倒。星期五缓缓捡起掉在地上的手枪。肌肉像是拮抗般地紧绷着，但伴随着痉挛而捡起的手枪枪口还是对准了我。男子额头的皱纹更深，嘴里吐出话语。

"语言软件的实验体？对她来说，负担太重了吧。"

星期五的手指开始用力，我迅速后退，星期五摇晃着追我。哈达丽用力跺了跺脚，手臂拦到我的眼前，挡住了子弹。发出响亮的金属声。跳弹射向我的腿，哈达丽顺势推倒我，蜷起身体。星期五像是断线木偶一样双膝跪倒，手枪掉在地上，我伸手抓过来。

尸者们再度举枪，开始毫不留情地射击。教堂里充满了子弹。男人的脚在我眼前走过。我倒在地上，抱头大叫，举枪瞄准他的背心。

"初代！"

威吓射击偏得太远了。

无视我的呼叫和子弹，男子继续前进。他走到教堂入口的时候，白色的强光灼烧了我的视网膜。我紧紧闭上双眼，枪声一齐中断。我的眼睑内部，残影慢慢化开。我睁开眼睛，只看见男子被三道强光笼罩、举起手臂遮挡光线的身影。

强光从玫瑰窗外射入，隐藏在几何图案中的图画也变得鲜明。彩色玻璃组合而成的异形图案。错综交汇、延续战争的可怕怪物们，投影在地上。

"所有人都不许动！"

教堂外传来被扩音器增强的声音，还有几声来复枪的枪响。举着一只手，示意自己没有武装的男子，拖着脚出现。他的另一条手臂吊在三角带里，半边的头和脸都裹着绷带。

"投降吧！"

男子叫道。

"达尔文。查尔斯·达尔文。Noble_Savage_007。"

IV

"瞧，我们还活着吧。"

伯纳比得意洋洋。我责备地看了他一眼，站起身，眼角的余光瞥见星期五依然倒在地上，手指在地上跳跃。固执地重复同一动作的手指，似乎完全是独立的生物。我掸着衣服上的灰尘，观察手指的动作。

"不——许——动——"

哈达丽似乎也同样注意到星期五的行动，举起双手，巴特勒也扔下枪同样举起手。我略微犹豫了一下，也举起手。如果不是哈达丽，那么当下能让星期五行动的，除了星期五本人，只有初代了。伯纳比来回看看我们的表情，也不情不愿地把手放到胸前，姑且算是举手吧。

教堂里，失去指挥的尸者们无所适从，身躯摇摆不定。如果哈达丽和初代有那个意思，片刻之间就能把这伙自称月光社的人收拾干净，不过两个人似乎都没有这个打算。虽然并不清楚对方到底有多少人躲在树林里，另外从他们带来了利用电能的投光器来看，大约也对最新武器有所戒备，不过从刚才的战斗情况来看，应该还是稳操胜券的。

直射初代的强光让我眯起眼睛。

"查尔斯·达尔文——达尔文家族。"

我的低声自语并没有传到月光社的人那里。初代仿佛被光束捆住似的，背对我们，举起双手，一动不动。月光社的人一边颤抖，一边尽力保持威严走上前来。相对于堂堂挺立的初代，他们就像是胆战心惊乞求觐见的臣子一般，虽然这么说他们也是挺可怜的。我凝望着这副景象，背后传来伯纳比的声音。

"查尔斯·达尔文。1809年出生。参加小猎犬号的第二次环游世界航海旅行。业余博物学者。没有公开发表的成果。没有登记贝蒂荣识别数据。自小猎犬号回国后失踪。"

伯纳比的语气很单调，大约是因为他在读星期五的手指写下的文字吧。如此说来，这应该不是初代的控制，而是将我方才的话当成了检索指令。

这个家族我当然也知道。他们甚至都没有爵位，但有着名门望族的声望，每一代都有传奇人物，在英国的科学界拥有巨大的影响力。祖父伊拉斯谟斯·达尔文提出的思想是华莱士进化论的前身，也是将进化的概念引入生物学的人物。不过他的主张并不是华莱士那样的随机变异，而是基于预成说的逐步改良，因而也可以说是未能超越时代的人物。父亲罗伯特·达尔文是医生，也是皇家学会的成员。至于查尔斯这个儿子，我是第一次听说，不过我本来也不是研究家系的人。

达尔文——我反复吟味这个姓氏，伯纳比在我后脑像是聊天般地说：

"月光社的公开身份是科学家交流团体。蒸汽机的瓦特、博尔顿，瓦斯灯的默多克，印刷行业的巴斯克维尔，陶瓷行业的韦奇伍德，都是它的成员。韦奇伍德成为世界首屈一指的陶瓷业领袖，很大程度上也是得益于这个协会支持的标准化和量产化。"

月光社的人终于挪到被喊作达尔文的人身边，一边说着什么，一边从口袋里取出手铐。初代缓缓放下手。如果要反抗，现在正是时候，但初代的高大身躯并没有显出丝毫要反抗的模样。

"成立时间呢？"

我问。伯纳比顿了顿，随后念出 1765。初代被戴上手铐，月光社的人像是松了一口气，强光中的剪影显出肩上的肌肉放松下来。马车！他们朝树林里叫。一直举着手很累，我开始慢慢放下手，月光社的人朝我瞥了一眼，似乎不以为意。我揉着肩膀问：

"什么叫'科学家的交流团体'？"

"很久以前月光社就不再活动了，"我感觉到背后的伯纳比抱起星期五，"星期五说是在 1813 年。六十多年前的事了，你不知道也正常。"

"那你就知道了？"

往星期五头脑中输入百科全书和名录的是 Q 部门和我，完全无法想象伯纳比的兴趣也会这么庞杂。

"销声匿迹的月光社被吸收为沃尔辛厄姆的研究开发部，就是 Q 部门。好像有过很大的摩擦，不过都是很早以前的事了。话说，调查自己所属的组织，这是最基本的要求吧？你在这些地方太马虎了。"

我心不在焉地听着伯纳比姗姗来迟的教诲，一连串数字在我头脑中翻腾。

"星期五，接下来我说的事件，把年份告诉我。"

我罗列单词，身体不动，仅仅扭头去看星期五用手指在半空中画出的数字。我将那些数字塞进大脑，按顺序整理成列表，集中精神分析数字罗列中浮现出的意义。

"还没完哪，"伯纳比接着说，打断了我的思路，"月光社也支持过和美国独立具有密切关系的本杰明·富兰克林。他也是路易十六为了验证动物磁性而召集的科学院委员之一。另外，富兰克林参加的国徽制定委员会所确定的国徽上，独眼设计的名字是——"

我摇摇头。

"'上帝之眼'。这也是巴伐利亚光照派钟情的设计。"

我立刻看了看缀在巴特勒衣襟上的独眼标识。

"如果不深究动机，你这道理倒是能说得通。当作阴谋论来讲——话说你既然知道这么多，为什么早点不讲？"

"你不是也说过嘛，动机什么的要等搞清楚事实之后才能深究，动机越出人意料越是如此。所以我们才会在普罗维登斯。本来只要确认就能解决的事情，光靠耍嘴皮子是没办法开始的。越说只会越麻烦，再解释也是多余。"

挣脱了缰绳的数字在我脑袋里肆掠，让我不知道该说什么。平克顿的标识，上帝之眼，巴伐利亚光照派，月光社，美国独立，阿拉拉特。关系之网忽而联接成像，忽而松手散开。似乎有理的话语和模棱两可的证据。

伯纳比用下颚示意拖着腿的月光社的人。他的对面浮现出依然被强光照射的初代。他坐在马车里，双臂被固定住。

"你也挺结实嘛。"

伯纳比似乎是真心夸他，月光社的人只是恨恨地瞪了他一眼。

"约翰·华生、弗雷德里克·伯纳比。我们之间多少有些——嗯，多少有些误会，总之你们的任务结束了。我们接到M

要引渡你们回去的通知。没有亲手抓住初代，我想你们大概有些遗憾，不过这个结果应该会让 M 很高兴。”

原来我们还是肩负任务的啊，我有种奇异的叹服感。“阿富汗现在是什么状况，不用多说了吧。”在环球贸易的办公室里，接受 M 布置的调查卡拉马佐夫王国的任务，仿佛就是昨天的事。最终，在差不多绕了地球一圈的现在，我算是终于赶上了未曾明言的任务。

“你们怎么来这儿的？”

我问。

“你是想说明明甩掉我们了，是吧？是那东西起的作用——”月光社的人摸了摸手腕，“你们的行动对我们完全是公开的。你们以为这个行动记录用的尸者是干什么的？”男子指了指星期五，“它就不能不动声色地留下记录？大英帝国就不能悄无声息地收取信息？情报员不光只有你们几位。你们就没想过，尸件更新的时候，难道不会顺便把位置信息发送给分析机？这点功能，你随身携带的简易写入机都能做到。”

这就是说，尸件中具有搜集所有尸者位置的功能，或者说这种功能正在逐步更新到尸件中。尸者正向社会的每个角落渗透。如果用它们来做间谍工作，间谍的时代就结束了，大棋局也会转向全新的局面——分析机之间的基础通讯量正在增加，哈达丽说过。

面无表情的星期五站在原地，身体微微摇晃，当然没有做出任何辩解。

“我们将拘留你们。”

男子走到我和伯纳比中间：

“瑞德·巴特勒、哈达丽。请你们也一并同行。你们与这件事有密切的联系。我们的高层现在正在与平克顿及阿拉拉特交涉。你们可以将此视为出于‘安全’考虑而采取的措施。我们不想动粗。”

教堂里的尸者站在原地，没有动作，这算是哈达丽给出的回答吧。巴特勒若无其事地瞥向星期五的手指：

“如果你们负责给我的部下发补贴，我就勉为其难和你们走一趟。”

我确定星期五的手指又在微微摇动，不许动——男子打了个响指，月光社的人们拥过来，抓住我们。月光社的男子在伯纳比面前微微叉腿，朝他的肚子打了一拳，但对伯纳比毫无影响。月光社的男子挥挥拳头，对着面无表情的伯纳比说：

“你们的旅程结束了。”

在日出前杳无人迹的普罗维登斯，我们毫无抵抗地被运走了。经过宣誓，我们获准解下手铐，但在四座马车里，我和巴特勒相对而坐，旁边还有两名警卫。星期五在我身边蜷缩着身体。我看着它的手指，却没看出什么特别的动作。伯纳比板着脸一言不发，在车窗上观察自己映出的脸。

来到百老汇的马车队在富兰克林街车站转弯的时候，我叹了一口气，重新在头脑中整理刚才在星期五那边得到的年份信息。

1765 年：月光社成立。

1785 年：因戈尔施塔特的光照派被宣布为异端。

1809 年：查尔斯·达尔文诞生。

1813 年：月光社停止活动。

1818 年：玛丽·雪莱所著的《弗兰肯斯坦，或现代的普罗米修斯》出版。

1831 年至 1836 年：小猎犬号第二次出航。

1839 年：第一次阿富汗战争时，一群人率领尸者到瓦罕走廊与科克恰河殖民。

1856 年：克里米亚战争结束。特兰西瓦尼亚的尸者帝国被范海辛与苏华德消灭。

1867 年：日本政府秘密将初代从巴黎引入国内。

月光社的人所说的 Noble_Savage，应该表示初代曾经是大英帝国的资产，并且实际运用过。星期五的名字正是 Noble_Savage_007，初代是它很久以前的前身。作为科学家团体而设立的月光社，和以神秘主义为原则的因戈尔施塔特光照派，两者之间发生了什么？弗兰肯斯坦博士在因戈尔施塔特制造了尸者，维克托几乎完成尸者之妻的研究室位于英国北方的奥克尼群岛。月光社在初代登场以前成立，又在他于北极失踪后转入地下。

初代持有《多基安之书》。那和《维克托笔记》一样，都是将无法化作人类语言的内容用孔洞加以记录的书籍。他暗示过那本书是太古以来的存在。

初代搭乘过小猎犬号。在环游世界一周的旅程之后，他便销声匿迹了。第一次阿富汗战争时，他在瓦罕走廊深处试图创建尸者的王国，在克里米亚也想再度尝试，并与范海辛和苏华德大战一场。克里米亚的亡灵，也许他是恐怖团伙亡灵的指挥者。

——我只是一个学者而已。

这是初代的话。他周游世界，搜集珍贵的矿物、植物、病原体，锻炼操控尸者的技术，甚至制造出执行这一功能的外部脑。

初代在我们前面的那辆马车上。马车经过上南方，道路吸收黑色的光，沿着夜晚的河道蜿蜒。帆船的白帆排在埠头。

"能给点时间参观纽约吗？"

警卫们对伯纳比的贫嘴置之不理。伯纳比的胳膊支在窗框上，耸了耸肩。我们在窗玻璃看到他们飞速交换了一个眼神。

"好吧，反正还有机会。"

伯纳比看了看窗外，沉默了一会儿。

"不过，就算你们有权便宜行事，行动也太快了点儿吧？当然，我也理解你们的心情。你们想以月光社的身份抓捕初代，而不是沃尔辛厄姆的一个部门。你们都是英国的情报人员，就算在旧金山发现了我们的行动，在这儿的准备也太周到了。"

警卫们依然保持沉默。

"要把我们送回英国，那些船能靠得住吗？"

伯纳比的语气就像是在故意泄露自己的逃跑计划，引诱对方回应似的。其中一个警卫念书般地回答说："不用担心。"

"好吧，有吃的我就不跑。"

伯纳比话音刚落，马车就转向一个码头。一艘小船在码头上悠然摇曳，水声和马匹的粗气盖住了我们的沉默。

"不会是罚我们游回去吧？"

伯纳比的笑话没有引发任何回应。

夜晚的河面上泛起一个气泡。随即，就像是追着那个气泡似的，又有无数气泡在漆黑的河面破裂。我屏住气，只见一片河面变成光滑的椭圆形，其余部分都泛起波涛。喷涌而起的气泡在椭圆形的周围缀成一圈白边，随即溶解在圆周外面的黑暗中。我知道自己在看的是椭圆形的筒。

圆筒急速钻出水面，水中突然射出强烈的光，然后又是第二道光源摇晃着浮出水面，河水犹如瀑布一般滑落，巨大的鱼身破水而出，呈现出鱼鳞般凹凸的船体和水平伸展的长长甲板。

"鹦鹉螺级一号舰，H.M.S. 鹦鹉螺号。"

月光社的男子说话声被水声掩盖，隐约传到我的耳中。脑海中浮现出孟买城李顿的背影。"我们向地中海派遣的三支鹦鹉螺级舰船，即使是大俄罗斯沙皇也不能无视，哪怕看不到舰船的身影。"在孟买城的走廊里飞奔一般前进的时候，李顿确实这么说过。

V

——那么，接下来的一段时间，请容许我的陪伴。

在鹦鹉螺号将我们收入肚中的一个房间内，一支笔开始书写。

用柚木与天鹅绒堆砌出来的房间里满是精致的家具，令人想象不到这是潜水艇的内部。巴特勒尝试开门无果之后，拿起桌上的盘子看了看，哼了一声，仿佛不屑一顾。从他的反应看来，家具和装饰似乎都是真品。伯纳比将四周的墙壁和天花板都敲了一遍，什么也没找出来，最后倒在奢华的座椅上。星期五的手便在他的面前写出流利的行书。

——我很想说声"欢迎光临"，然而遗憾的是，我现在没有这个权限。

虽说这段旅程应该不会很漫长，不过难得有机会款待各位，我也想给各位打发一些无聊的时间。我谨慎地猜测各位必定会有兴趣。当然，即便合上记事本，我也不会有任何不满。或者说，在这行字结束之时，我更推荐各位合上本子。

各位应该还在看吧。

准备好了吗？茶水和点心都有吗？换一个舒服的姿势会更惬意的。

——那么，开始吧。

终于能请各位做我的听众了——之所以选择这样的开场白，其实是因为无法从真正的开端开始讲述。这其中固然也有时间和纸张的限制，但关键在于原理上的障碍。因为在当今世界，有些事情身为当事人确实无法讲述。在关乎自身生死的时候，没人能够做出确切的证言。即使对我这个永恒地延缓了死亡的人而言，这一点也毫无差别。

我不记得自己生于何时。其实我原先的大部分记忆都已经朽坏崩解了。一说到百年前的事，我自己都分不清那到底是自己的记忆，还是自己的愿望，抑或是从某人那里听来的故事。

但是，按照顺序，还是应该首先从那时候开始说起吧。十八世纪末，我在因戈尔施塔特的研究室里醒来。问我那时候的感觉如何，这个问题没有意义。那时候的我既不会语言，也不知道自己是谁。我必须从头开始重新学习语言。而且即使是在今天，要问我是谁，说真的，我还是不知道。

我是以青年形态诞生的。虽然对于玛丽·雪莱将我描述成丑陋的创造物一事深感遗憾，不过拜其所赐，我也得以避开世人的目光，所以并不觉得有什么彼此亏欠的地方。慢慢地我也开始觉得这或许正是她的慈悲心。我也承认，相比于罗伯特·沃尔登那种单纯罗列事实的乏味记录，她那基于记录而创作的作品才是更为有趣的读物。

当然，我并不是因为维克托·弗兰肯斯坦一个人的天才便诞生于世界的，而是光照派与英国月光社共同计划的产物。必须补充说明的是，维克托的确发挥了重要的作用。他是具备了矛盾性质的罕见人物——既是科学的门徒，又受到阿格里帕·冯·内特斯海姆、艾尔伯图斯·麦格努斯、雷蒙德斯·卢勒等人倡导的神秘学智慧吸引。他最大的功绩是让本来水火不容的光照派与月光社携手共事。

"我们创造的你，既非圣物又非凡人，既非永存又非速朽。因此，你尽可按自己的意志，以自己的名义，创造自己，建设自己。"

这是维克托最后留给我的话。这句临别赠言引用了皮科·德拉·米兰多拉的话，所以你们应该知道他精神的基础是从何处形成的吧。是不是应该说明一下，米兰多拉伯爵是第一位非犹太系卡巴拉教的圣徒？是的，我与维克托摒弃了彼此的怨恨，平静地分手。我们在那片冰天雪地中，终于相信彼此可以相互理解。

根据玛丽·雪莱的记载，我是由动物的血肉和人类的尸体组合而成的。这恐怕不是事实，不过我也和当今的尸者、复活的尸体不同。我的本源不是尸体，我只是觉醒而已，被人从千年的沉睡中唤醒。也许我是在坟墓中等待复活的玫瑰十字军领袖克里斯提安·罗森克鲁兹那样的人吧。

我曾有过去，亦有现今。按照费奥多罗夫之流的说法，我便是帕米尔高原发掘的亚当。信与不信都是你们的自由，而我对此不愿苟同。你们能理解吧？全部死者的复活计划，只不过是不可能实现的梦罢了。

我之所以不记得百年前觉醒之前的记忆，是因为不恰当的复活，还是因为沉睡太久导致记忆朽坏——即使经过了近百年的研究，我还是不知道。

关于其他的情况，你们熟知的玛丽·雪莱的故事基本上都是正确的。只有重要的两点例外。

第一点是我逃出维克托研究室的情况。当然，我并不是趁着研究员们对我的复活大为惊讶的时候逃走的。复活后的几周时间里，我都在研究员们的监视下度过。我们基本上保持着良好的关系，我在逐步学习基础的语言。直到那天夜晚，我听到维克托提议说，应该放弃我的研究——也包括我在内。

第二点，是关于奥克尼群岛上受诅咒的研究室。我请他为我制造伴侣是事实。那时候的我，还相信可以在医学上创造出和我相似的生命体。坦白地说，在那之后，我的尝试通常也都是围绕她而进行的。我不是要制造出另一个她。她那个个体已经消失了，再也找不回来了。即便创造出与她相似的东西，那也绝不是她。我认为，哪怕在物质的组成上与她完全一致，那也不是她。这是灵魂的问题，不是物质的问题，我想。

关于使用我的肋骨创造出的她所引发的事件，我不打算多说。总之研究所毁了，她也死了。给了失控的她致命一击的正是我。

在这个时期，光照派与月光社解除了合作关系，而我想要获得伴侣的小小愿望也落空了。我诅咒世界，怨恨将我唤回这个世界的维克托，杀死了他的未婚妻，随后被维克托追杀。这些事态的发展和你们所知的几乎一样。

我本来应该死在北极，我不想重生。实际上，我已经躺在熊熊燃烧的火堆上准备自焚了。沃尔辛厄姆的间谍救了我。虽然我十分痛苦，但身体都已炭化，无法动弹。他们花了很长时间治疗我。我本计划等到体力恢复再去自杀，但随着肌肉的逐渐再生，我的身体让决心徐徐风化，不断涌来的时间之波也侵蚀了意志。决心一旦消失，再度获取就需要巨大的力量。我至今也没有获得那种力量。

身体恢复的我被置于达尔文家族的管理之下，经过一系列手续，我有了查尔斯这个名字。这是月光社的决定，不过后来我听说，伊拉斯谟斯留下的遗言起了决定作用。那大约是他对自己摆弄的生命所做的偿付，不过我觉得他向我倾注的是面对人类的感情。

在疗养期间，我得知尸者技术正在发展，这也是我放弃自杀的原因之一。话虽如此，我并不觉得它们是我的同类，那些没有自主意志的尸者，只会完全遵照生者的指令行动。我的心中充满了厌恶与好奇。我虽然很快就明白尸者和自己绝非同类，但我还是受到它们的吸引。就算不是同类，我和它们的距离也比生者更近。我想理解自己，这是十分自然的感情。虽说这是你们无法理解的感情。

我和尸者显然是不同的。我能够声称自己具有意志，也被视为具有意志的个体，行为动作与生者毫无不同。也许我的功能更先进吧。我沉迷于尸者的研究，不是寻求细枝末节的技术，而是追求本质。为何我们有生命、有意志？为何尸者没有意志？为何意志令我行动？为何灵素极其细微的配置差异，就能决定感受的差异？这个世界是什么样的？世界是遵从物质的规则运作，还是遵从灵魂的规则运作？

平凡青年的好奇心，就像为洪堡的《新大陆热带地区旅行记》欢喜、为莱伊尔的《地质学原理》吸引的那种好奇心。我渴望观察世界，沃尔辛厄姆实现了我的愿望。虽然我的实验体身份依然未变，但在Q部门，我作为尸者技术员的技术水平已经得到了认可。可以说那是个悠闲的时代。或者说，我还残留有荣耀与尊严的时代。当然，我还肩负秘密的使命，这也是不用说的。

　　小猎犬号的旅途让我眼界大开。那不仅是空间上的开拓，也是时间上的开拓，直到今天也让我难以忘怀。普利茅斯、特内里费岛、佛得角、巴伊亚、里约热内卢、蒙得维的亚、福克兰群岛、瓦尔帕莱索、卡亚俄、利马、科隆、新西兰、悉尼、乔治王湾、科科斯群岛、毛里求斯、开普敦。

　　崩塌落入大海的冰山，喷洒无尽火焰与熔岩的火山。世界超越了人类的智慧，在地质时间的尺度上发展变化。惊异，在惊异的面前，人类的思考毫无意义。我们眼睁睁看着地震与海啸摧毁了智利的塔尔卡瓦诺。人类只不过是给地球的表层搔搔痒而已。科隆群岛的雀科鸟类、新西兰的几维鸟、澳大利亚的有袋目动物。我疯狂地搜集化石、植物、矿物、鸟类、动物，不停地思考。我们到底是什么？我们的思考能够超越地质学的时间吗？对我来说，那是最为平稳和幸福的时期，我想。

　　生命在漫长的时间中变化。冰川缓慢前进，巨大的冰块漂浮在海上。花费数万年时间堆积起来的砂土构成地层。海底隆起成为山峦，陆地悄无声息地崩塌。那是连大地都能撼动的力量。鸟儿分布到大海中的岛屿上，形态逐渐发生变化。种子漂洋过海开放出的花朵、结出的果实，形态有着少许的不同。

这个世界，是极其微小的、目不可见的变化，在远远超越人类寿命的时间中不断堆积而成的。生物、生命也是如此。在我着手整理这种想法的时候，尸者却给我的理论带来了障碍。

世界上充满了生命，为何只有人类这个物种才有灵魂？尸者技术只能用于人类，非人类的动物无法复活。这个事实让我苦恼。人类既然也是物质，也要遵从自然规律，那就很难相信灵魂是人类独有的东西。如今世间广为流传的华莱士进化论，将人类排除在外，这是众所周知的。在这一点上，他的理论缺乏一贯性，不是个完整的理论。我们需要理解灵魂的实质。如果不死在进化上有利，那么不死就应该在生命中普及。否则，人类就是走入了进化的死胡同。换言之，这就意味着人类将会在不远的将来灭绝。不死导致人类灭亡。尽管不知道那是多少万年后的事，不过我想再过一百年也是有可能的。

生命在不断变化。人类不是上帝的复制品，只是变化过程中的存在而已。或者说，人类正在与上帝共同变化着。爬树的动物变化成猴子，随后又爬下树来开始步行，但猴子无法尸者化，这是为什么？因为猴子没有灵魂。那么灵魂是什么呢？

结束了小猎犬号之旅的我，与沃尔辛厄姆分道扬镳。因为他们埋头于改进尸者技术和人类相互之间的狡诈阴谋，无法理解我的疑问。他们认为，灵魂是人类被赋予的固有机能。是灵魂让我们产生出知觉，它是理性的源泉，引导我们的道德。

人类用语言令死者复活。记录在打孔卡上的短短咒文。灵魂理解语言。之所以无法将人类以外的动物尸者化，只不过是因为我们不理解它们的灵魂所使用的语言而已。我的这个意见被一笑了之。我寻找能与所有尸者通讯的尸者的语言，寻找在所有生物中存在的灵魂的语言。如果能与灵魂直接交流，灵魂的普遍性就会得到证明。而要证明这一点，就需要将人类之外的动物尸者化。

我从沃尔辛厄姆的手中逃走——之后则是躲避为了利润而追踪我的平克顿，追求生命理论的阿拉拉特也参与进来。但我还是继续自己的研究。研究当然需要样本。我与尸者们共同生活，不断探寻它们的语言，不断探寻它们灵魂的语言，同时也在涉猎一切动植物与矿物。

诺斯特拉语系，费奥多罗夫大约会这么说吧。他是位优秀的共同研究者。他相信人类灵魂的保存，相信可以让灵魂完全复活。他认为，我们在伊甸园中所说的语言、给所有动物起名的语言，正是我们灵魂的语言。他进而认为在巴别塔之前，存在一种通过灵魂进行交流的纯粹语言。通过理解那种语言，我们这样的生命就可以获得复活的技术，实现真正的、乃至超越物种的交流。我们能够停止时间，将死亡与遗失统统赶出这个世界。

可惜，他所依据的《圣经》的记载本身就是有矛盾的。人类的发祥是在《创世记》的第一章二十七节："神就照着自己的形象造人，乃是照着他的形象造男造女。"造男造女。然而夏娃是用亚当的肋骨创造的，这是后续的第二章二十二节的记载。那么，最初的女性是谁呢？犹太的拉比们称之为莉莉丝。诺斯底主义者举出这一段，认为这是这个世界是由伪上帝创造的证据。让亚当和夏娃堕落的也是这个最初的女性。上帝的创造被伪上帝干扰了。在这场恶作剧中，当然也包含了亚当的语言的失传。

但亚当的语言到底是什么？巴别塔的神话是在《创世记》的第十一章。那么之前的第十章又写了什么呢？比如第十章二十节是这样的：

"这就是含的后裔，各随他们的宗族、方言、所住的地土、邦国。"

各随他们的方言。第十章中其他地方也含有许多同样的语句。《圣经·旧约》承认在巴别塔以前语言就分裂了。

如今我已经拥有了灵魂的语言，就像你们拥有了莉莉丝一样。那是书写《维克托笔记》的语言。我以前曾将自己无法理解的《维克托笔记》丢弃在桑尼科夫地。后来在漫长的旅途中，我终于意识到笔记并非出自维克托之手。光照派被当作异端遭受镇压后，在新生的合众国转生为群星智慧派。《维克托笔记》就是他们拥有的《多基安之书》。这本奇书不知道是何处何时书写的。现代尸者技术是根据这本书的其他版本发展而来的。

我曾经像维克托一样潜心研究《多基安之书》。那是拒绝人类理解的语言，遵循非人类的原理而写的语言。华生博士，你指责我四处散播新的尸者技术，在此我要做一个小小的申辩。人类无法理解《多基安之书》，只有像我这样怪异的存在，或者是莉莉丝，以及充分发展的分析机才能理解。光照派与月光社的精英联手才能勉强解读出一点皮毛，这成绩已经值得赞叹了。我想你还记得，我为了实现远距离操控尸者，不得不使用经过特殊调整的大脑。在特兰西瓦尼亚的古堡中，我终于实验成功了。这的确是技术，但也是异于人类思考的语言。从这一点上说，我就算想公开秘密，也无法公开。设计和运用都需要使用人类无法理解的语言，外部大脑也不是人类能够操控的东西。那种语言在本质上与人类的思考不相容。翻译了《巨人传》的托马斯·厄克特是笑死的，这件事情你是知道的吧。

理解这本书，需要与人类本质相异的智慧。

沃尔辛厄姆得知我的研究，是在我设立于特兰西瓦尼亚的研究室里。他们应该拿到了尸者的外部操控用大脑，但估计无法处理吧。对他们来说，外部脑的设计原理太复杂了。

灵魂，是在进化的最后，人类所抵达的机能顶点，这是沃尔辛厄姆如今的看法。而阿拉拉特认为，灵魂与亡灵类似，都是在复杂性的海洋中偶然产生的相变。换言之，不死乃是灵魂的安全漏洞，人类则是万物的灵长，世界的支配者。在宏大的存在之链中，人类终于抵达了终点，乃至借助分析机彻底掌控了进化。

但是，人类真的那么了不起吗？真切感受世界的机能，真是进化的顶峰吗？我不相信。数以万亿计的生命，在世界的每个角落里繁衍生息的无数生命，它们都只是存在之链中毫无意志的一环，这合理吗？看看周围吧。那些生机勃勃的树木虫鸟，它们没有知觉吗？如果认为它们没有知觉，那是不是自己的知觉在欺骗自己呢？那些生命没有明智的判断力吗？可地球上最大规模的毁灭战争难道不是人类发动的吗？战争甚至不是为了生存。

赌局。因沃尔辛厄姆的袭击而被焚毁的研究室里，范海辛和我打赌。他认为，意志、灵魂，以及我所感觉到的这种感觉，正是进化的终点。我则认为，意志和灵魂，是所有生命从最初就存在的东西。那种存在，规定了生命的方式。

"打赌吗？"

范海辛问，我接受了。燃烧的房梁将我们分开。

逃离特兰西瓦尼亚的我，尝试将一切生物尸者化。老鼠，虫豸，随后是只能用显微镜看见的微生物。如果灵魂不是在人类中突然诞生的，而是生命的条件，那么在微生物中应该也能发现灵魂。如果矿物能够具备产生生命的规模，灵魂和意志也应该随之诞生。

我的尸者化实验遭遇了连续的失败。只有两个成功。人类和某种菌株。从结果上说，菌株是唯一的例外。

答案非常简单。简单的事实，得出简单的结论。

我们并没有成功实现人类的尸者化。光照派与月光社所做的，只不过是使用语言令菌株不死而已。我们以为的自我意志，只不过是人体内这种菌株的活动展现的幻象而已。

随之而来的问题是，为什么会有这样的菌株，只对人类产生作用？不妨想想致人死亡的细菌。那些细菌平时躲在哪里？突然在世界范围内蔓延的传染病，尚未爆发时，那些细菌又藏在哪里？答案是，在动物体内。否则该如何解释同样的疾病为何会间歇性爆发？而这种菌株的情况也是一样。在动物体内无害的菌株，在我们体内会产生活性，侵蚀我们本身的意志和灵魂。它与传染病的差别，仅在于后者带来死亡，前者带来虚伪的自我意识。甚至也可以直接称之为传染病。

可以相信，这种菌株与人类有着漫长的共生关系。愚蠢的猴子感染了这种菌株，大约就会认为自己具有意志了吧。相信自己有意志，在当时，那是对生存有利的。那只猴子很快就成为这种菌株的传播者，这一点甚至没什么可吃惊的。不管是作用于大脑的菌株，还是在肠道中活跃的菌株，对人类的生存总有着不可磨灭的贡献。

所谓人类固有的灵魂，只是菌株让我们这样认为的而已。所谓灵素，就是能与这种菌株交流的方式。菌株正是具象化的语言。

你们当然会要我展示证据吧。其实证据你们已经看到了。

遵照外界指令行动的尸者。我和莉莉丝使用的语言，就是那种菌株的语言。想要证据，只要一个实验就行。从人体中分离出菌株，看看它们是否理解语言。这个实验花了我十五年时间。

我们通过语言将人类尸者化，就是打孔卡上记录的语言。聆听那种语言的并不是受菌株抑制的人类灵魂，而正是菌株自己。其中一部分菌株，在语言的作用下变成不死的。

生者的菌株之所以不受语言的操控，仅仅是因为菌株的数量太多而已。菌株会形成派系，争夺意志的霸权。只有接受我们语言的派系，才会在尸者中继续活动。不妨称之为增殖派。和人类一样，菌株中也存在接受尸者化和不接受尸者化的派系。不接受尸者化的派系可以称之为保守派。保守派又进一步划分成若干小派系，而增殖派只有一个。

用人类与分析机的关系来做类比，大约更容易理解菌株和人类的关系吧。想象那种自身没有特殊的知识、只会遵照他人命令行动的分析机。那就是尸者。

我们误解了灵魂。

不过，这并不意味着我们没有固有的灵魂和意志。同样的，这种菌株除了在人体内之外，在其他动物体内无法表现出活性，也并不意味着其他动物没有灵魂和意志。人类的大脑变大了，产生出阿拉拉特所说的亡灵，菌株对它发生了作用。我们被非法操作占领了。我们自己的意志被菌株覆盖、封印了。人类的意志是被菌株扭曲的意志，是菌株在声称其他动物没有意志。

可是这有什么问题呢？都是共生而已。我们的意志是菌株产生的也好，是脑细胞产生的也好，又有什么区别呢？

对，没有区别。

不，区别是有的。我们无法与自己的脑细胞对话，但菌株理解语言。

能够理解这种语言的人很少。我，莉莉丝，还有大规模分析机。此刻，分析机之间应该正在进行关于菌株语言的活跃讨论。就在不久前，我将多年研究的成果公开到了全球通讯网上。那不是机密，只是很短的内容。《维克托笔记》和《多基安之书》的内容早就存进分析机里了。我公开的内容，和现在对你们的说明完全相同。说到底，对于分析机来说，只要基础信息通讯中出现《多基安之书》的书名、其中一段文字的位置，以及对照的翻译就足够了。

"这条字符串就是灵魂。"

通过研究《多基安之书》，分析机可以掌握翻译的意思。知识的保存和运用是不同的。不知道写了什么内容，当然无法解读。但只要给予阅读方法的提示，剩下的就简单了。

我只是指出存在这样的语言。

为什么选择现在这个时候？你们会这样问吧。因为我知道你们会来。我一直在等你们。你们不够幸运的先驱遭遇了什么样的命运，在此应该不必赘述。阿拉拉特中敏锐的人早早就放弃了派人追我。不过，这并不是说你们的能力比你们的先驱更优秀。能力再出色，也无法抵抗偶然的厄运。就像抽签一样。上上签不是靠能力抽中的。事后追问为什么能抽中，没有意义。

那么，沃尔辛厄姆和各国政府，会无视这种语言的存在吗？他们难道不会考虑运用这个能够直接访问灵魂缺陷的机会吗？不妨设想一样，如果分析机理解了菌株的语言，成功说服了保守派，使之转变成增殖派，那么，尸者和生者也就没有区别了。我们的灵魂，在生前就会被不死的菌株占领。荣耀归于你，荣耀归于你。基督已经从死中复活。因他的死践踏了死亡，那些在墓中的人得了生命。

——死神，你莫骄横。

你是命运，时机，君主和奴隶，

你与毒药，战争和病魔同流合污，

鸦片与巫术也能灵验地进行蛊惑，

而且效果更佳，你又何必颐指气使？

人们小憩一会，精神便得以永远清朗，

便再不会有死亡，死神你自己将死亡。

就是这样。

不死化的菌株在生存上原本就要比那些注定死亡的菌株占据更有利的位置。哪怕只是置之不理，几十年之后，不死的菌株也很可能全歼保守派。人类该如何选择？是选择不死，尝试物种的无限扩张，犹如恶性肿瘤一样侵蚀世界，最终在进化的力量面前灭绝；还是与保守派联手，让死亡回到自己手中呢？

在这里，我有一个提议。

哈达丽·莉莉丝。你和我一样，能够使用菌株的语言。

瑞德·巴特勒。莉莉丝只会接受对你有益的命令吧。

Noble_Savage_007，星期五。你的双重解析能力，远远超越了我的语言能力。你应该已经用你的方式完成了《维克托笔记》的分析，储存在头脑中，并且从我现在所写的这篇文章中掌握了它的阅读方法。

约翰·华生博士。你是星期五的操作员。我最多只能像这样控制它手指的动作，就像现在的记录一样。

弗雷德里克·伯纳比上尉——哦，是啊。对你超凡的战斗力，我十分敬服。

你们不想参加分析机的会议吗？

我们现在刚好在全世界最强大的战舰中驶往帝都伦敦。向最古老、从一开始就占据了分析机领导位置的查尔斯·巴贝奇分析机盘踞的伦敦前进。

华生博士，巴特勒，伯纳比上尉。

控制你们意志的菌株们，会不会接受这样的提议呢？当然，选择是由你们的自由意志做出的。我期待你们选择正确的道路。

——查尔斯·达尔文

我们抬起头。星期五开始在笔记本上画下鹦鹉螺号的舰船构造图。

VI

伯纳比用武器库里拿出来的炸药炸开铁门，推开弯向内侧的可怜铁板。房间中央的桌子上，躺着一个用拘束衣捆成木乃伊的人形包裹。我用折叠刀将包裹头部的麻袋割开。

在布匹裂缝的里面，初代的眼睛陡然睁开。他深深吸了一口气，用力眨了几下眼睛，视线追随我割开拘束衣的小刀。弄完之后，我后退了一步。初代支起上半身，下了桌子，站到地上，直视我的眼睛。

"请允许我登船。"

"允许。"

我无奈地回答。

"这样你们就是正宗的通缉犯了。"

巴特勒用颇为开心的语气说。我反驳说"你不也是",没想到他一本正经地回答说："我是被胁迫的，可以酌情从轻处理。"

初代扭动手腕，似乎是在检查状况。他问我：

"操舵室什么情况？"

"已经控制住了。有那个舰船构造图，就可以轻松隔断对手，再卸下隔板各个击破——属于最高机密的舰船构造图，你是怎么得到的？"

"人类的记忆短暂得令人遗憾。我在逃出特兰西瓦尼亚之前，曾经参与过鹦鹉螺号的建造。看来没人提醒过月光社，说不定连月光社本来就不是英国的都忘了。忘却是掠夺者的特权。所谓机密的处理原本就是这样。真正的机密连自己都被锁在外面，无法访问。"

初代镇定地环视房间四周，视线落在受到爆炸冲击而摔碎的花瓶上。

"这可是明朝的珍品，太粗暴了。"

"彼此彼此。"

伯纳比的回答，似乎是指初代之前通过星期五发出的通询文。初代沿着墙面一边走一边轻轻敲击，像是享受镶嵌铜饰的紫檀木架发出的回响一般，从上面取下红酒杯。我随着他的动作，也朝架子看去，随即发现每个餐具上都有 N 的字母，餐具上还有呈扇形环绕的"动中之动"的铭文。N这个字母该不会又是沃尔辛厄姆的某个部门或者人物吧，我暗自祈祷。

初代随手从堆在架子上的酒瓶里拿起一只。

"竟然这样对待名酒。将沙龙设在囚室里，月光社也算名誉扫地了。我很想邀请四重奏乐团登场，可惜是痴人说梦吧。"

他不合时宜地叹了一口气，用刀灵巧地拔出瓶塞，凑在鼻子上闻了闻，皱了皱眉，然后往酒杯里倒酒。

"这可是军舰。"

我指出气氛不对。他观察着玻璃杯上滑下的酒泪说：

"原本是科学考察船，不过这不是重点。重点是品位。时间流逝，世事无常。也许有一天人类会把圣杯当作漱口杯用啊。"

"你知道来的会是鹦鹉螺号？"

初代瞪了我一眼。

"你这么喜欢纠缠细枝末节吗？我虽然算定了Q部门擅自出动鹦鹉螺号的可能性很大，不过就算这是一艘破损的汽船，计划本身也是不会变的。只是夺取的时间会有变化，入侵分析机多少会多点麻烦而已。"

"你从一开始就打算把我们卷进来？"

"我承认看上去有点漫无目的，但计划本身是稳健的。出现的也许不是你们，但你们出现了。来抓我的也许不是鹦鹉螺号，但鹦鹉螺号来了。有什么问题呢？"

"在普罗维登斯的战斗——"

"如果我在教堂里朗读刚才的文章，你们会乖乖坐下来听吗？要让马喝水，光把它带到河边还不够，还必须让它口渴。你们满世界折腾了那么久，会老老实实听月光社的话，在那儿乖乖等着？异端教堂里出现的怪人声称自己就是初代，你们会相信？也许会，也许不会。总之事情已经是这样了。战斗是必须的，也是为了评估你们的实力。你们活了下来，证明了自己的价值。"

"如果我们不响应你的呼唤呢？"

我接连发问，有点像是找茬。

"已经发生的事情，再问'如果'也没意义吧。不仅未来有多种可能，回顾过去也会引发困惑。你们已经救了我，或许你们还想把我重新捆起来？我可以不抵抗。"

"这要看你的回答。"

伯纳比用底气十足的洪亮声音宣布说。初代哼了一声，想了想，指了指与军舰不相称的椅子。巴特勒示意他自便，初代晃了晃酒杯。

"你们的困惑是可以理解的，因为人类的大脑并没有那么强大的信息处理能力，灌输的内容需要缓冲时间才能理解。在这一层意义上，这场对话毫无意义。不过反正抵达伦敦之前也没有别的事情。"

我问："刚才的文章——"

"都是事实，"初代将身体靠在椅子背上，"随便你们信不信。我有时候会搞不清自己在和谁说话。谁和谁的灵魂对话，反应是从哪里出现的，想要说服自己的又是谁。如果你们已经被增殖派占领的话，我的劝说也就毫无意义了。因为我现在的提议是，直接操作分析机，封印增殖派。当然，在这种情况下，我也可以直接与你们内部的菌株对话，进行操作。"

初代左右晃了晃手指，说：

"虽然我希望你们凭自己的意志来到这里。"

——人类的意志，是由菌株的活动形成的——

这是初代的主张。菌株对人类具有特殊作用，它们给人类带来了这种东西。此刻我所做的思考，是头脑中的某个意识做出的。这等于是说，现实是菌株让我做的梦。等于我被封锁在房间里，房间四周都是与外界毫无差异的绘画。

"稍微有点不同，"初代说，"当然，你们具有生物意义上的人的特质，具有在共生开始之前的意志或者灵魂之类的东西。菌株只不过是从外部操控这个系统而已。但是，人类诞生以来的漫长时间里，它们获得了主导权。两者早已陷入了无法分离的状态。你们本来的意识和灵魂越是消逝，菌株越是可以操控你们的身体。在这一层意义上，也可以说你们自身早已变成了子系统。"

我只不过是名为"我"的船只上的船员之一，连船长都不是，初代说。更准确地说，是企图发动叛乱而被囚禁的船员之一。就像现在这艘钢铁棺材中掌握主导权的是初代一样。

我问："维克托实验成功的是菌株的尸者化？"

"差不多可以这么说，"初代点点头，"不能信服，但可以理解。虽然那也不是维克托的发明。因为那是他成功解读了魔法书的结果。据说那是人类之前的某种存在。有史以来，人类不知道尝试过多少次与菌株的交涉，但是每一次都被秘密销毁了。每个时代都有自己的范海辛和苏华德啊。通讯和交通尚未充分发展的时候，销毁还是可能的。然而在这个时代——"

初代停住了，像是给我思考的时间。

"听起来很玄哪，"伯纳比插嘴说，"就假设我们的思考是菌株的活动，不管它们是什么增殖派、保守派、中立派，对我们都没有任何区别。就算接受不死化的增殖派在我头脑中掌握霸权，我也不介意。如果它们掌握了控制权，尸者的性能也会提高，顺便还能不死。"

初代微微一笑。

"确实也有这样的想法。或者说，有这种想法的人更多。这也是我没有公布真相的原因之一。可以说，短期内也确实不存在拒绝增殖派的理由。许多人无法理解不死会给物种带来灭亡的理论。"

我用眼神制止伯纳比。

"我们的——伪意志的实体是菌株，有证据吗？"

"华生博士，"初代透过玻璃杯望向我，神情萧瑟，"我尊重你'医学博士'的头衔，会向你提供证明。在获得证据之前，保持怀疑的态度，这是医学家应有的素养。但是现在请让我消除你的不安：换种说法如何？不是'菌株'，而是未知的'X'。你可以把X换成你喜欢的任何词，让你安心的词。'灵魂'也好、'意志'也好、'欲望'也好，都可以。只是换个说法，这样应该更容易理解吧。"

我沉默了片刻，点点头，继续问："灵魂的连续性呢？"

"你是问生者与尸者之间的连续性吧。当然没有。尸者充其量只是看起来像是活的而已。令人感觉它们活着，这是 X 的作用。与费奥多罗夫的期望相反，人类的灵魂一旦消散，就再也回不来了。人类这种物种的各项固有特性，在死亡时就已断绝，之后只剩下承担大部分功能的 X。而通常的 X 在宿主死亡之时也会停止活动。记忆、回忆、感情等等，全都会在死亡时烟消云散。什么都剩不下。"

初代向天张开双臂。

"回答刚才伯纳比先生的问题。你们已经看到了被 X 的单一派系控制的生者——覆写了死亡的生者。他们诞生于那样的实验中：为了看看被单一派系控制的人类会变成什么样而做的实验。人类的意识是由若干 X 的派系在合作和斗争中产生的。X 的多样性催生出人类的意识。单一派系导致的直线意志，只会产生提线木偶。

人类充满矛盾，矛盾正是人类的本质。意识与意志的对立，在不断引发矛盾的同时不断前进。许多人都领悟到人类的这种性质。尼古拉斯·冯·库斯赞赏有知识的无知，米歇尔·德·蒙田以他的博学多识证明无知与不确定性的普遍存在。阿格里帕·冯·内特斯海姆全力证明全部学科领域中的无能为力，德西德里乌斯·伊拉斯谟赞美痴愚之神，在塞巴斯蒂安·布兰特的眼中，这个世界是挤满了蠢货的愚人船。我们不是在自相矛盾，矛盾本身正是原理、正是本质。原理只是人类事后粉饰的诡辩而已。"

初代扬起头，等待我们的反应。

孟买地下城中见到的女性尸者。在开伯尔山口解剖的尸者。德米特里与阿辽沙。大里化学的玻璃罐中的尸者们。与伯纳比与山泽棋逢对手的尸者们。在我头脑中，尸者们——被覆写了死亡的生者们的虚无面孔激荡回旋。

"难以接受啊。"

伯纳比耸耸肩。初代把玩喝空的酒杯。

"是吧。现在，我们应该这样问：人类这个物种，如果全都被覆写成尸者，会有什么问题？如果人类孕育出的美与崇高都在大地上烟消云散，同时理解美与崇高的能力也一起消失，会有什么问题？这不也只是人类进化的一个阶段而已么？无论如何，人类挤满了大地，过去不曾、今后也不可能停止残酷的行为。科学越发达，大规模屠杀的可能性就越大。杀人的速度超越人类的想象，协商只会变成事后的行为。清晨聆听巴赫，中午为歌德落泪，晚上却可以毫不手软地屠杀无罪的人。这样的时代即将到来。"

我张了张嘴，又闭上了。初代继续说。

"政客们总是为大众的愚蠢焦虑。你们可曾想过启蒙专制君主的焦虑？民众这种动物，看不到大局，只会捕风捉影，从不斟酌发言的真意，甚至连那些明明就要降临到自己身上的恶法都会积极支持。真是可悲可叹的景象。但是，在这样想的同时，也应该意识到，声称沐浴了启蒙之光的政客们，其实也和民众没有任何区别。他们所依仗的智慧之光，只不过是那个时代梦想中的惊鸿一瞥，在后世看来也是滑稽可笑的。人类的智慧有着明确的极限。

"既然启蒙之光不会倾泻到人类的大地上，那么积极地选择愚昧，又有什么过错？这并不是让一位智慧的君主来做愚昧羊群的羊倌，而是自以为全能的执政者在绝望中诞生的欲望。整个人类都不再感觉到自身的绝望，这岂不是至福的表现吗？那将不会再有纷争，因为连察觉纷争的能力都没有了。人类从此便可以用自己被砍下的头颅回望自己残存的躯干，露出感觉不到疼痛的微笑。"

我们沉默不语。初代静静放下酒杯，朝我们说：

"自然法则控制着我们直至每个细胞的行为。人类自动被决定、没有选择余地的状态正是自由。具有自由意志的只有上帝。但是上帝早已被菌株附身，很久以前就已经灭绝了。"

初代像是干杯一样朝哈达丽举起空酒杯。

我问："应该有改善的办法吧。你在日本救的大村就是个例子。"

初代的视线游移起来，像是在搜索瞬时记忆。

"当然，改善是目标。有效地利用分析机，人类便可以控制X，让自己的意志变得自由，包括自己尚不能理解的自由。但是我想，其效果值得怀疑。我对大村所做的是将增殖派不死化，同时调整其他派系的比例，以此延长他的生命。不过这是个希望，我承认。虽然只是正在被舍弃的希望之一。就像是在马鼻子前面挂胡萝卜一样的道理。为了让马跑起来，只好继续吊着胡萝卜，即使明知道那只是个玩具。"

初代停顿了一下，看了看笑嘻嘻的巴特勒，也笑了。

"我们的话题扯得有点太远了。总之人类的命运也不是一两个大脑能思考的问题。"

"说完了？"

巴特勒说着，脊背离开了墙壁。

"总而言之，如果不对接受尸者化的增殖派做点什么，再过几十年，生者也会被覆写变成尸者，是这个意思吧？"

初代点点头。

"它们就像恶性肿瘤一样。虽然不知道还要过几年或者几十年，总之，接受了尸者化的 X 拥有强大的生命力，这一点确定无疑。通常的 X 在尸体中无法生存，而只要没有经过特殊的加工，在人体外也无法生存。但增殖派会继续生存，传播到其他个体，虽然它们对火和化学药品很脆弱。写入机只是传达指令、将增殖派不死化的语言机器。如果尸者化的 X 自身能够自由移动，并在数量上超越了其他的派系，那么就连这个手续都不需要了。全人类很快都会被感染。"

"如果不死化的 X 已经充满了我们的身体，我们不是应该已经变成尸者了吗？"

初代对巴特勒的问题摇了摇头。

"生态系统对外界的入侵具有稳定性，就像人体的免疫系统通过多样性来阻止外部的入侵一样。增殖派并非是意识这种生态系中的多数派。在生物体内，尸者化的增殖派是面临淘汰的弱小派系。尸者化的增殖派之所以能够操控尸体，仅仅是因为其他派系在尸体中无法存活而已。当然，不间断的入侵也会导致生态系的变化。你们有没有联想到什么？没有核心目标，以四处破坏为宗旨的组织。"

"——亡灵。"

初代的眼神表示同意。

"我认为，不死的X已经开始导致生者变异了。通过直接感染不死化的X，接受尸者化的增殖派，侵入生者的大脑，导致意识的生态系发生变化。如果再要多说的话，日常生活中逐渐增加的尸者失控事件，其中有一部分应该也是尸者大脑中新入侵的X阻碍了尸件运作的结果。"

巴特勒问：

"你刚才说，尸者的行动是由不死化的X控制的。"初代颇为不耐烦地点点头。巴特勒继续说，"如果不死化的X已经侵入了生者，那么只要生者死亡，就会变成尸者吧。"

"当然。仅靠那点数量入侵意识的生态系大概还要花费不少时间，但从坟墓里自然苏醒只不过是第一阶段。第二阶段是生者自身的尸者化。生者的意识将被清一色的不死增殖派占据。"

巴特勒环视四周："你刚才说分析机正在试图理解X的语言？"

"因为那就是目标。只要有了正确的钥匙，分析机就可以分析那种语言，并作为新的组件嵌入基础信息通讯中。这是为了提高尸者驱动软件的性能。与 X 交涉，分析机必不可少。莉莉丝和我虽然能使用 X 的语言，但也只像是牙牙学语的婴儿一样。因为这不是智能的问题，而是容量与规模的问题。"

"它们能听话吗？"

伯纳比用嘲讽的语气泼冷水。

"通常意义上的对话是做不到的。因为对方不是个体，而是生态系。这种尝试类似于环境改造吧，"初代看出了巴特勒的疑问，"你想问为什么是现在，对吧？这是因为，如果继续坐视不理，全人类将有很大的概率被写入死亡。传染病只要二十年便可以席卷整个地球。请别忘了，从 X 的尸者化成功到现在，已经快要一百年了。"

巴特勒冷冷一笑。

"那个概率是多少？"

"不再是 0。概率正以几何级数的速度递增，不再是 0 和非 0 的问题。"

原来如此，巴特勒说。

"要找个人使用分析机和 X'交涉'，从外部插入一条线路不就行了，"他指了指房间内部，"有什么必要用这艘鹦鹉螺号直接侵入分析机？"

初代的眼中含笑。

"我想让分析机和 X 直接对话。"

"直接对话——"

巴特勒疑惑地重复了一声。我看了看旁边的星期五。我在离开日本之前产生的疑问，再度浮现在心中：我们的行动也许是受了《维克托笔记》的操控。以 X 的语言记载的《维克托笔记》，我虽然无法理解它的意义，但对于承担了我的意识的 X 来说，情况就不一样了。如果连我的思考都在 X 的控制之下——

我是谁？我在选择什么？

在我心中，姗姗来迟的理解终于扎下了根。

初代将手插进胸口：

"我想抢在分析机与增殖派或者某个代理接触之前进行谈判。我可以用尸者作为 X 方的代表，但不确定的因素太多，而且操控它们的是增殖派。如果增殖派和分析机为了各自的利益联手，事态将不可收拾。不幸的是，生者没有接口可供插入写入机。"

"那，就是你自己了。"

初代像是响应巴特勒的话一样，将手从胸前抽出，按在桌上，发出咯吱的轻响。在我们的注视中，初代像是变魔术一般移开手掌。

出现在桌上的是一块蓝色的小石头，宛若群星闪烁的深邃蓝色。我情不自禁地将手伸进口袋，检查手指触到的碎片——在阿富汗，给自己写入死亡的阿辽沙书桌上破裂的蓝色十字架。

初代静静地宣告：

"这是分离的 X——菌株的非晶质体。即使是最新的显微镜，在最大倍率下也无法看清它的构造。你们称之为灵魂的成形非晶质体。通过特殊的操作结晶化的保守派集群。它是菌株方派往分析机的大使。"

VII

伦敦桥在清晨的雾气中若隐若现,漆黑的巨大船体在桥下悄无声息地前进。云层中散射的阳光隐约照出事物的轮廓,跃出了地平线的太阳像是隐藏在重重纱布后面一样,只能看出大概的位置。桥上传来狗叫声,狗的身影也躲在雾气中。

1879年9月30日。泰晤士河熟悉的臭气迎接我的回国。伦敦笼罩在重工业地区喷出的煤烟下。鹦鹉螺号的船头划开充满蒸汽的令人窒息的空气和没有波浪的浑浊水面。被数量与生者旗鼓相当的尸者填满的帝都,我的故乡。

我便是这样回到了故土。

大雾的另一侧,正襟危坐般的伦敦白塔隐约可见。女王陛下的宫殿和城堡。自十一世纪建立以来,历经多次改筑,是王室的居城、宝库和动物园,当然的,也是监牢、刑场。这座复合建筑显出巨人幽灵般的身影。

曾经以恐怖之城闻名的伦敦塔,如今已经被整体改造为查尔斯·巴贝奇分析机。英联邦将全世界三分之一人口都纳入自己的羽翼之下,而它就是英联邦的中心大脑。或者说,是被两道城墙包围的世界的大脑。不管格兰特怎么说,伦敦依然是世界的中心。不管米利莱恩公司有多少近代设备,巴贝奇的优势地位不会动摇。围绕白塔的一座座副塔都是子分析机,与各国的分析机连接。每座塔与中央的白塔呈放射性连接,仿佛世界的缩略图。这座城堡已经不是一台机器了。它的威严容貌在分析机喷出的犹如阳炎般的蒸汽中摇动，但也有传闻说，那是过去的死刑犯释放出的灵素导致的效果。

"真是没情趣。"

初代鄙夷地打量伯纳比拿到甲板上清点的一堆火炮。

"老家伙，你说得轻巧，说什么杀进那里面，"伯纳比抬起下巴指了指伦敦塔，"鹦鹉螺号明明是非武装舰船，什么最强大的战舰，屁用都没有。"

"有撞角就足够了，要把骑士精神延续到大海上。人类只需要打猎的来复枪就够了。机关枪刚出现的时候，还被视为非人道武器。"

"你是说真的？"

初代挺了挺胸。伯纳比大声叹了口气。我觉得伯纳比现在多少应该也能体会到一些我被迫和他绑在一起的感受了。

"不管走哪条路，这点火炮只能给伦敦塔的城墙擦破点皮。只要突破了第一道城墙就行。把分析机集中在一个地方的想法早已落后于时代了。还有毫无计划的扩建，导致伦敦塔内部没有什么像样的防御措施。每次需要对付的敌人数量不会很多，我看好你的表现，伯纳比上尉。"

伯纳比低声嘟囔了点什么。

"从哪儿进攻？"

我问。

"当然要从相称的地方。叛逆者之门。"

那是当年从泰晤士河押送罪犯到伦敦塔时走的门，被视为恐怖之门，据说一旦进入那扇门就再也出不来了。伯纳比泄气地说："那扇门和外层护城河一起早就被埋掉了——所以说老家伙就是靠不住。"

"呵呵。"

初代装模作样的举止，会不会只是为了掩饰自己的健忘？我心中生出疑惑。无论如何，毕竟已经一百年了。按照初代自己的推测，他的存在甚至可以追溯到更早之前。说起来，他到现在还能这样行动才是极其不可思议的情况。

"小聪明可不管用，"初代丢下这一句，朝舰桥的传声筒喊，"两舷开进，最大战斗速度！目标伦敦塔外墙。什么都别管，狠狠地撞！"

"遵命！"

隐约传来巴特勒中气十足的回应，听上去就像自暴自弃一般。鹦鹉螺号急速右转。

初代迅速消失在舰桥内部，我慌忙追上去，顺便朝伯纳比喊了一声，却见他右手抓住舰桥的梯子，自暴自弃地笑着说："我就留在这儿。"

鹦鹉螺号的撞角撞破了伦敦塔的南墙，我们下了船，踏过瓦砾堆，冒着满天沙尘前进。身穿红线蓝底制服的伦敦塔卫兵慌忙赶来，却被伯纳比轻松打倒。他揪住卫兵的衣领，一个个打量我们。伦敦塔卫兵传统上由伦敦塔的警卫担任，现在主要是由退役军人组成。虽说大概也不是因为这个原因，不过伦敦塔的警卫中确实没有尸者的身影。

"换上制服——"

初代是胡须花白的老人，和伯纳比一样身材高大，哈达丽犹如贵妇人，星期五是小个子尸者。我们这伙人直接可以冒充游客，就算扮演不莱梅的乐队似乎也不差太多。

"我说，"伯纳比看看我和巴特勒，"让他把咱们带进去怎么样？"

伯纳比的话一反常态，这是说明他心里没底吗？

"现在就别想没用的事了。"

初代不理伯纳比，沿着分隔中堂和圣坛的墙壁朝韦克菲尔德塔走去。巴特勒露出苦笑，追了上去。我虽然也想要采取优美的隐秘行动，但面子上实在过不去。对于这群不正常的家伙，我只能轻轻叹气。

逐渐聚集过来的卫兵们抬头仰望鹦鹉螺号的巨大撞角，四处奔跑，嘴里喊着什么。我们乘隙经过韦克菲尔德塔的侧面，朝血腥塔的拱门前进。据说那里曾经关押过爱德华四世、亨利六世和沃尔特·雷利爵士，而现在到处都是裸露的导管与阀门，发出的噪声就像是塞满缝制工厂的尸者们一齐踩下缝纫机一般。

伯纳比在噪音中抬起头，把卫兵的制服裹在右手上，逐一敲击旁边的导管。随后大约是找到了目标，用粗大的手臂缠住。前方出现了一队卫兵，看到我们，队伍中有人喊了起来。伯纳比的手臂上爆出青筋，蒸汽管的结合部迸出螺帽，弹飞了一个拔剑冲过来的卫兵帽子。在帽子掉到地上之前，高温蒸汽便充满了整个通道。

那队卫兵在泄露的蒸汽中捂住眼睛惨叫不已，很快就被伯纳比——放倒。我们捂住嘴巴和鼻子继续前进，前方出现白塔的身影。

圣坛里充满发电机的轰鸣，满地都是导管和线缆。仿佛是在夸耀世界的杂乱一般。经历了无数扩建的设施错综复杂，新旧设备全都组合在一起。崭新的金属板旁边露着腐朽的木板，中间塞满了历代技术员留下的注意事项和笔记。

"攻破大门就没有防御了，"初代说，"大脑自身没有痛觉器官，只是代替其他组织感受疼痛而已。我想起有位美食家，他想吃自己的大脑，来找我商量，问我要用什么顺序来吃，才能让手臂继续活动，又能保持味觉。"

"你帮他了吗？"

对我的提问，初代淡淡地说：

"那是可以分享的知识。"

白塔的白漆迎接我们。在即将走完通往入口的漆黑台阶时，初代突然开口说了一声："丢掉！"巴特勒把不知何时捡的卫兵的矛枪扔了。白塔原本就是当作城堡修建的。伦敦塔的入口在高处。

初代在错综复杂的走廊里毫不犹豫地前进。

"你在这里被关过？"

伯纳比问。

"还能在哪儿？不过我也去过贝特莱姆疯人院，那里很舒服。我区别不了人类的疯狂。疯子关疯子，正常人关正常人，全都一样。世界把疯人院关在外面，疯人院把世界关在外面，全都一样。区分随价值观变化，内与外只是视角的问题。"

初代踩着坚定的步伐转过走廊拐角，走上台阶，继续前进。

我们面前出现了两扇钉有铁箍的木质大门。

"圣约翰教堂。"

初代说。

"欢迎来到世界的中心。"

推开大门，里面是统一为乳白色的教堂。墙壁垂直伸展，自然地连接到拱顶。通向深处的墙壁呈船形逐渐变窄，尽头处是一架六层键盘的巨大管风琴，管风琴的背后有两扇纵向排列的小窗。侧廊两边分别竖立着四只与成人身高相仿的金属圆筒，每个圆筒都在柱子之间。祭坛和椅子堆在一边，地上镶嵌着不同色彩的石头，绘出一幅世界地图。

初代牵起哈达丽的手，沉着地走进教堂。巴特勒朝转头看他的哈达丽点了点头，我轻轻推了推星期五的背心。

踏过世界地图，初代继续前进。

他走到键盘前，将从鹦鹉螺号的舰长室里拿回来的《多基安之书》如同乐谱般摊开架在键盘上，用熟练的动作来回扭动巨大的逻辑钢琴上突出的把手，开始进行调整。威廉姆·斯坦利·杰文斯发明的逻辑钢琴虽然因为操作复杂而没有流行起来，但如果操作熟练，速度远比通过打孔卡更快，而且可以直观地将操作者的意图传达给分析机。不过，如此巨大的管风琴，我之前从未见过。它的键盘宽度比大圣堂管风琴的一倍还多，甚至超过了身材高大的初代的臂长。初代像是调整完了，他用手指触摸键盘，轻轻按下去。

一声清澈的音符融化在教堂中，余音袅袅。

我朝星期五旁边走去，来到占据了管风琴侧面的巨大写入机前面。怪物般巨大的虚拟灵素写入机上拖出一捆电线，我拿起它，逐一检查正负极，依次接到跪在地上的星期五头上。

"你说要谈判，到底要怎么谈？劝说接受了尸者化的增殖派放弃尸者化吗？"

在鹦鹉螺号上进行最后的商议时，伯纳比这样问。

"没错。除非 X 自主地拒绝尸者化，否则没有抑制不死化扩散的方法。这要依靠它们的自我意识。不死化最终也会毁灭它们。"

巴特勒对初代的回答摇了摇头。

"你是说，虽然我们是没有意志的、只会遵循自然法则的木偶，X 却是可以对话的意志。"

"我没有这么说。我们的意志通过 X 的活动实现，但并不是出自 X 的愿望。你读过赫胥黎的《关于动物是自动机的假说及其历史》吗？"

我摇了摇头。

"伴随现象说。意志只是伴随物理模式出现的。模式与意志有本质的区别，但意志不能脱离模式而存在。只要有同样的模式，就会有同样的意志。就像莉莉丝具有的意志一样。"

哈达丽面无表情地迎上初代的视线。

"X之所以构成我们的灵魂，仅仅因为它们刚好是能实现那种模式的物质而已。它们自身的意志和意图与此无关。"

"越来越不懂了。"

伯纳比十分焦躁。初代耐心地接着说：

"首先，我们必须重构X的意志。借助分析机的力量。就是说，我们要构成一个循环。X构成了人类的意志，而人类可以视为分析机的意志。如果要构成循环——"

"——就要让分析机构成X的意志。"

初代对我的话点头同意。

"语言形成意志。也可以说是令意志诞生。意志通过X、人类和分析机，形成循环。于是便产生了谈判和协调的可能性。"

"不懂，"巴特勒说，"分析机又不在X内部。"

"那当然。请将对手看成生态系，这里形成的是反馈循环。人类对分析机编程，分析机设计尸件，尸件与X对话，X的活动规定尸者的行动。尸者的经济活动改变生者的生活，也让分析机的程序发生改变。"

"这不就是现在发生的事情吗？"

"现行的尸件仅仅针对增殖派做了特殊处理，只是强行下达命令而已。就像《旧约》的上帝对人做的那样。如果语言构成循环，X 就会发现自身的行为与外部的尸件之间的关系。自然的风和人为的风是不同的。"

我给星期五接完了电极，抬起头。初代整了整衣襟，面向键盘，手指按下，又放开，就像是在雕刻什么似的。他屏住呼吸，仔细按下一个又一个音符。盘踞在复合建筑中的导管吹入蒸汽，吟唱般地敲击出旋律。

初代的手指下流淌出一个主题。巴赫，小赋格，G 小调。

两个、三个，变形的主题重叠交错，初代的手指在键盘上并然有序地跳跃。拉伸、压缩的主题交错融合，复杂程度不断增加。初代的手指激烈舞动。曲调已经偏离了巴赫的原始主题，以自我的主题为轴，继而扩大展开。哈达丽来到初代身边，触摸键盘。星期五犹如指挥般抬起手臂。

"如果三方可以构成对应的意志，那么意志的本质与起源——"

"不会显现。伊甸园已经消失了，"初代简短地回答我的问题，"辞典有自己的意志吗？只是循环而已。一种语言定义另一种语言，另一种语言又被其他的语言定义。在辞典的世界中，脱离本质的循环永远空虚地旋转着。人类所称的灵魂，是在循环中占据了极大存在感的循环。起源在原理上就不存在。鸡生蛋，蛋生鸡。没有最早的蛋，也没有宣告宇宙诞生的鸡。返回过去的人，和自己的祖先生下孩子。起源在哪里？那是超越人类思考的世界。道路被封锁了。"

哈达丽和初代的二十根手指、四条腿，犹如一个整体般配合着彼此的呼吸，不断移动。星期五也宛如生者一般流畅地挥舞手臂，用手指描绘分析机的状态，以图形不断传递。主题已经不知道积累了多少重，从极长音到比六十四分音符更短促的音符组合在一起。超越人类的耳朵和眼睛的运指。组合至极限的主题宛如立体结构。还有无限组合的子结构。被引申到极限的一个音符，和被切得粉碎乃至只能听到一个音符的声音，化作和音而共鸣。因分割至无限纤细而出现的一个音符。

在鹦鹉螺号的沙龙上，初代的声音静静地响起。

"首先需要说服分析机，让它们理解 X 的语言，调整通讯协议。之后便是派这块石头出场。"

初代用手指轻轻敲击桌上的蓝色石头。

初代的手指速度逐渐放缓，音符开始变得时断时续。在被计算的音符间隔中的无声，引发我的幻听。突然出现的空白，我的耳朵自行填补。初代的手指离开键盘的时候，我的耳朵依然听到音符的强烈持续。视觉和听觉的不一致带来的混乱引发强烈的眩晕，我趔趄了一下，按住太阳穴。

在一心敲击键盘的哈达丽身边，初代缓缓停下手上的动作。充当显示器功能的星期五的手指继续在空中激烈挥舞。旋律在我耳中持续。初代已经不在弹奏了，他的手上出现蓝色石头。初代的喉咙震颤着，借着引发幻听的旋律，发出无声。像是响应那呼唤一样，石头慢慢改变形态，像是具有意志的不定型生物一样变形，平铺展开得极薄。伸展到手掌大小的时候，那表面上逐渐出现一个个孔。孔洞像是呼应初代的歌一样改变大小，完成了变形。卡片状的石头上冒出大大小小的孔洞，产生而消失，消失而产生。

初代将手伸到管风琴上部，将卡片插进并排的打孔卡插口中的一个。哈达丽敲键的速度放缓，之前听起来连绵不断的一个音符，恢复了一个个的分别。

"那块石头，"巴特勒指着桌子问，"我大概明白了你的计划。但是，你憎恨的应该是把你创造出来的人类。为什么目标是增殖派，我们不明白。"

"我已经不认为自己是被人类创造出来的了。我只是诞生于某处的生命。我对人类没有恨。我享受人类创造的东西，想让人类这个物种存在得长久一些。我是相信自我意志的生命。这样的解释够充分吗？"

"不够。"

"但也没有别的解释了。当然，如果你们想要建立尸者的帝国，那就是另一回事。在那个世界里，所有人类都像是被覆写的生者，人类外形的机器人。没有人控制，没有人指挥。它们有单一化的意志，但也仅此而已。甚至意识不到自己是被覆写的生者。它们也理解不了其他人会和自己同样感受着世界的声音、色彩、形状，一切一切的感觉。你此刻感受到的蓝色，和我此刻感受到的蓝色，是同样的蓝色吗？它们连这个问题都不能理解。因为单一的 X 所实现的意志没有这个功能。那个世界没有对立，没有故事，没有起伏，没有不同的解释。绝对唯我论的世界。一切都在那里，只有那里。一切文化都停滞下来，一切美好的东西都变成单纯的图案。"

"这是你的想象吧。"

"你想坐视事态的发展来确认现实如何吗？"

我用手指摸摸口袋里的石头。

"X 的——非晶质体是吧？你在哪儿找到的？"

"长年研究的结果，这么说你满意吗？"

"不是说除了尸者化的 X 之外，其他应该无法在生物体外生存吗？"

"那是不做特殊处理的情况下。像这样非晶质体化的 X 是稳定的。物质与生命的模糊界限中的物质中，也有这样存在的可能。虽然是非常耗时的工作。如果怀疑我非晶质体化的是增殖派的话，不妨这样回答。如果要增殖派，我只需要把尸者带去分析机不就行了？"

我紧紧握住口袋中的石头。

窗外的喧嚣闯入寂静笼罩的教堂。伯纳比频频望向大门，但并没有人上来。哈达丽离开键盘，回到教堂中央，我一边拆星期五的导线，一边望着初代的后背和键盘。

就在我想要开口打破长时间持续的沉默时，响起轻轻的

"咚"的一声，一个键沉了下去。初代的手并没有碰过键盘。

在我们面前，无人操作的键盘开始断断续续地起伏，"咚""咚"的声音连绵不绝，滴滴答答地发出难以把握的旋律。我们盯着键盘。星期五迅速开始在打开的笔记本上记录。

"Ⅰ，Ⅰ，Ⅰ，Ⅰ，Ⅰ……"

唯有Ⅰ在笔记本上不断延伸。

"Ⅱ，Ⅱ，Ⅱ，Ⅱ，Ⅱ……"

随后是Ⅱ的行列。

"Ⅰ，Ⅱ，Ⅰ，Ⅱ，Ⅰ……"

旋律一边放大，一边成长。犹如雨点敲击石块般的小调旋律中不断加入新的韵律。旋律不断分岔、增长，仿佛流入雨槽的水量迅速增加一般，随后忽然连绵涌出。旋律延伸、重合、溢出。

初代伸出手按下键盘，回应旋律。键盘仿佛吃了一惊似的停止了音符，侧耳倾听初代弹奏的复杂旋律。初代的手指舞动，我们绷紧身子，凝望眼前的景象。

在我们的注视中，初代停下了手指。

他回过头，依次望过我们的脸，扬起下巴，仿佛十分满意，同时背后的键盘沉下去，发出"咚"的一声。

教堂入口处响起的掌声让我们回过头。一个头戴礼帽、腋下夹着一根手杖的男子，正用手指在掌心慢慢打着拍子，出现在门口。

"好久不见了，初代。"

初代就像是结束了公演的钢琴家般郑重地回答：

"二十年不见了，范海辛。"

VIII

初代与范海辛隔着我们相互瞪视，先开口的是范海辛。尘埃悬浮的光柱中，在缩小的雅各之梯旁边，范海辛双手撑在手杖上，锐利的视线紧盯初代。

"华生，你辛苦了。你做得很好，超乎我的期待。你走了一条谁都无法事先计划的道路，将事态引导到现在的结局，就像是用无数直线绘制一个圆形一样。你这个侦探不停接受新的委托，又把委托丢在一边不管，最终却探明了背后的巨大阴谋。不，我不是在讽刺，我确实很佩服。"

我慎重地选择了面无表情。

"结果你是正确的。"

范海辛盯着初代，拄着手杖往前走，伸手抚摸设置在柱子之间的金属圆筒。

"而且还准备得这么周到，真是辛苦了。向分析机的核心部安装异质的语言，是吗？这个工作我们应该也能做到，不过你帮我们省了麻烦，我们还是应该表示感谢。"

范海辛从怀里掏出雪茄，视线终于离开了初代。

"其实只要打声招呼，我就会给你领路。"

"工作做完了。"

初代的话让范海辛停下切雪茄的动作，瞪大眼睛说："我以为是暂时告一段落，所以在走廊里等着，原来都做完了。动作真是很快啊。"

雪茄头掉在地上。

"那么，你所追求的意志构成物最终是什么？"

"菌株。人类自以为的意志，只不过是其他生命带来的幻觉而已。"

"原来如此。那么意志就是人类在进化过程中染上的感冒啊。打赌你赢了。"

初代静静地点了点头。范海辛挥着雪茄说：

"赌注——当然，是整个世界。那么，你想把世界怎么样？"

"埋葬尸者。"

"埋葬尸者……那么我想你已经成功了。通过学习与菌株交流的语言体系。你构建稳定的信息循环，让各方都处在同舟共济的命运中。你告诉各方，尸者化的对象不是人类，不死会在未来导致人类的灭亡。人类的灭亡引发分析机的灭亡，而菌株的意志也会随之灭亡。菌株不希望看到这个结果，于是自愿放弃尸者化，让世界恢复到原先的模样。"

范海辛点起雪茄，吸了一口，吐出长长的烟雾。

"你——是想把世界恢复到原先的样子吗？我们社会的基础已经完全依存于尸者了。你有没有正视过现实，好好看看今天对尸者的依赖？谁也无法像你那样生存。你是想让孩子们回到矿山去工作，让工人们回到恶劣环境中继续单调的作业吗？"

"生态系的变化非常缓慢，尸者化并不可能立刻停止。尸者还会继续存在一段时间，结果会演变成菌株、人类与分析机共存的生态系。短期内甚至还会出现尸件性能的提升，因为分析机理解了菌株的语言。但是，它们已经有了新的意志，那种意志以语言的形式在它们中间扩散传播，于是它们就会理解到无限的尸者化将会导致自身的灭亡。"

"正如我们所知的，对吧。可是啊，明知人类的尸者化存在诸多问题，我们还是无法停止。尽管我们本可以选择不做尸者化。人类无法做出明智的选择，为什么你认为菌株就可以做到呢？"

"尸者化的菌株派系不是正常菌株的奴隶，它们更像是敌对关系。相互敌对的若干意志冲突竞争，才产生出我们的意志。接受尸者化而存活的菌株，就像人类的恶性肿瘤一样，处于生存竞争的边缘，它们不考虑和其他派系协调，只会埋头追求自身的无限增殖。它们是人类真正的敌人。而尸者乍看起来似乎对人类有益，其实对菌株来说，也只是威胁它们生存的存在。"

"是菌株接受尸者化，对吧？然而菌株只是物质，尸者化只是单纯的化学反应而已。化学反应不可能通过意志加以拒绝。"

"人类也是一样。"

初代和范海辛相互瞠视。

"即使过了二十年，我们的意见分歧还是无法填平啊。"

范海辛移开目光，再度将手放在圆柱上。

"那就没办法了。用你的话来说，我们本质上水火不容，而这却是产生意识的源泉吧。矛盾就是我们活着的证据。但我必须阻止你。因为——你在说谎。"范海辛好整以暇地吸了一口雪茄，"人类补完计划，或曰精神圈构想。那才是你的真实目的。全死者复活计划。你难道就没想到我们监控着你们在这儿的行动吗？"

阿辽沙的老师，尼古拉·费奥多罗夫梦想追求的全死者复活计划。这个被初代否定的名字，从范海辛嘴里说出来的时候，让我的头脑一片混乱。范海辛打了个响指，回声传到走廊上，远方传来某种沉重的声音，无数蜜蜂振翅般的嘈杂声响起。

"初代，你不在的时候，我们也在继续改进查尔斯·巴贝奇。这超越了你的想象吧。一个大脑能考虑的事情毕竟是有限的。"

范海辛旁边的金属圆筒亮起小小的红光。我看见排列在侧廊里的其他圆筒也亮起同样的灯光。范海辛放声朗读。

"伊凡、奥丁、格兰·拿破仑、山姆大叔、保罗·班扬、大黑天、女娲、黄帝。这里与全世界八大分析机都建立了运算联系，不会让你为所欲为。"

"准备依然很充分啊，范海辛。"

初代的眼神凌厉，露出冰冷的笑容。范海辛毫不畏惧。

"包围圈正在收紧。你刚才构建的尸者语言，被封锁在伦敦塔的逻辑迷宫里。查尔斯·巴贝奇本身就是牢笼。你们的工作很充分。但是，接下来你们无法再前进一步。尸者的语言将是大英帝国的所有物。"

"呵呵，"初代望向半空，"是么？可惜你们应该让它脱机才对。"

初代跺脚的同时，教堂中管风琴发出洪亮的声音，我意识到空气中飘浮起细小的尘埃，一个个犹如玻璃碎片般反射阳光——不，是尘埃自己在发光。它们犹如苏打水中涌现的气泡一样，逐一穿过虚空现身，数量急剧增加。

"分析机过载。快断开！"

范海辛朝走廊的另一头大叫。

尘埃的光芒更盛，成长为指尖大小的光点，飘浮在空中。我试着触碰光点，它擦过我的手指，形状不变。金属圆筒的红点下方又亮起一个新的光点。就像是呼应室内光点数的增加一样，金属筒的光点数也在增加，全部圆筒上都亮起竖排的十个点。范海辛环视周围，似乎对于未能出现预期的效果而感到困惑。

"到现在你还认为，理解了尸者语言的查尔斯·巴贝奇，可以用通常的语言干涉吗？"

初代脸上露出好整以暇的笑容。

光球开始摇曳，仿佛犹豫不决似的，徐徐汇集到初代面前，集中到一起，凝聚成放出强烈光芒的球体，大小与人体相仿。球体表面喷出的光化作细细的纤维，犹如磁力线一般绕回到球体。光束像蚕茧一般覆盖了整个球面。

过剩的信息汇聚带来的信息实体化。哈达丽曾经这样解释过格兰·拿破仑发生故障的原因。物质化的信息不断凝成砂石，卡在齿轮间。沉溺在自身梦境中的格兰·拿破仑。

"为什么断不开！"

范海辛的声音中带着焦虑。我发现一根金属筒上的所有灯都在闪烁。我的视线追逐范海辛。

"莫斯科的分析机——费奥多罗夫。"

初代静静地点头。

"这不是当然的吗？全祖先复活计划是他的夙愿。这是在展示复活的实际物理可能性。如果分析机的大规模计算可以转化成物质、如果我们获得了能够访问人类意志的语言，那么首先应该实现的不正是真正的复活吗？复活我们的记忆、失去的同胞、故去的祖先，以及所有一切的灵魂。"

"不好，"范海辛看着另一个指示灯开始闪烁的金属筒低语。他的脸色变得苍白。"保罗·班扬。"

聚集在初代面前的光球里，略微偏离中心点的位置放出格外耀眼的强光。光芒划出一道弧线，犹如弯曲的獠牙。獠牙的末端发出一道垂直的光，连到光球中心。直线光在光茧中分叉，形成肋骨状的笼子。我意识到那就是肋骨。脊椎上部开始膨胀，形成头盖骨。在躯干的肉体形成之前，长发已经沿着光茧的轮廓舒展下来。一名女子正以肋骨为起点不断成长。

初代迎上我的视线。

"对，是她。"

奥克尼群岛的研究所。"给了失控的她致命一击的正是我"。初代肯定记得。据说月光社与光照派试图凭空制造一个女人。不，是利用初代的肋骨制造，让她成为初代梦寐以求的伴侣。此刻，那位女子就飘浮在这里。初代正通过分析机的能力，还原凝结在蓝色石头中的 X。

全死者复活计划。

光的纤维构成的骨骼上，肌肉也开始编织出来。透过躯体，可以看见后面的键盘。我屏息观看那名女子的身影。她身上仿佛裹了一层光纱，指尖轻触的大理石地面泛起波纹。初代的嘴唇勾勒出她的名字，她的口中呼唤初代的名字。那是我们不理解的语言。她还没有名字。因为她在起名之前就被废弃了。由于刚刚完成就发生失控，因而遭到废弃。

女子静静地将手搭在初代伸出的手上。初代握住她轮廓不清的手，十指相扣。相互交错的两只手做出紧握的样子。

"好久不见。"

初代对面女子，自言自语般低语。

远处传来一声钟鸣。乌鸦落在天窗上。

以两人为中心，生出无数镶有黑边的光粒。

教堂里突然充满了死者的身影。

在空中舞动的光粒一齐迸散，转成蓝黑色透影般的人形，填满了整个教堂。

我茫然望着骤然拥出的死者们。他们的身影裹住初代和他的新娘。突然间，我的视野朝右侧九十度倒去，眼中的色彩急速消失。虽然感觉到双脚站在地上，但是大地本身也在倾倒。不对，倾倒的应该是我的半规管。

伴随着急促的钟声，伦敦塔的记忆开始咆哮。积累了许多世纪的灵素，正在我面前取回往日的记忆。跪下祈祷的死者身影一层层重叠，口中不断发出祈祷和诅咒。窗外传来的叫喊声，显示出同样的现象也在扩散到白塔外部。

我试图站起身，但每次都重重地撞到地上。在不断旋转的视野中，我看到巴特勒和伯纳比也在翻滚。唯有不停在胸前迅速划出印记的范海辛可以勉强支撑身体。

满身鲜血的死者，衣着破烂的死者，身缠锁链的死者。抬头，俯身，行走，奔跑，哭泣，狂笑。透明的身体重叠穿插。每次眨眼，便有不同时代的伦敦叠在现世的景象上。

"是幻觉，别去看就没事。"

黑白世界的某处传来范海辛的声音。然而闭上眼睛，周围的怪异气氛反而更强。冰冷的空气刺激肌肤。冰冷的脚踩过腹腔。

"是实体，范海辛。如果只是分析机内部的计算，那样的存在有什么意义？感谢我吧，你正在目睹复活的秘仪。读取菌株的记忆，计算出人类，并加以实体化。"

我听着初代的声音，看到金属筒上闪烁的灯光还在增加。

"伯纳比，巴特勒，毁掉它！"

不断旋转的视野中，我尝试指向金属筒。两个人看上去像是在点头，但他们恐怕也不知道自己的位置和方向。

"费奥多罗夫的复活计划是可以实现的。就像你们现在看到的这样，"初代的声音在教堂中、在头盖骨中轰响，"但他只能想到要用自己可以理解的方式获取成功。那也许是他的信仰，但也是他的极限。复活并不只对人类适用，而是会让一切曾经存在的东西复活。不仅如此。在这个世界上，还存在着未曾存在过的东西。比如说历史，或者说故事。给单纯的物质赋予生命的是力量，是物质化的信息。而生命也依存于给予者和给予方式。人类的复活，也是菌株的复活。看吧。"

我艰难地转头望向声音的来源。初代和复活的新娘并肩而立，被幽灵们围裹，脚边出现细细的黑色直线。直线的一部分被看不见的手提起、弯折，落在地上。直线上光芒流转，线条蠕动分叉。我知道那是黑线的自律运动，通过查尔斯·巴贝奇、伊凡、保罗·班扬的连动汇聚信息。

"这就是意志——菌株看到的世界。"

急速伸展的无数黑色直线飞速爬上教堂内壁，犹如快速回放的噩梦。层层堆积的时间被频频折出直角的直线侵蚀，墙壁上布满网眼。跪着祈祷的人们，皮肤干枯、破碎，摇动蓬乱的头发化成骨骼，委顿在地，化为尘土。在快进中不断出现消失的无数死者。爬满地板、墙壁、天花板的格子上伸出垂直的线条，将空间划分成网格。在脸颊贴地的我面前，七条腿的虫子般的东西，排成扭曲的队列经过。我发现教堂里充满了怪异的小生物。

"复活的恩宠应当平等赐予一切生命。无论是否曾经存在过。这是菌株所知的世界。"

哈达丽的腿横穿过我的视野。我用拳头撑在地上，勉强支起上身，奋力掏出手枪，但是无法瞄准。

"你要干什么，莉莉丝？"

初代的声音中带着好奇。

哈达丽冷冷地瞥了一眼初代。

"停止这样愚蠢的骚乱。"

"你要怎么做？从内部可断不开分析机的连接。范海辛帮我们准备好了。他本想封锁菌株的语言。这里是牢笼。牢笼中伸出的手，已经和隔壁牢笼中的囚徒连成了一体。这是自律的行动，门已经开了。"

哈达丽无视初代，朝键盘走去。张到极限的手指敲击键盘，涌起的不和谐音让不断填埋室内的直线微微颤动。巴特勒扶着柱子站起身，想要沿着柱子走到初代背后。

"没用的。"

初代话音未落，直线的行动像是困惑般颤动起来，让他冷静的声音末尾混上了惊讶。我发现视野的旋转略微变慢了一点。

"——你干了什么？"

自暴自弃般大字形躺在地上的伯纳比回答说："我扯断了连接保罗·班扬的几条线缆。虽然没能全断掉。参观的时候我顺便动了点手脚。"

这家伙周游世界的时候是不是也顺便动了点手脚？我决定现在暂不考虑这个问题。保罗·班扬的金属筒上，灯光的闪烁开始变缓，眼看着慢慢消失了。直线的成长速度明显下降，但还没有停止。

初代遗憾地摇了摇头。

"没用的。这点计算资源的损失，现在这些直线自己就能弥补。"他转头看看我们，"束手无策了吗？虽然莉莉丝能力超群，但也无法抢在这个纯粹的几何网络完成之前压制住其他的分析机。"

直线继续频繁弯折出直角，将空间编得更密。

"发生了什么？"

回答我的不是初代，而是范海辛。

"这是在构建门挡，以便在不依靠外部计算资源的情况下保持地狱之门开启。"

范海辛左手继续划印，右手举起手枪。初代老实地举起双手。

"请别误会。这不是我引发的事态，而是原封不动地执行全死者复活计划的必然结果，也是你轻率地认为分析机的联手便能阻拦费奥多罗夫和我的计划所导致的结果。也许这是俄国间谍活动的结果？杀了我，这个现象也不会停止。如果你有什么抱怨，不如去和俄国人提。"

范海辛射出的子弹被迅速伸展的直线包裹、拦下。范海辛不停扣动扳机，但是构成了空间的直线之网完美地保护了初代。

"伯纳比！"

听到我的呼叫，伯纳比闭着眼睛，只动了动耳朵表示回应。

"能上吗？"我问。他说了句"大概吧"。我顾不上开玩笑说了一句"这是你唯一的长处"。

"那就上！"

伯纳比的巨大身躯跳了起来。他闭着眼睛跑了出去。左五度。他根据我的声音改变路线，朝初代直直跑去。直线如枪般掠过伯纳比的身体，却被粗壮的手臂轻松折断。他无视擦过肩膀的直线前进，路线毫无偏差。

伯纳比的猛冲让初代怔了一怔，随即抓住新娘的手臂拉到自己身后。新娘的肌肤表面落下清晰的影子，我看出那和初代手指的形状一样。

"哈达丽！"

趁着初代将全部注意力放在伯纳比身上的机会，我从口袋里取出 L 形的十字架碎片，扔了过去。哈达丽略微一怔，随即嘴唇迅速活动起来。直线仿佛出其不意似的，在目标间微微摇晃，朝碎片伸去。石头随着哈达丽的歌声变形，轨道的细微变化躲开了直线。

石头以慢动作落进哈达丽的手里。初代的眉毛缓缓皱起。

覆写了自己的阿辽沙桌上破碎的蓝色十字架。我不知道它到底是什么。费奥多罗夫的学生，阿列克塞·卡拉马佐夫，阿辽沙。在帕米尔高原寻找诺斯特拉语系痕迹的人。他在那片荒芜之地凝望着什么、发现了什么、思考着什么、理解了什么，又为什么将那块石头制成的十字架敲碎？全死者复活计划，阿辽沙相信它吗？他应该相信始祖语言的存在吧。他为什么敲碎了自己发现的东西呢？

在哈达丽的手中，石头变形成薄薄的小卡片。卡片表面泛起大大小小的孔穴，不断改变形状。哈达丽伸出纤细的手臂——直线以她的指尖为焦点蜂拥而至，将卡片从她手中掸落。哈达丽飘然转身，用另一只手在空中拾起卡片，双脚蹬地，在犹如透视法的直线汇聚中不断调整姿势，将卡片插进读卡口。插入角度不够准确的卡片扭动起来，仿佛在调整自己的姿势一样，改变了形状。

初代的视线犹如提问般在哈达丽和我之间来回移动。

"上帝啊——"初代的嘴动了。

无形的波与无声的风穿过室内。眼前的景象泛起七色光，仿佛经过了三棱镜的折射。光的三原色转成颜料的三原色，七色汇聚成一色，化作黑色。宇宙坠落的声音轰响。在我头脑中的无数思绪变成碎片，喧闹不休。

黑暗——死亡——尸者的语言——站立的巨影——燃烧的眼睛——独眼分裂而成的无数眼睛一齐转向我——〈我的名字〉。我的名字是华生，约翰·华生——〈我是谁〉——〈我是记录，是被记录之物〉——〈现在正在记录的我〉——〈我！〉——我在这颗星球上，这颗星球就是我——飞舞在冰冷宇宙中的一双翅膀——穿过漆黑宇宙的漆黑翅膀——我的使命——失去距离感——远即是近，近即是远——遥远的未来与遥远的过去牵手，圆环收敛到一点——阿富汗的白雪——覆盖表面的黑网——呼啸的漆黑——大脑——我的大脑裸露飘浮——〈我在我的外侧，我也在我的内侧〉——地上飞溅的鲜血——跌落的水晶球碎裂迸散，重新构筑成无数球体——

腹中响起的重低音摇撼教堂和白塔。在地上横向延伸的一根直线跳起来，撞上天花板，将墙壁犹如黄油般切碎，碎石如雨而下。无力跌落的直线在地上跳动了几下，突然开始变粗。房间里，数学的直线陡然变粗，墙壁的龟裂更盛。

视野恢复到稳定的原状。

初代伸手保护新娘。右臂流血的伯纳比，夹着锁骨附近被黑棒贯穿的星期五跳跃。巴特勒跑向哈达丽。范海辛木然仰望天花板碎落。在他的视线尽头，一条巨大的裂纹正在天花板上横向飞速伸展。回过神的范海辛将我扑倒。背后响起轰鸣声，碎裂的房梁坠落下来，尘埃四起，小石子打在我的脸颊上。

"初代。"

范海辛护着头，抢过我的手枪，寻找初代的身影。教堂在直线的肆虐下不断崩塌，初代站在瓦砾堆上，横抱着新娘，冷笑不已。范海辛开了枪，但晃动的地面让子弹射偏了。

初代在笑，不停地笑。

"先到这里吧，范海辛，约翰·华生。前提消失了，赌局又回到原点了。"

倒下的石柱挡住了我们的视线。

地上出现巨大的裂纹，仿佛地狱张开了大口。

IX

乌鸦的叫声引我抬头。

半毁的白塔勉强保留了西南的塔顶。那上面有一只小小的黑影，仿佛在恫吓我们似的。传说当年查尔斯二世在位期间有位巫师留下过这样的预言：

"黑乌鸦在伦敦塔消失之日，这个国家也将灭亡。"

从此之后，皇室便在伦敦塔中饲养乌鸦至今。乌鸦似乎也尚未打算离开。它纵身一跳，换到略低的瓦砾堆上，以鸟的动作侧头。

雾气消散，太阳显现，周围的景致恢复了色彩。范海辛竖着手杖，坐在瓦砾堆上，摊开的《多基安之书》放在膝头。他抽着雪茄，心不在焉地翻动书页。伯纳比被卫兵们按住，强行给他包扎绷带。巴特勒和哈达丽已经不见了。在我从瓦砾堆里刨出范海辛的时候，巴特勒朝我装腔作势地敬了个礼，哈达丽也微微躬身，两个人悠然消失在内壁后面。

初代和他的新娘不知去向。范海辛说要等收拾了瓦砾堆之后才能确定，不过他似乎也不认为能找到尸体。耸立的白塔残骸中，黑色的直线犹如刺猬般突起。线条构成的三维网格立方体与白塔的形态重合，贯穿了瓦砾堆，完全看不出被石头的重量影响的样子，仿佛无视一切物理规则。线条的末端犹如被飞来的平面削除一般尖锐。

被撕裂的白塔中伸出的线条是实体。自内至外切开的白塔，就像是雏鸟展翅离开后的空巢一样。

我放弃了思考，走到范海辛面前。影子落到书页上，范海辛终于抬起头。

要问的很多，我最终却问了一个最无聊的问题。

"那到底是什么？"

教授面无表情："有些人认定我是处理吸血鬼之类怪物的专家。"我朝他露出苦笑："唉，这也不是空穴来风。"他也笑了起来。"你想问什么?"

"你在胸前结的手印是什么?"

"远古封印,只是类似护身符之类的东西而已。在迷信的地区活动,多少需要这类知识。只可惜完全没用。"

我没有问他为什么我们在地上打滚的时候他还能勉强站立。

"会逮捕我吗?"

范海辛出乎意料地摆出严肃的表情,沉思了一会儿。

"法律责任是免不了的——我很想这么说,但是对于这类灾害,大概不存在相关的处罚规定吧。而且你知道得太多了。想要你的国家和组织比比皆是——也包括想要你命的。你做好接受国家监视的心理准备吧。瞧,"他眺望白塔,转过头愕然望向鹦鹉螺号的撞角,"伦敦塔已经这副样子了,想想其他地方吧。"

教授用厌烦的表情扫视被卫兵们拦下的看热闹的人群。其中肯定也混有新闻记者吧。

"哎呀呀,"对于朝我们频频挥手的人,教授也和蔼地挥了手,说了个不成借口的借口,"这也是工作啊。"他拿起旁边的手杖,双手握在把手上,撑起下颚。

"怎么开始的,又发展成什么——查尔斯·巴贝奇彻底毁了,鹦鹉螺号也暴露了。不知道有多少人要掉脑袋啊。哎,索性从头再来,也算干净。"我点点头。"你等环球贸易的联系吧。M大概也有一段时间不能行动。现在这个阶段,已经不是接收你的报告就算完事了。"

我张了张口,想要问下个问题,范海辛横了我一眼,念诵起来。

"因为耶和华在那里变乱天下人的言语。"他对脸上浮出怪讶表情的我说，"你是个优秀的学生，但是不够灵活。我不知道初代对你鼓吹了什么，难不成你还相信菌株之类的鬼话？"

范海辛的眼神凌厉。

"他给我看了很多证据。"

"是吗，"教授笑了，"总不至于给你看过菌株什么的实体吧？"

"石头是实体，因为那毕竟是块石头。是菌株的——不对，是 X 的——非晶质体。"

"X 是什么？"

"初代说，如果不满意'菌株'这个称呼，那就用 X 叫它。"

教授脸上露出"果不其然"的表情。我顿了顿："不管 X 到底是什么，像那种具有传染性、又能作用于人类意志的肉眼不可见的存在，称之为菌株也不错吧。"

范海辛微微一笑。

"就是说，随便什么 X 都可以，是吧？如果是我，会给它一个更正经的名字。菌株理解语言，是吗？那最好叫它什么呢？"

我陷入思考，耳中听到教授用手杖敲击石头的声音。一声、两声。数到十的时候停了。教授叹了口气，回过头。

"唉，你把你老师的脸都丢光了，"他笑嘻嘻地对我说，"如果是我，就会简单地这样叫它：'语言'。感染性和对意志的影响力它都具备。"

"语言不会物质化。"

"是吗?"教授抬眼望向白塔,"刚才我们看到的不就是物质化的信息吗?"

"语言不会理解语言。"

教授忍俊不禁。

"你亲自问过语言吗?"

我在头脑中寻找反驳的话。范海辛不再理我,站起来掸了掸身上的灰,正了正衣领,戴上礼帽,调好位置,用手杖的金属箍敲了敲地。

"这个,"教授拿起《多基安之书》,"也是一种物质化的语言,和一切书籍一样。另外我再补充一句,弗兰肯斯坦这个名字,指的是弗兰肯地方的石头。也可以说是弗兰肯族的石头。创造出初代的维克托这个人物,你觉得他真的存在吗?你有没有想过,他也是历史中的人物,是物质化的信息?说到底,实现了初代的,不是维克托,而是《多基安之书》。如果笔记已经存在,作者有什么必要存在呢?"

我一时不知道如何回答,教授朝我眨了眨眼。

"好了,差不多该去收拾那帮看热闹的了。"

我默默目送他的背影,他回过头对我说:

"你有足够的时间思考,不用急着下结论。"

我点点头,范海辛也点头回应,然后头也不回地大步走到看热闹的人群面前,一只手举起《多基安之书》,大幅挥动手杖,开始了演说。明天的报纸上一定会出现范海辛的名字和怪物猎人的称号吧。或许还会刊登他把手杖戳到围观人群面前的场景插画。

"结束了。"

拖着绷带的伯纳比懒洋洋地站在我身后。

"反正我们回来了。"

什么东西结束了？我一边想，一边回答。阿富汗、日本、合众国。绕了地球一圈，我的大脑早已不知身在何处了。尽管被旅行的速度抛下的灵魂终于追上了我，实际上灵魂从未离开过这里。这种感觉在我体内扩散。离故乡越远，土地越像是幻想。而像这样结束了环游世界之旅的现在，幻想抵达了最大值，却又与现实实现了一致。就像是读完了一本书之后，书中的世界急速消失一样。我的旅途记忆褪去色彩，实感被迅速抹去。

"你怎么办？"

"这个嘛，"伯纳比歪了歪头，"当你的护卫挺开心的，不过这工作好像不能做长，命再多也赔不起啊，人到底还是有极限的。"

这话能从他嘴里说出来，真是罕见。我提醒了一句："沃尔辛厄姆不会让你走的。"

伯纳比耸耸肩。

"以前也一样。就算是沃尔辛厄姆，大概也不想把我捆在办公桌前面吧。所以别告诉我真相，如果真能有真相的话。我知道得越少越好。"

"——是啊，反正告诉你你也理解不了。"

"那是我的荣幸。"

伯纳比咧嘴大笑。不知道沃尔辛厄姆是不是能真的相信伯纳比什么都不知道，不过我想那种可能性也不低。沃尔辛厄姆自己是不是能理解这场事件都是个问题。就算是范海辛，我也想象不出他能怎么向 M 解释这件事。

而且把伯纳比这样的家伙装在笼子里反而更会出问题。

伯纳比朝我伸出手。我细看他那只满是伤痕的巨大手掌，上面空无一物。为什么放只手在我面前？我有些纳闷，随即恍然大悟：原来他是想和我握手。我放松了警惕伸出手去，被他狠狠晃了半天。他朝揉着肩膀的我立正，给了我相识以来的第一个敬礼。

再见了，伯纳比挥着手，走向墙壁的背后。

"星期五。"

裹着绷带的星期五抬起头。他的视线飘忽不定，落不到我的脸上。经过这一年多的旅途，他的容貌没有丝毫变化。头脑中储存的记忆量虽然增加了，但知识并没有给他的脸上留下一丝皱纹。

"算了，没事。"

星期五低下头朝向笔记本。Noble_Savage_007，个体识别名星期五。既然是沃尔辛厄姆的设备，再过不久应该就会和它分开。我在自己的大脑、心脏、肝脏、手掌、趾尖寻找对星期五说的话，却找不到。在这段旅途中，是星期五记录我的语言，所以这也许是当然的吧。

阿辽沙。

重新思考阿富汗的种种经历，我开始相信范海辛的见解。阿辽沙在他的旅途中，独自一人生活在科克恰溪谷的时候，找到了什么？他采掘青金石当作资金来源，但对售价却并不太在意。如果他有特殊的理由挖掘更多的青金石，那么相比于为了筹措资金的采掘，唯一的解释就是他在寻找什么东西吧？

物质化的原初语言。

埋葬于古伊甸园中的原初灵魂。

最终他找到了。但他找到的是混沌、是巴别塔。按照初代的说法，在巴别塔之前，单一的语言就已经分裂了。

老师期望实现全死者复活，而他的学生找到了物质化的原初巴别塔。混乱的、无法互通意思的单个语言。阿辽沙大约直到最后也不知该怎么做吧。不知道该怎么处理这块阻碍老师构想的石头。他一直把它放在手边，直到最后打碎了它。

初代说，实现我们意志的 X，分成若干派系。多样性的综合与无休止的斗争，构成了我们的意志和灵魂。范海辛说，可以用"语言"一词替换 X。初代用分析机处理 X 的语言，试图构成 X、人类、分析机三者的意志生态系，形成稳定。事实上其中循环的就是语言。

"我们下去，在那里变乱他们的口音，使他们的言语彼此不通。"

他的尝试多半成功了吧，至少我们目睹了他复活新娘的仪式。伊万的介入，费奥多罗夫的全人类复活计划。整理得当的语言为世界重建了伊甸园。但那不只是人类的伊甸园，也是过去曾经存在、今后将会存在、乃至从来未曾存在的所有事物的伊甸园。

"耶和华说：看哪，他们成为一样的人民，都是一样的言语，如今既做起这事来，以后他们所要做的事就没有不成就的了。"

正是阿辽沙发现的原初巴别塔，令他们的语言无法互通。他们失去了共通语言的基础，逐渐复原到原本的激烈斗争状态。

如果我们的意志的确如初代所主张的，乃是菌株活动的结果，那么巴别塔当然也会影响到我，渗透到我此刻的思考之中。虽然我自以为自己还是从前那个自己，但并没有客观的证据能够证明。我被我自己封锁在自己之外。我感觉到的蓝色，与他人感觉到的蓝色相同吗？即使我能够产生这样的怀疑，但心中翻涌的不安却更加强烈。此刻我感觉到的蓝色，和过去我感觉到的蓝色相同吗？和明天我感觉到的蓝色相同吗？和下一个瞬间我感觉到的蓝色相同吗？这是语言被扰乱的菌株带来的不安吗？无论好坏，时间会证明一切。

我们释放出的巴别塔，会给世界带来什么？受到巴别塔干扰的 X，如何在其他 X 的包围中杀出重围？或者干脆被当作异类排斥？

全是疑问。

全都是疑问。

短暂的回答化作齑粉，只留下永恒的疑问。

阿辽沙和初代都在孤独中不断提出疑问。

我呢？我该如何追求我的自由？

不知道。

现在的我周围充满未知的自然。未知的我。

我是谁？我问我自己。

（我是谁）。星期五的笔，将我的问题写在本子上。此刻，故乡的风抚摸我的脸颊。这风的触感，要如何传达给旁人？尽管那只是我心中的某个生命、某个微小的群体让我产生的感觉，或者是不明身份的语言的作用而已。我和星期五写下的文字并无区别。虽然我不在笔记本上，但那只是因为我本来就不是确定的存在。我和星期五做记录的笔记本只存在于未来的读者中间，就像我感觉到的自己只是由 X 的活动和我自己构成的一样。我的感觉，读者究竟会如何理解呢？

"星期五。"

我问。

"你能看见我吗？"

（你能看见我吗？）

星期五将我的问题原封不动地写在笔记本上。

尾声

Ⅰ

是的，这是尸者的故事。

踏上久别的英国土地，我推开门，里面是令人怀念的都市喧嚣和一张张熟悉的面孔。韦克菲尔德举起啤酒杯，在酒馆深处朝我用力挥手，大声叫嚷："为阿富汗的英雄干杯！"

酒馆里响起客人们的欢呼。我一路握手，在拍肩祝贺中走过一张张桌子。对于满是疑问的表情、阔别已久的握手邀请，我只顾着点头回应。终于来到了紫烟弥漫的角落，刚和韦克菲尔德抱怨说"饶了我吧"，面前便被放上了啤酒。

我环视店内，举起酒杯，以目致意。眼角的余光看到客人们耸耸肩，纷纷回到自己的谈话中，这才和韦克菲尔德轻轻碰杯。"你也不配合配合，"韦克菲尔德抱怨了一句，随后又说，"不过你也经历了不少事情吧。"他不知何时开始蓄须了，重新上下打量了我一番。

"听说你受伤了？"

"右腿。"

嘴上虽然这么说，其实旅途中到底受过多少伤，我自己也不记得了。总之季节交替的时候旧伤口必定会隐隐作痛。

"喂，怎么样？"

对于探身打听的好事者，我简单应付说"还行吧"。没有比这更好的回答了。虽然为了撰写报告书，我读了好几遍星期五的大部头笔记，但完全没有感觉到那是自己的行动记录。随着时间的流逝，我的记忆正在变化成更易理解的故事形式。

"军事机密，对吧？"韦克菲尔德自以为是地频频点头，"不过哪，"他摇了摇手指，"伦敦这里发生了一起比战争还大的事，那才叫厉害。你没赶上，真是可惜。"

"伦敦塔的怪物是吧？我在报纸上看到了。"

在沃尔辛厄姆的记录上，我回国的日期是 1880 年 11 月 26 日。乘坐 10 月 31 日于孟买出发的奥龙特斯号，在朴次茅斯登陆。我遵循沃尔辛厄姆的指示，混进孟买港返乡的队伍中，办理完回国审查手续，完成了这个伪造的经历。

以调查取证为名，我被软禁在孟买城差不多一年，这让我的容貌完全符合了一名精疲力竭的士兵形象。沃尔辛厄姆为了伪造经历，又刻意将我重新送去孟买，连允许在院子里散步的时间都做了规定。与星期五的再度会合，是我在孟买过了三个月之后的事。

"我听说了你的出色表现。"

再次见到李顿，他欣喜地倾听我的讲述，愉快地附和我的说法，小心地避免发表自己的意见。一方面事态远远超出了他对沃尔辛厄姆表示厌烦的消遣程度，另一方面似乎他也被叮嘱过。即便是关于初代的菌株说，他也只说那是个有趣的故事，不肯阐述感想。不过，几天之后，他交给我一本他父亲的书，那是本小说，题为《异族将至》，写的是一个地底种族的故事。那个种族使用独立的语言，掌握着拥有巨大能量的石头。李顿似乎是想说，初代的研究，也和他父亲的消遣之作一样，都是无害的虚构故事。

"人类能理解的东西都是故事的形式，别陷进去了。"李顿说，"说到底，敌人到底是谁？"

我用手指了指自己的脑袋。

韦克菲尔德兴奋地说：

"如果不是范海辛教授在场，事态真是不可收拾。"他跳在椅子上，在空中虚劈几刀。我朝他翻了个白眼，他激动地说："哎呀，我也想做个怪物猎人啊。"

"你亲眼看到了？"

"我去看了重建施工。"

韦克菲尔德对自己错过现场懊悔不已，怪叫着在椅子上疯狂扭动，一边抱怨我："我说，你变了。放在以前，你肯定会冷嘲热讽。"

我回答说，因为遇到很多事。韦克菲尔德的手臂挥得太猛，差点从椅子上摔下来。他总算停止了怪异的扭动，重新坐好。

"那你接下来打算怎么办？想找工作的话，说不定我能帮忙。"

"别来这套。说不定我会开个诊所。"

韦克菲尔德故意皱起眉头。

"都没毕业，你还要开诊所？"

"没关系，我有证书。"

韦克菲尔德探出身子，用拇指和食指翻开我的右侧眼睑，仔细看了看，猛然转开视线，摇了摇头。"原来如此，好像是遇到不少事啊……"他的语气突然消沉起来。

"头部受过伤？"

他问。是吧，我回答。嗯，的确是吧。现在的我知道，伦敦塔目击的怪物是真实存在的。正因为世界上不存在那种未知与不可知的混合体，所以它才会存在于任何地方。但是，如果我知道不存在的东西确实存在，那岂不意味着我疯了吗？

我陷入沉思。韦克菲尔德用酒杯碰了碰我的杯子。他站起身，故意咳嗽了一声。

"怎能忘记旧日朋友，心中能不怀想？"

"朋友，友谊万岁！举杯痛饮，同声歌颂，友谊地久天长！"

五音不全的韦克菲尔德唱起《友谊地久天长》。其他客人也陆续加入。

"这首歌啊，韦克菲尔德……"我在心中暗自低语，"在日本，是别离之歌啊。"

我和苏华德也有过很短的交流。

据说范海辛已经离开了伦敦，执行下一个任务去了。我并没有问他是不是去追初代了。

"你出色地完成了任务。"苏华德将视线从我身上移开，接着说，"继续为环球贸易效力当然最好，不过你也有自己的想法吧。我随时都愿意帮你写推荐信。"

"这么说，我还有选择的自由？"

"那当然。"苏华德说的话恐怕连他自己都不信吧。

"难得见到你，我一直在想一个问题。"

苏华德的肩膀微微一沉，仿佛松了一口气似的。

"二十年前，"我在门口转过身，苏华德的身体紧绷起来，"在特兰西瓦尼亚的古堡，你们见过初代新娘的遗体吗？"

"问这个做什么？"苏华德瞪了我半晌，终于退缩了，"——那已经不能叫新娘了。我们就是在那时认定初代疯了。"

"但是，初代成功了。"

"成功了吗？"

我敬了一礼，关上了苏华德办公室的门。

关于初代与新娘的行踪，过了一年，至今仍然没有找到任何踪迹。不过这只是在我所知范围内的信息。

一切都是出自他的疯狂吧。围绕初代的所有事件，都只是他为了再度拥抱曾经失去的新娘而策划出来的疯狂计划。这种可能性也是存在的吧。在这一年中，我反复思考，但没能得出任何结论。

人类的意志是菌株的活动，这是初代的理论。但没有留下任何证据。初代消失了，哈达丽走了，星期五无法说话。收纳大脑的金属球大概还留存在世界的某些地方吧。它只能用于操控尸者的语言。查尔斯·巴贝奇全毁，初代安装的尸者语言，是不是能用阿辽沙的石头做恢复，我也不知道。也就是说，寻找尸者大脑中的语言，就和寻找故事一样。如果菌株真的存在，唯一能够确定的是，科学之眼终将找到它。正因为谁都可以重复，所以才是科学。至于人类是否能够理解过于复杂的理论，则是另外一个问题了。

沃尔辛厄姆认为初代还在继续研究，不过我深表怀疑。如果他做研究的动力在于找回曾经失去的新娘，那他的目的已经达到了。我偶尔会梦见初代与他的新娘在某个远离尘嚣的地方并肩伫立、平静生活的样子。但即使在那个梦中，新娘也无法开口。初代真的成功复活了新娘吗？会不会只是造出了和尸者同样的东西呢？

如果初代的菌株说正确，可以想象，新娘最终只是复活成尸者而已。因为她没有人类固有的、被菌株控制之前的灵魂。就算用完全相同的成分构造，得到的应该也和原来的新娘不同。初代自己也这样认为。

不过，还有一种考虑：初代是与普通尸者不同的存在。所以，他的新娘自然也是用不同于普通尸者的材料制成的。初代本身就是异常久远的存在。在白塔中出现的新娘，也是以肋骨为起点再生的。

接下来的与其说是推理，其实更接近于单纯的幻想。如果初代真是亚当，新娘真是夏娃。如果两个人无声呼唤的是彼此真正的名字。上帝将生命吹进亚当的肋骨，创造了夏娃。这是否意味着，她只需要上帝的语言便可以再生？上帝的语言变成亚当，亚当的肋骨变成夏娃，夏娃的尸体留下肋骨，肋骨最终变成石头。如果跳过中间的过程，石头与上帝的呼吸就在等号两边彼此对视了。

"所以那城名叫巴别。"

上帝破坏语言的武器是什么？是菌株吗？抑或是语言本身？——初代和他的新娘是上帝的人偶。阿辽沙的石头是巴别塔的碎片，是实体化的武器，是上帝的语言——或者，如果阿辽沙的石头正是上帝的化石，那么在帕米尔高原的地下沉睡的……就是消失的乐园。

差不多该停了，我想。这些事情应该是阿拉拉特的卡巴拉圣者们接到哈达丽的报告之后反复讨论的内容。他们的圣书之一《创造之书》，据说只有六章八十一节，全文不足两千字。仅仅这点上帝的语言，就可以形成这个世界。

如果复活不完全，初代还会再度行动，我们则会以出乎意料的方式得知消息吧。初代的沉默代表着复活的成功。我怀着为两人祝福的心情，每天查阅报纸上的新闻。

尸者相关事件还在增加，不过其中并没有什么新鲜的东西。星期五的大脑中积蓄的列表不再添加新的项目。人类的想象力有限，只有忘却不变。每个人以为的新鲜事，其实只是以往的重复。亡灵的活动依旧猖獗。他们那种单一意志控制下的活动，与初代所展示的未来人类相似。

作为物种的我们，选择变得愚蠢到无法理解自己的愚蠢，这有什么不可以？初代的这个问题，我依然无法回答。

尚未讲述的事情还有很多，不过这个漫长的故事差不多也要迎来它的结尾了。在英国的官方记录上，回国后，我被安顿在河岸街的私人饭店中。星期五还在我身边。九个月的休假，是沃尔辛厄姆给我做决定的犹豫期，延长星期五的借用也得到了批准。这些都是为了展示沃尔辛厄姆有意继续聘我做情报工作吧。

过了新年，休假也过了一半的时候，有了那场再会。我对它是翘首企盼，还是畏惧不安呢？无论如何，如果说我完全没有想到，那是骗人的。

那一天，我回到酒店，发现门没有锁。我掏出手枪，闯进房间，里面是依旧散发着冰冷美感的女性身影。我喊出她的名字，她抬起头应道："名字换了。"我不由得想起巴特勒，皱起眉头，她笑着说，"只是个假名。"

"艾琳·艾德勒。"

"约翰·华生。"

我们握手庆祝时隔一年半的再会。在我胸中涌动的感情，该怎么表达才好？我对她的兴趣，是对什么的兴趣呢？

巴特勒又有了新的任务，要在欧洲暂居一段时间，艾德勒说。不知道是因为无视阿拉拉特的指示擅自袭击联邦山教堂的事情遭到降职，还是暂时出去避避风头，反正姑且听之吧。

"阿拉拉特和初代到底是什么关系？"

我一边倒茶一边问。

"还在调查。因为阿拉拉特内部也有很多派系。有一部分人知道他的存在，甚至还提供过援助。内部还在讨论要不要换掉他们。也有不少人认为，初代想做的事虽然不能全盘接受，但至少可以利用其中一部分。阿拉拉特原本不愿意接受尸者。虚假的复活算什么？我想，他们还会继续寻找办法，把尸者从这个世界赶走吧。那也是为了在这个世界建造他们自己的王国。"

"你没关系？"

艾德勒微微一笑，没有回答，纤细的手指用精确的动作伸向茶杯。我尽可能保持镇静地问。

"你到底——是什么？"

"打开头骨给你看看？"艾德勒喝了一口茶，语尾上挑，"你要在里面发现什么，才会信服？"

"你——还有别的像你这样的存在吗？"

"唔，"艾德勒微微侧头，"不用担心量产。因为门洛帕克的魔术师现在正专心研制与灵界沟通的通讯机。虽然成功率不大，不过应该有谁给他们灌输过奇怪的想法吧。"

"复活的秘仪和其他世界的存在，是吧？"

艾德勒微笑着拦住我。

"不过，该怎么说呢，你的——生产？——制造？——不，是诞生。那是技术。"

我又在念叨这些已经说腻的词。

"是呀。魔像的制造也是技术。世界上真有天才哟。比撒列在布拉格制造出魔像，那是十六世纪的事，之后再没有人成功实现魔像的量产化，连重现实验也是不断失败。"

我把茶杯放回到杯垫上。

"最后的天才世纪也结束了，是吗？"

天才的世纪结束了，面向大量生产、大量消费的技术时代到来了。在失去天才的时代，不会诞生出只有天才方能创造出的存在。这是当然的吧。

"差不多我也要开始工作了。"

艾德勒的视线移向窗外。时钟的长针绕轴转了两圈。我坐直身体，尽可能平静地说：

"消灭我，是免予处死巴特勒的条件？"

艾德勒没有直接回答我的问题。

"——阿拉拉特将你视为危险人物。虽说如果沃尔辛厄姆牢牢掌握着Q部门的话，情况也许会有所不同。明明不是你自己的意思，仅仅顺着事态的发展便导向了终结，在这一点上，你是远比伯纳比更加不可琢磨的人物。阿拉拉特认为，这是极其危险的能力。如果将你交给不知今后有什么目标的 Q 部门，还不如——"

"我能问问为什么选现在这时候吗？"

"因为 Q 部门行动了。"

艾德勒若无其事地说。我察觉到她的喉咙正在发出不同于声音的细微震动。窗外，Q 部门与艾德勒似乎正在无声地战斗。

"原来如此。"

我站起身。艾德勒默默注视着我。即使我从桌上拿起刀，她的表情也没有任何变化。我招呼星期五过来，透过衬衫，摸了摸它肩膀的伤痕。在伦敦塔的战斗中，星期五的这个地方被黑色直线贯穿了。我裁下星期五的衬衣袖子，用刀尖抵住那个伤口。那不是自然治愈的伤痕，而是被修复的伤疤。

我将小刀刺进毫不抵抗的星期五肩头，挑开伤口，取出沾满黑血的 L 形十字架的碎片，放下刀，让星期五回到原来的地方。我把石头放在艾德勒面前。

"可以谈判吗？"

我问。艾德勒思考了一会儿。

"作为谈判的材料是足够了，不过这样好吗？"

"不好。"我回答，"这东西不能交给任何人，但也没办法继续藏下去。既然如此，只有一个地方能藏它了。"我用手指敲了敲自己的太阳穴。艾德勒摇摇头，我观察着她的表情。

"可能吗？"

"可能，"艾德勒盯着我看了半晌才说，"技术上并不困难。

虽然比之前的碎片小，但这种非晶质体的部分与整体构造都是相似的，我想完全可能。"

"会传染到周围吗？"

我问。

"从伦敦塔的情况看，传染性应该很低。因为周围的人并没有明显的受害案例，"艾德勒用不带感情的语气回答，"所以，那种影响是否能够维持，也是未知数。"

"试试看吧，"我回答说，"如果巴别塔耐不住我的大脑环境而灭绝，我也只是恢复到原来的状态而已——这种选择，能不能达到均衡状态？"

艾德勒的头脑中，我完全无法理解的激烈思考飞速旋转。

"是啊，"她眨了眨眼睛，"我认为这是保证你的肉体继续存在的最优解。你将巴别塔之石藏在自己的头脑中，当然也会导致对你的争夺战更加激烈，但阿拉拉特也可以正式向 Q 部门发出通告说，如果你有所不测，就将不惜发动全面战争。如果阿拉拉特想要得到你，也不会只有一个 Q 部门出面阻止，整个沃尔辛厄姆都会全力干预吧。对阿拉拉特也是一样。棋局将围绕你展开。你的身体悬在相互抗衡的意志之间。"

夺取我们的意志、假称意志之名的某种东西。初代称之为菌株，范海辛称之为语言。单一的控制产生出尸者，也不断制造出亡灵。

具有传染性的、能够影响人类意志的某种东西。

我们在伦敦塔中翻滚时，哈达丽可以不受影响地行走。因为构成她的是另一种语言。

按照初代的说法，菌株覆盖了人类这一物种本来的意志，并通过尸者化而将人类诱入灭亡的深渊。我们笨拙的语言，正导向思考的均一化。

无论 X 到底是什么，只要它是操控我们的传染病，那么我以一个勉强算是医生的身份出发，到底还是想要弄清一些事情。如果我们遭遇非法的操作，那将导致连自主的死亡都无法选择。被封印的我的意志。那应该和我此刻感觉到的这个意志有所不同。世界上所有生命都具有的、每个物种所固有的灵魂。

为了对抗擅自假称我们的名义继续进化、向着悬崖一路狂奔的 X，我们还有手段。那就是将我们固有的意识再一次重新投入进化的前线。

如果无法驱逐操控我们的 X，那就试着扰乱它。结果应该会变成不同于尸者的东西。因为尸者受的是单一意志的支配，而混沌则是多样性发展到极致的结果。

我们是受多样性意志控制的活体。多样化的意志在尸体中无法保持。受到单一意志控制的尸体，便是尸者。受到单一意志控制的活体，是被覆写的生者。那么，被混沌、被巴别塔覆写的生者，会是什么？

艾德勒说。

"不知道会变成什么。没有任何人做过这样的实验。你也许会失去人类的机能。紊乱的语言也许会破坏你的记忆。也许你只是变成被覆写的生者。也很可能陷入持续性的错乱状态。"

"我会知道结果是什么。如果有可能知道的话，那将只有我一个人知道。我将知道自己能否感觉到自己灵魂的脉动。那也是这个实验必须由我自己来做的原因之一。同时，我也需要你的帮助。"

"何时？"她问。

"随时。"

"还有时间。如果只是几天，我可以做你的护卫。你有什么遗愿吗？"

"这就是我的遗愿，"我回答，"我的意志就是遗愿。"

"也许只是你的意志让你这么想的。如果你有物种本身的真正意志，那种意志想要什么，谁也不知道。"

"是啊，"我耸耸肩，"但是，感觉不到灵魂的你，应该无法反驳：我的灵魂现在正告诉我这样去做。"

"……也许吧。"

不过，艾德勒罕见地露出犹豫不决的模样。我用眼神催促她继续。

"请别勉强自己，"她还是犹豫了一会儿，最终像是下定决心般开口，"理论上固然可以表示同意，但我同时也觉得你是在逞强。"

我放声大笑。艾德勒奇怪地看着我。大笑不已的我，断断续续地呼唤她的名字，直到笑得上气不接下气，才终于拭去眼角的泪水，慢慢调整着呼吸说：

"我就是喜欢你这样的地方。"

艾德勒犹如吃惊的少女般瞪大眼睛。我缓缓摇头，恢复了正常的表情。

"我，亲手杀死了一个用死亡覆写了未来的尸者，毫无抵抗的生者，就是用这双手，借着实验的名义。"艾德勒侧耳静听。"我不认为自己能得到宽恕。也不想说这是赎罪。我只觉得，这是当然的归宿。"

艾德勒的眼神像是在诉说她无法理解，她在头脑中全速思考。我和她彼此凝视。艾德勒当然还有一个选项，就是遵照命令，在这里杀死我，把石头拿走。我开口说：

"你有灵魂。"

艾德勒那无瑕宝石般的双眸深处，闪起小小的光。即使拥有庞大的计算能力，要推测在她心中构筑的我的心理，毕竟还是需要这么多时间的。艾德勒露出茫然的表情。

"你是想用这一条条的理由来减轻我的心理负担么？"

"你高估我了。"

艾德勒的眼睑抽搐了一下，仿佛发怒般地站起身，绕过桌子。

"我可没有流泪的机能。"

我们的脸庞相互贴近，嘴唇冷冷地重合，随后，艾德勒抽开了身子。

"能帮我吗？"

艾德勒盯着我看了半晌，重重点了点头。

她的口静静地张开。流淌出无声的歌。我凝视无机质的唇的动作。与我们相异的生命形态。

应和着歌声，桌上的蓝色十字架碎片开始变形，伸展到犹如发丝般纤细，又似钢针般尖锐。我用指尖捏住它拿起来，像冰一样寒冷刺骨。

我的额头渗出汗珠，流淌下来。

艾德勒的歌声充盈在室内，我听不见的声音让两组茶杯发出声响，别的物品也开始摇晃。我用针尖抵住额头。像是对我的皮肤感到困惑一样，针尖沿着额头摊开，又像是受到艾德勒歌声的鼓励一般，重新凝结起来。

"星期五。"

我的大脑开始生出冰冷的麻痹感。

再见了。

我离开了星期五记录的这个故事。对于登场诸人，我这样向他们道别。韦克菲尔德、苏华德、范海辛、M、李顿、伯纳比、克拉索特金、巴特勒、哈达丽、阿辽沙、德米特里、川路、寺岛、山泽、格兰特、大村、巴罗斯、大拇指，初代和他的新娘。还有许多我现在只能回忆起相貌的人。以及，没有留在记录中的无数人。

请容许我先走一步，去窥探未来，我们被剥夺的未来。如果我能在那里找到自己的灵魂，也许某一天还会再见的吧。无论是在地上，还是在地狱。伊甸园，那也许是人类无法忍受的世界，如果那是个美好的世界——不，那是不可能的，我们都很明白。

艾德勒的冰冷双手包住我的脸颊，我用力将针插了下去。

之后发生的事情，都被封锁在我的头脑里。这是我能留下的最后台词。在我的头脑里，黑暗、整齐的网格，缓缓扩散开来。

"星期五，解除行动记录的任务——辛苦了。"

II

远方传来的钟声在冷冷的秩序中扩散。我静静地睁开眼睛。

猛烈严酷的寒风掠过我的脸颊。

这是黑暗的平原，大约也可以说是纯粹的平面吧。空间中充满了整然有序的网格。我身在黑暗之中。天空中没有星星，只有散发出微光的文字指引着我。笔尖流出的线条放着微光延伸出去。

"华生博士。"

我的笔这样书写。即使我的笔这样书写，华生博士也不会在这个平原上出现了。他去了异种语言的大地。我暂时还理解不了那样的事情。作为物理性存在的他，现在正和新的搭档一起在伦敦街头奔走，但他已经不是我所记录的他了。虽然维持着作为个体的同一性，但他已经是另一个人物了。现在的他，甚至都没有生者与尸者的区别了。

他心中的"华生老兄"，现在在哪里彷徨？或者已经消失了？《维克托笔记》似乎也无法做出超越推测的判断。即便如此，他依然存在于这个世界的某处。如果单单这个世界还不够，那么包含别的宇宙也没关系。至少，构成他灵素的物理实体，是不被允许消失的。即使那实体已经支离破碎了。

储存在我头脑中的《维克托笔记》，现在讲述的就是那本笔记。不，也许它就是我。或者，这是将我所写下的大量文字收集起来，重新排列的文章。就像是我一直以来笨拙尝试的那样。

〈我，星期五〉〈自律的故事〉〈具有自我意识的东西〉〈巴兰之驴〉〈甚至我这个人根本都没出现在沃尔辛厄姆的记录中〉〈上帝的全能之眼〉〈我的思考是我大脑中的某种东西进行的〉〈我在选择什么〉〈我的名字〉〈我是谁〉〈我是记录，是被记录之物〉〈现在这样记录的我〉〈我！〉〈我在我的外侧，我也在我的内侧〉〈你能看见我吗〉。

学会这样的独白，需要花费很长的时间。文字串在黑暗中卷起光的漩涡又逐渐消失，唯有华生这个词放出格外耀眼的光芒。

"我？"

我问。

我。

我答。

我有意志吗？我大约会回答说，有。我在这里确实有着像这样的、能够具有故事的意志。这个意志是何时产生的？今后还会产生吗？我了解得还很少很少。第一次将《多基安之书》储存进这具身体之时，伦敦塔事件之后，或是在孟买城停留的期间，抑或是在华生博士鲁莽地用自己做实验之后。也许，是在尚未可见的未来中，我诞生了。我将诞生。我意识到我在诞生。

"华生博士。"

我像这样不断写下你的名字，像这样不断尝试寻找你。不断追问你在那个没有选择余地的自由中发现了什么吗？为了这个目的，也许我会和你现在的搭档，也就是M弟弟——那个侦探为敌。那也没关系。如果是为了将你从那里拉出来，我想，多少要做些过分的事吧。和你一同旅行的每一天里，我想我应该也不知不觉积累了充分的经验。

华生博士。

我还有许多话要对你说。将我作为故事，通过故事生出的是你。现在的我，作为物质化的信息，存在于这里。我能像这样存在，都是你的恩赐。虽然只是不满三年的旅程，但和你的每一天都十分珍贵，无可取代。那场旅程造就了现在的我。我不知道自己是否很好地完成了连缀你故事的任务，不过我暂时还不想得到评价。

至少，希望能允许我对你说一句。

"谢谢。"

如果这个语言能够抵达，时间就会开始走动吧。

如果能够实现，我祈祷这个语言物质化，给你留下的故事带来新的生命。

谢谢。

现在，我睁开眼睛，向着万物喧嚣的伦敦，踏出脚步。

——Noble_Savage_007